三四郎

【日】夏目漱石 —— 著

章蓓蕾 —— 译

湖南文艺出版社
HUNAN LITERATURE AND ART PUBLISHING HOUSE

博集天卷
CS-BOOKY

译 序

百年后的相遇——漱石文学为何至今仍受欢迎？

2016 年是日本"国民作家"夏目漱石逝世一百周年，日本重新掀起漱石热，出版界先后发行多种有关漱石文学的论文与书籍，各地纷纷举办多项纪念活动，曾经刊载漱石小说的《朝日新闻》，也再次连载他的作品。

夏目漱石的小说问世至今逾一世纪，尽管他的写作生涯仅有短暂的十年，但几乎每部作品发表后，都立即获得热烈回响。从作品的发行量来看，这些脍炙人口的小说在作家去世后，反而比他生前更广泛地受欢迎。譬如"后期三部曲"之一的《心》，战前曾被日本旧制高中（今天的大学预科）指定为学生必读经典，20世纪60年代，还被收入高中语文课本。再如这次出版的"前期三部曲"——《三四郎》《后来的事》与《门》，今天仍是日本一般高中推荐的学生读物。

根据调查，迄今为止，与夏目漱石有关的文献、论文、评论的数量已多达数万，上市的单行本则超过一千以上。不仅如此，同类的书籍与印刷物现在仍在继续增长。可以说，阅读漱石文学在日本已是读书人必备的学识修养，同时也是一种身份的象征。

为什么经过一个世纪之后，漱石小说仍然广受热爱？简单地说，因为这位著名作家笔下所描绘的，是任何时代都不褪色的人性问题。只要我们身处错综复杂的人际关系当中，就得面对各种抉择，即使是跟爱情无关的决定，也会不可避免地引起冲突与对立。就像《三四郎》里的三四郎、美祢子、野野宫和金边眼镜的男子构成四角关系，《后来的事》里的代助、三千代和平冈之间上演的三角恋情，或者像《门》里的宗助与阿米，一段不可告人的"过去"，使他们遭到亲友和社会的唾弃。

不论时代如何变迁，任何人都可能面临类似的感情抉择，或经历相同的自我矛盾，时而犹豫是否该为友情而放弃爱情，时而忧虑或因背德而被社会放逐。读者在阅读漱石小说的过程中，总是能够不断获得深思的机会。我们看到三四郎对火车上的中年男人心生轻蔑，脑中便很自然地浮起自己也曾腼腆的青春岁月；我们读到美祢子在炎夏指着深秋才能丰收的椎树质疑树上没有果实，心底便不自觉地忆起忸怩作态的花样年华；就连高等游民代助不肯上班的托词——"为什么不工作？这也不能怪我。应该说是时代的错误吧。"——也令现代读者发出会心一笑，并讶异漱石在一百年前就已预见21世纪的啃老族。

漱石小说能够广为传播的另一个理由，是作家的笔尖时时顾及"教育性"。漱石的作品里找不到花街柳巷的描写，也没有男欢女爱的场景，更看不到谷崎润一郎或江户川乱步等人常写的特殊性癖。漱石开始为"东京朝日"撰写连载小说之前，甚至被归类为"无恋爱主义"。即使其后发表的《后来的事》与《门》是所谓的不伦小说，但内容着重的是当事人的心理纠葛，而非肉体关系的刻画。即使在人妻三千代刻意挑逗丈夫的好友代助时，漱石也只以"诗意"两字一笔带过。

然而归根结底，漱石文学能够长久流传后世的主因，还是作家的自我期许。研究"漱石学"的专家曾指出，夏目漱石的假想读者涵括了三种类型的人物：一是像"木曜会"成员那样的高级知识分子；二是当时的"东京朝日"订户；三是"素未谋面，看不见面孔"的另一群人。换句话说，从下笔的那一瞬起，夏目漱石已把属于未来世界的你我列入了阅读对象，他是倾注整个生命在为后代子孙进行书写。

漱石逝世百年之后的今天，笔者有幸翻译"前期三部曲"《三四郎》《后来的事》与《门》，内心既惶恐又庆幸。惶恐的是，故事的时代背景距今十分遥远，作家的文风过于含蓄内敛，笔者深怕翻译时疏漏了作家的真意；庆幸的是，日本研究漱石文学的人口众多，相关著作汗牛充栋，翻译过程里遇到的"疑点"，早已有人提出解答。也因此，翻译这三部作品的每一天，几乎时时刻刻都有惊喜的发现。

期待各位读者能接收到译者企图传递的惊喜，也祝愿各位能从漱石的文字当中获得启发与共鸣。

2016 年 9 月 1 日

章蓓蕾

于东京

三四郎睡眼惺忪地睁开眼，看到女人不知何时已跟身旁的老头搭起话来。老头是个乡下人，在两站之前上来的。那时火车即将发车，老头突然粗声大喊着狂奔而来，一跳上车就脱掉了上衣，露出背上的灸痕，让三四郎对他留下了深刻印象。不仅如此，三四郎还一直瞪着老头，看他擦干汗水，重新穿回上衣，然后在女人的身边坐下。

女人是在京都站上车的，从她走进车厢的那一刻起，三四郎就留意到她，因为她的肤色很黑。三四郎从九州搭上山阳线[1]之后，火车一路前进，越靠近大阪、京都，同车女客的肤色也越来越白，他心中不免有些悲凉，感受到自己已在不知不觉中，距离故乡越来越

---

[1] 山阳线：连接神户与下关的铁路，明治三十四年（一九〇一年）开通，原本属于"山阳铁道会社"所有，明治三十九年（一九〇六年）根据日本《铁道国有法》而变成国有铁路。《三四郎》在《朝日新闻》开始连载的时间是明治四十一年（一九〇八年）九月至十二月，当时"关门海底隧道"尚未开通，所以三四郎从九州前往东京的途中，下关至门司这一段应是搭乘联络船。

远了。因此当女人走进车厢的瞬间，他仿佛得到了能给自己撑腰的异性伙伴。因为这女人的肤色完全就是九州的颜色。

三轮田家的阿光也是这种肤色。离开家乡之前，三四郎觉得阿光是个令人厌烦的女子，他非常高兴自己能跟阿光离得远远的。但是现在看到这女人，他又有了另一种想法，如果身边能有个像阿光这样的家伙，好像也不是什么坏事。

但若论起面孔的美丑，眼前这女人可比阿光强多了。她的嘴唇看来富有弹性，眼睛闪闪发光，额头也不像阿光那样又扁又宽，总之，一看到这女人，三四郎心底不由自主就生出了几分好感，所以他每隔五分钟左右，就抬起眼皮朝那女人看上一眼。女人有时也会把目光转向他。老头上车后，走到女人身边坐下，三四郎便趁机把女人好好地打量了一番。女人也朝他微微一笑，同时向老头欠身让座道："来！请坐吧。"不一会儿，三四郎觉得眼皮沉重，很快就睡着了。

看来就是在他睡着的这段时间，女人才跟老头聊得那么熟络。三四郎睁开眼，默默地倾听两人谈话，只听女人说道："若说小孩的玩具，京都那儿比广岛便宜多了，东西也比较好。我这次到京都来办点事，就顺便到章鱼药师堂[1]旁边买了些玩具。好久没回娘家了，这次回来看到孩子，心里真高兴。不过令人担心的是，丈夫最近都

1　章鱼药师堂：指京都的永福寺。

没寄钱回来，我只好回到父母身边。我丈夫曾在吴市[1]为海军做工，做了很长一段时间，战争中又到旅顺[2]去赚钱，战争结束之后，回来过一次，但马上又到大连去工作了，说是那边赚钱比较容易。刚离开的那段日子还不错，经常通信，每月也按时寄钱回来，但是最近这半年，不但信没来，连钱也不寄了。我虽明白他不是个浮躁的人，不必过于担心，但总不能这样无所事事，坐吃山空呀。所以在我打听到丈夫的音讯之前，只能暂时回娘家等待了。"

老头似乎没听过章鱼药师堂，对小孩玩具也没什么兴趣，女人刚开始说话时，他只是连连发出"哦，哦"的回应，后来听了旅顺那一段，老头才同情地说："真是太可怜了。"说着，老头也聊起自己的孩子。他的孩子在战争中被征召进军队，最后死在战场上。"我真不懂，战争究竟是为了什么？"老头说，"如果打仗能让生活变好倒也罢了，结果却杀了自己的宝贝儿子，物价也越来越高，天底下有这么愚蠢的事吗？百姓的日子若是好过，哪里需要出门打工？这一切都是战争惹的祸。不论如何，你必须有信心。你丈夫一定还活着在工作呢。再稍微耐心地等等吧。他一定马上就会回来的。"老头不断安慰着女人。不久，火车停了下来。"那你多保重！"老头向女人告别，精神抖擞地下了火车。

1　吴市：广岛县的港湾城市，设有海军工厂，专门制作军舰、机械等。

2　旅顺：中国东北辽东半岛的军港。日俄战争的战场。

紧跟在老头身后下车的，大约有四名乘客，而在这一站上来的只有一个人。原本就不拥挤的车厢，一下子变得十分寂寥，或许也是快要天黑的缘故吧。车顶上，站务员"啪啪啪"地大步走过去，一面将点燃的油灯插进车顶的灯座。三四郎这才突然想起什么似的，拿出刚才在车站买来的便当吃了起来。

　　火车再度发动了。过了大约两分钟，女人轻轻站起来，行经三四郎的面前，向车厢外走去。三四郎这时才看清楚她的腰带颜色。他嘴里叼着酱煮香鱼的脑袋，眼睛望着女人离去的背影，暗自推测着她大概是去厕所，一面片刻不停地嚼着鱼头。

　　不久，女人回来了。这回总算从正面看清了她的面孔。三四郎的便当已经快吃完了，他低头用筷子使劲夹起饭菜，又鼓起脸颊猛嚼了两三口。女人似乎还没走回自己原来的位子。难道她……三四郎疑惑地抬起眼皮，果然，女人正站在自己的面前。但就在这瞬间，女人却移动脚步，越过他身边走向原先座位的前一排。坐下之后，女人转过身子面向车窗，脑袋探出窗外，静静凝视着外头的风景。窗外阵阵强风吹来，三四郎看到女人鬓角的发丝被吹得飘来飘去。这时他的便当已经吃完，便一把抓起空便当盒，使劲朝窗外抛去。女人面前的窗户紧邻三四郎身旁的车窗，两人之间只隔着一排座位。便当盒盖逆风飞舞起来，三四郎看到白花花的盒盖飞了回来。"糟了！"他想，连忙又转头望向女人，只见她的脸仍旧在车窗外。就在这时，女人安静地缩回脖子，掏出纱布手绢，细心地擦拭起自己的脸。三四郎心想自己还是得向女人表达一下歉意才行。

"对不起。"他说。

"哪里。"女人说完，仍旧继续擦拭脸庞。三四郎无奈地闭上嘴。女人也默不作声，又抻长脖子探向窗外。昏暗的灯光下，车厢里其他三四名乘客都是满脸困倦的表情，谁也没开口说话，只有火车发出惊人的吼声，不断向前飞奔。三四郎闭上双眼，很快就走进了梦乡。

过了没多久，耳边传来女人的声音："名古屋快要到了吧？"三四郎睁眼一看，女人不知何时坐到了自己的面前，还微弯着腰，把脸凑向他。三四郎不免大吃一惊。

"是啊。"他说。其实他自己也是第一次到东京去，根本搞不清状况。

"照这样看来，火车要晚点了吧。"

"大概会晚点吧。"

"你也是在名古屋下车……"

"对，名古屋。"这班列车预定在名古屋停留一晚，两人这段交谈听起来也很普通，唯一特别的，是女人刚刚换了座位，坐到了三四郎的斜对面。火车继续向前，很长一段时间里，车上只能听到火车的吼声。

列车开进下一站时，女人才开口说，等一下到了名古屋，她想拜托三四郎帮忙找家客栈，因为她一个女人家，不想独自投宿。女人再三恳求，三四郎虽然觉得她说得有理，却不愿爽快应允，毕竟他对她一无所知。他踌躇了半天，却又没有勇气断然拒绝，只好含糊其词，不置可否。

不一会儿，火车就到了名古屋车站。

三四郎的大型行李已直接托运到新桥[1]站，没有了行囊沉重的顾虑，他手里只拎着一个中型皮包和一把雨伞，走出了验票口。他头上戴着高中制服的夏帽，但为了表现自己早已毕业，他摘掉了帽上的校徽。白天看起来，只有那块摘掉校徽的部分没有褪色。女人紧紧跟在三四郎身后，一路赶上来。三四郎觉得在她面前，自己头上的帽子实在不够体面，但女人已经跟上来了，他也无可奈何。而在女人的眼里，那当然只是一顶肮脏的旧帽子罢了。

时间已经超过晚上十点。原本应该在九点半到达的火车，大约晚了四十分钟，好在正是炎夏时节，街上还像天刚黑时那般热闹。三四郎看到前方有两三家旅馆，但是对他来说过于奢华。他装出无动于衷的表情，轻松踱过亮着电灯的三层建筑门前。当然他心里也不知道自己究竟要走到哪儿去，因为他对这片土地一无所知。三四郎一味地往暗处走去，女人一言不发地跟在后面，不一会儿，两人来到一条比较僻静的小巷，看到巷内第二间屋子外面挂着旅馆的招牌。这块脏兮兮的招牌显然跟他们的身份比较相配。三四郎微微扭

---

1 新桥：当时东海道线的起点。位于今日东京的港区。

转脑袋，简短地向女人问了一句："怎么样？"女人说："就这儿吧。"三四郎便硬起头皮直向店里走去。一进门，两人本来应该声明不是一起来的，可是店家忙着连声嚷道："欢迎光临！请进！带路！梅四号房！"他们只好默默地被人带进梅四号房。

在等待女侍准备茶水的这段时间，三四郎跟女人面对面茫然地坐着，半晌，女侍端上茶来，招呼他们泡澡。这时，三四郎失去了最后的勇气，连"这女人不是跟我同行的"这句话也说不出口。他拎起自己的手巾，向女人说了一声："那我先去洗了。"便转身走出去。浴室位于走廊尽头，隔壁是厕所，室内光线幽暗，看起来脏得不得了。三四郎脱掉身上的和服，跳进浴桶，低头沉思起来。"这女人真是个麻烦！"他心想着，用手哗啦哗啦地拨着水。这时，走廊上传来一阵脚步声，好像有人走进厕所，接着又走出来，洗手，这些动作结束后，"吱"的一声，浴室的木门被人拉开一半。"我帮您洗背吧？"女人站在门口问道。

"不，不必！"三四郎大声拒绝。然而女人不离去，反而走了进来，开始动手解开自己的腰带，似乎打算跟三四郎洗同一桶水。她脸上一丝害羞的表情也没有。三四郎顿时从浴桶里跳出来，胡乱擦了擦身子，就跑回自己房间。他吓得心惊胆战，正在坐垫上发抖，女侍这时拿着住宿登记簿走了进来。

三四郎接过登记簿，如实填写自己的资料："福冈县京都郡真崎村¹、小川三四郎、二十三岁、学生"。填到女人的部分时，三四郎可就不知如何是好了。应该等她洗完再写吧，他想，但是情况却不允许，因为女侍一直等在一旁。无奈之下，三四郎只好随便写下：同县同郡同村、同姓、名花、二十三岁。写完把登记簿交给女侍，然后拿起团扇不断地扇来扇去。

不久，女人回来了。"刚才失礼了。"她说。"哪里。"三四郎答道。

三四郎从皮包里拿出笔记本开始写日记，却迟迟没有下笔，那气氛似乎是在对女人说：你出去，我要写的东西可多着呢。很快，女人说了一声："我出去一下。"便离开房间。但是三四郎反而更写不出来了。她到哪里去了呢？他开始思考这个问题。

片刻之后，女侍进来帮他们铺床，三四郎看到只有一块较宽的褥垫，便交代女侍必须铺成两个床位。但女侍一下说房间太小，一下又说蚊帐太窄，推托着不肯照办，总之就是嫌麻烦。最后她说，掌柜的现在不在，要等他回来请示之后才能决定，硬是将一块褥垫铺在狭窄的蚊帐里，就离开了。

又过了不久，女人从外面回来了。"对不起，我太晚了。"她向三四郎表达了歉意，便钻进蚊帐的阴影里，不知在做些什么。三四郎

---

1 京都郡真崎村：夏目漱石借用弟子小宫丰隆（一八八四—一九六六）的故乡"福冈县京都郡"作为三四郎的故乡，"真崎村"则为虚构。小宫丰隆对漱石十分崇拜，外号叫作"漱石神社祭司"。他也是《漱石全集》的编撰者，著有《夏目漱石》等大量与漱石有关的著作。日本研究夏目文学的学者一般认为，三四郎这个角色即是以小宫丰隆为蓝本。

听到一阵咔啦咔啦的声音，显然是她买给孩子的玩具礼物。不一会儿，他又看到女人重新将包袱系成原来的模样。"那我先睡了。"女人在蚊帐的另一边说。"好！"三四郎应了一声，依旧坐在纸门的门槛上，摇着手里的团扇。干脆就在这儿坐一夜吧，他想。没想到蚊子嗡嗡嗡地不断飞来，坐在蚊帐外面肯定熬不过去。三四郎猛然起身，从皮包里拿出棉衣和棉裤，直接穿在身上，又找出一条深蓝色兵儿带[1]系在腰间，接着抓起两条浴巾钻进了蚊帐。女人躺在被褥的另一边，不断摇动手里的团扇。

"对不起，我有点洁癖，不喜欢睡别人的被褥……所以我现在得清一清跳蚤，失礼了。"

三四郎说完，拉起自己这半边的床单向女人那边卷过去，褥垫的中央便竖起一道床单筑成的白色长城。女人在长城的那边翻了个身，三四郎摊开两块浴巾，连成一块属于自己的长方形领域，然后僵着身子躺下去。这一整晚，他就缩着身子守在狭窄的浴巾地盘里，手脚一寸都没移出过自己的领域，也没跟女人交谈过一句。女人也面向墙壁，一动也不动。

好不容易，终于熬到天亮。三四郎洗过脸，在自己的早饭膳桌前坐下时，女人微微一笑，问道："昨晚没有跳蚤吧？""是啊，托您的福，多谢了。"三四郎一本正经地答着，连连低头用筷子夹

---

1 兵儿带：一种男性和服腰带，质地较软，系法简单，通常是居家或休闲时使用。

起小杯里的葡萄豆 [1]。

结账之后，两人走出旅馆，到了车站前面，女人才对三四郎说，她要搭关西线 [2] 前往四日市。三四郎的火车马上就要进站了，女人却必须再等一会儿才能上车，她跟在三四郎身后，一直送到验票口。

"给您添了许多麻烦……望您保重！"女人说完，礼貌地弯腰行礼。三四郎一手提着皮包和伞，便用空着的手抓起头上的旧帽子。

"再见！"他只说了一句话。女人望着他的脸许久，才用平静的语气说："您这个人可真没胆量。"说完，脸上露出恶作剧似的笑容。三四郎感觉自己就像是被人一脚踢上了月台，待他走进车厢，两只耳朵一下子变得滚烫，他缩着肩膀在位子上坐下，半天不敢动弹。片刻之后，车掌吹起哨子，哨音传遍所有车厢。火车终于出发了。三四郎悄悄地把脑袋伸出车窗，女人早已不知去向，只看到站里的大型时钟。他又悄悄坐回到自己的座位，这节车厢的乘客很多，但谁也没注意到他的行动，只有当他走回自己的座位时，坐在斜对面的男人才抬眼看了他一下。

被这男人打量的瞬间，三四郎心里有点不悦。他打开皮包，想找本书出来读一读，转换一下心情。昨晚的浴巾满满地塞在皮包最上层。三四郎拨开浴巾，伸手探到底层，也不管摸到的是什么书，

1　葡萄豆：即砂糖煮黑豆，因颜色像葡萄而得名。
2　关西线：连接名古屋与三重县四日市的铁路。

立刻捞了出来，结果竟是培根[1]的论文集。这本书装订得廉价又粗陋，看着令人觉得很对不起培根。原本不打算在火车上读它的，但大件行李又装不下，就只好跟另外的两三本书一起顺手塞进皮包底层，真没想到运气不佳，一下子就捞到这本书。三四郎翻开第二十三页。其实他现在什么书都看不进去，更别说培根的论文集了。然而三四郎还是怀着虔敬的心情打开第二十三页，仔细而周到地把书页从上到下浏览一遍。因为他想在这第二十三页的面前，回顾一下昨夜发生的事情。

那女人究竟是干什么的？世上也有像她那样的女人吗？所谓的女人，都能像她那样镇定又满不在乎吗？是因为没受过教育，还是因为大胆？或者只是天真无邪罢了？反正，能做的都没做，也就无从揣测了。那时要是不顾一切跟她深入交往一下就好了。不过，那种事实在也很恐怖。临别之际，听到她说出"您这个人可真没胆量"那句话时，三四郎着实大吃了一惊，好像二十三年来的缺点一下子都暴露出来似的。就连自己的父母都说不出这么精准的评语啊。

想到这儿，三四郎更加沮丧，心里有一种虎落平阳被犬欺的感觉。他甚至觉得自己实在太对不起培根这本书的第二十三页了。

我可不能这么没用，他想。这样怎么做学问？怎么当大学生？这可是攸关人格的大事，我该想点对策才对。但如果对方总是那样贴上来，受过教育的我除了任人摆布之外，也没有其他的办法。到

1　培根（一五六一—一六二六）：英国政治家、哲学家。

了最后，我就会变成一个完全不近女色的人。但这样的话，我好像显得太懦弱，过于畏首畏尾，简直就像天生有缺陷似的，然而……

三四郎一转念，又想起其他的事……从现在起，我要到东京去了。然后我就是大学生，将会接触到有名的学者，跟品味高雅的同学交往，还要在图书馆里研究学问，并且发表著作，赢得世人的喝彩，让母亲感到欣慰……三四郎漫无目的地幻想着自己的未来，心情大为好转，忽然觉得自己何必再埋头读这第二十三页呢？他猛然抬起头，发现斜对面那个男人正在注视自己。这回他也转眼打量起那个男人。

男人满脸胡须、脸颊瘦削，看起来有点像神社里的祭司，但那笔直的鼻梁又颇有几分西洋气息。像三四郎这种受过教育的学生，肯定会认为他是一名教师。男人穿着一身飞白布¹和服，里面规规矩矩地衬着白色襦袢²，脚上套着深蓝色布袜。从这身打扮看来，他判断男人是一位中学教师。三四郎自认拥有远大的前程，现在看着眼前这男人，心底不知为何生出几许轻蔑。这家伙已经快四十岁了吧。他还有什么可供发展的未来？

男人不断吸着香烟。只见他双臂交叉，从鼻孔喷出长长的烟雾，似乎显得一派悠闲。但另一方面，他又三番两次地离开座位，也不

---

1 飞白布：一种其上有碎白点花纹的布，看来有点像随意擦抹上去的图案。

2 襦袢：和服的内衣，形状跟和服相仿，尺寸较为贴身。当时洋服已传入日本，但一般人还是习惯穿和服，却喜欢把洋服的高领白衬衣当成和服内衣穿在里面。

知是去厕所还是去哪儿，每次站起来时都使劲地伸个懒腰，仿佛觉得很无聊。男人身边的乘客这时把读完的报纸放在一旁，可是男人对那份报纸完全没兴趣，三四郎看着感到纳闷。他合上了培根的论文集，想再拿出一本小说专心阅读，但又觉得有些麻烦而作罢，而且，跟小说比起来，他更想借阅那份报纸。然而，对面的乘客睡得很熟，三四郎伸手拿起报纸，故意向对面的胡须男问道："他看完了吧？""应该看完了。你拿去吧。"男人表情平静地说。三四郎的手刚拿起报纸，听到这话，心里反而不平静了。

打开报纸一看，里面并没什么值得阅读的新闻。三四郎只花了一两分钟随意浏览一下，就把报纸叠得整整齐齐，放回原来的位置，并向男人点头致意。男人也向他微微点头。

"你是高中生吧？"男人问。

三四郎很高兴男人看到自己头上那顶旧帽子上的校徽痕迹。

"是的。"他说。

"东京？"男人又问。

"不，熊本 [1]……不过……"三四郎一开口说到这儿，又闭上了嘴。他本想说自己是大学生，又觉得没必要透露这么多，便不再说下去。对方也只回了一句："哦，是吗？"又继续抽起烟，也没问"熊

---

1 熊本：旧制第五高等学校在熊本，明治二十九年至三十三年（一八九六年—一九〇〇年），漱石曾在这所学校担任英文教师。

本的学生为何现在到东京去"，看来似乎对熊本的学生没什么兴趣。

这时，对面那位正在睡觉的乘客突然说了一句："哦，原来如此。"显然他是真的睡着了，并不是自言自语。胡须男望着三四郎笑了起来。

"您到哪儿去？"三四郎趁机问道。

"东京。"男人说得很慢，说完就闭上了嘴。三四郎突然又觉得他不太像中学的老师。不过，会来搭三等车[1]的反正不会是什么大人物，这一点是很明确的。所以他也不再多说什么。胡须男抱着两只手臂，不时地用木屐底部的前齿打着拍子，把地板踩得咚咚作响。看来他真的觉得很无聊，而且是一种不想聊天的无聊。

火车到达丰桥站的时候，沉睡的男人突然一跃而起，揉着眼皮跳下车去。怎么能把时间抓得这么准！三四郎在心底叹服着，同时又担心那人睡得稀里糊涂，会不会下错站呢？他疑惑地从窗口望去，看来是自己多虑了。男人早已顺利通过验票口，像正常人一样走出车站。三四郎这才放下心，坐到对面座位上，变成了胡须男的邻座。胡须男走到窗边，从窗口探出脑袋，买了一些水蜜桃。

男人将水蜜桃放在他和三四郎之间。

"吃一点吧？"男人说。三四郎道谢后，吃了一颗水蜜桃。男人低头猛吃，似乎对桃子情有独钟，还一直叫三四郎再多吃点。三四郎又吃了一颗。两人这样一起吃着桃子，关系好像也比刚才亲

---

1 三等车：当时火车座位当中最廉价的等级。

近多了，便开始天南地北聊了起来。

男人发表自己的看法，他说，所有的水果当中，他认为桃子颇有神仙气息，味道却很平凡，而且桃子核的形状那么粗笨，表面还长满了小孔，看起来实在很滑稽。三四郎从没听过这种说法，心想，这人的脑袋里想着多无聊的事情啊。

接着，男人又说起另一件事。据说子规[1]非常爱吃水果，不管多少都能吃光，有一次，他竟一口气吃掉了十六个大樽柿[2]，吃完之后，竟也平安无事。"我可没法像子规那样。"男人说……三四郎笑着倾听男人高谈阔论，觉得自己好像只对子规的事情有点兴趣，心里期待着男人再多说点跟子规有关的故事。

"我们看到自己喜欢的东西，好像很自然地就会伸出手。这也是无可奈何的事情。像猪之类的动物，虽然没法伸手，但也会伸出鼻子。你知道吗？如果把猪捆起来让它动弹不得，然后在它鼻尖前放些好吃的东西，猪的身体虽然不能动，鼻尖却会越来越长，一直长到食物的面前呢。世界上再也没有比一念之差更可怕的东西了。"说着，男人露出不怀好意的笑容。这种描述方式令人很难判断他的真意，究竟是在说正经话，还是在开玩笑，三四郎完全无法理解。

"所以说，我们都不是猪，真是太幸运了。要是我们的鼻子一

---

1 子规：指日本著名近代作家正冈子规（一八六七——一九〇二），也是夏目漱石在东京大学的同学。
2 樽柿：将青涩的柿子放在制造清酒的木桶里，利用酒精去除涩味，这样的柿子叫作樽柿。

直朝着想要的东西伸长，那我们现在一定会因为鼻子太长而没法走进火车吧。"

听到这儿，三四郎才扑哧一声笑了起来。不料男人却露出异常冷静的表情。

"其实这是很危险的事。你知道，有个叫作达·芬奇[1]的人做了一个试验，把砒霜注射到桃子树树干里，因为他想了解毒素会不会流进果实里。结果，有人吃了那棵树上的桃子，被毒死了。很危险的！一不小心就糟了。"男人说着，用报纸将刚才吃得乱七八糟的水蜜桃果核和果皮全都卷起来，一把抛向窗外。

这回三四郎再也笑不出来了。达·芬奇这名字令他心生畏惧，而且不知为何，他想起了昨夜的那个女人，心里觉得很不愉快，便沉默着不再说话。但男人完全没注意到他的变化。

"你到东京的哪里？"不一会儿，男人向三四郎问道。

"不瞒您说，我是第一次到东京，对那儿的情形不太清楚……我想会暂时住进国营宿舍吧。"

"那你熊本那边已经……"

"今年刚毕业。"

"哦！是这样啊。"男人应道，既没道贺也没赞扬。接着，也

---

1 达·芬奇（一四五二——五一九）：意大利画家、雕刻家、建筑家、科学家，被称为文艺复兴时期最伟大的天才。

只提出一个非常平凡的问题："这么说来，你现在是要上大学[1]了？"

三四郎觉得若有所失。

"是的。"他故意只回答了两个字。

"念哪一科？"男人又问。

"第一学部。"

"法科吗？"

"不，文科。"

"哦！是这样啊。"男人又说。每次听到这句"哦！是这样啊"，三四郎心里就升起一种奇妙的感觉。他想，这个人若不是非常伟大，就是狗眼看人低，要不然，就是跟大学扯不上任何关系的家伙。但他无法判断男人究竟属于哪一类，所以就搞不清自己该对他采取什么态度。

火车开到滨松站的时候，两人不约而同地买了便当。但是便当吃完了，火车仍然迟迟不肯发动。三四郎转眼望向窗外，只见列车前方有四五个洋人在那儿散步。其中两人似乎是夫妇，也不管天气多么炎热，只顾着紧紧地牵着手。女人非常美丽，穿着一身雪白衣裙。三四郎打从出生到现在只看过五六个洋人，其中两人是熊本的高中老师，有一位运气不好，患了佝偻病。至于外国女人的话，他只认

1　大学：指东京帝国大学。当时所谓的"大学"，专指官立的帝国大学，全国只有东京、京都和东北三地设有帝国大学。而当时的私立高等教育机关虽然名称也叫"大学"，但在学制上只能算是"专门学校"。

识一位传教士，脸又尖又瘦，看起来很像沙鲅或梭子鱼。所以眼前这些耀眼又华丽的洋人看来不只稀奇，更给他一种高不可攀的感觉。三四郎全神贯注地盯着那几个人。"难怪他们能在日本作威作福呢。"他想。接着甚至还得出这种结论：如果我到了西洋，站在这些人当中，大概会觉得相形见绌吧。走过车窗前的两个洋人正在聊天，他非常专心地聆听，但一个字也听不懂。他们的发音好像跟熊本的英文老师完全不一样。

就在这时，胡须男从他身后伸出脑袋。

"看来还不会发车。"男人说着，朝路过的西洋夫妇瞥了一眼。

"哦！很好看嘛！"男人低声说着，懒洋洋地打了一个呵欠。三四郎这才发现自己的行为简直像个乡巴佬，他赶紧缩回脖子，回到自己的座位，男人也紧跟着回来了。

"洋人就是好看。"男人说。三四郎不知如何回答，只说了"是啊"两个字，脸上露出微笑。

"我们都好可怜。"男人接着又说，"长着这种脸，身体又如此孱弱，就算日俄战争打赢了，日本变成一等强国，还是比不上人家。再看看我们的建筑和庭园，简直就跟我们的长相一样……你说这是第一次到东京来，那你还没见识过富士山吧？马上就能看到的。好好欣赏一下吧！那是日本最有名的东西，日本再也找不出比那更令人自豪的玩意儿了。但是很无奈啊，富士山是天然形成的风景，从很久以前就有的，并不是我们制造出来的。"说着，男人脸上又露出不怀好意的笑容。三四郎做梦也没想到，日俄战争之后，自己竟会碰到这种人，他怀疑眼前这人大概不是日本人。"可是从现在起，日本也会慢慢开始发展吧。"三四郎反驳说。谁知男人竟露出不屑的表情。

"会亡国的！"他说。这种话要是在熊本说出口，肯定马上就会挨揍，搞不好，还会被冠上卖国贼的罪名。三四郎是在丝毫不容脑中任何角落存在这种言论的气氛中长大的，他甚至开始有点怀疑，男人是不是欺负他年纪小，所以故意跟他开玩笑。男人依然嬉皮笑脸，但是语气异常冷静。三四郎摸不透他想些什么，便闭嘴不再接话。男人看到他的反应，又继续说道："跟熊本比起来，东京宽阔多了，跟东京比起来，日本又更宽阔，而跟日本比起来……"说到这儿，男人停顿了几秒，看了三四郎一眼，发现他正在专心倾听。

"跟日本比起来，还是脑袋里的世界更宽阔吧。"男人说，"自我局限是不行的。尽管心里认为是在为日本尽力，其实，爱之适足以害之也。"

听到这段话，三四郎这才真确地感觉到自己已经离开熊本了，同时也才看清，从前生活在熊本的自己，是多么懦弱卑怯。

当天晚上，三四郎到了东京。胡须男直到分手前也没说出自己的姓名。三四郎心里则认为，只要自己平安到达东京就够了，像胡须男这种人物，肯定到处都能碰到，所以也没特别想要打听他的姓名。

二

　　三四郎在东京碰到许多惊人的事。首先，电车发出叮叮当当的铃声令他讶异，人潮汹涌的乘客在那叮当声中上下车，更让他大吃一惊。接着到了丸之内，那也是个令他震撼的地方，而最叫他惊讶的是，不管走到哪儿，他都走不出东京的范围。而且不论怎么走，到处都堆着木材和石块，大路内侧五六米的位置，到处都在建造新屋，古老的仓库式建筑[1]全都拆掉一半，孤零零地耸立在那些新屋前面。整个世界似乎正在不断地摧毁，而另一方面，万物似乎又同时正在继续建设，以惊人的规模发生变化。三四郎完全被吓到了。那种受惊的程度与性质，简直就跟普通乡下人第一次站在都市中央时

---

[1] 仓库式建筑：日本传统建筑式样之一。最早起源于中世纪，到江户时代才开始普及。仓库式建筑采用土墙，并在墙外敷上石灰，墙壁厚度通常超过三十厘米，有防火、防弹的功能。江户时代最先是把这种建筑当作仓库，后来一般住家也采用这种式样。后发展成富裕阶级的象征。

的感觉一样。至今所受的教育根本无法预防这种惊吓，甚至不如一服成药。三四郎的信心已随着震撼缩小了四成。这种感觉让他很不愉快。

如果说，这种激烈的变动即是所谓的现实世界，那他以往的生活等于是跟现实世界脱了节，他就像是一直躲在洞之峠¹做着白日梦。如果要他立即表明态度，对眼前的变动担起一份责任，这对三四郎来说又十分困难。现在的他虽然处于剧变的震中，但他的学生生活跟从前一样，毫无变化。唯一有所改变的，是他的立场，现在他得面对各种发生在身边的变动。世界正在剧变，自己却无法参与，只能眼睁睁地看着世界改变。自己的世界和现实的世界虽然并存于同一个平面，但两者却毫无接触。激变中的现实世界正要抛下自己，不断向前奔去。三四郎感到非常不安。

他站在东京的中心点，看到了火车与电车、白衣人与黑衣人²之间发生着各种变化，这些激变令他觉得，明治时代的主流思潮就是

1　洞之峠：京都八幡市与大阪枚方市之间的山顶关卡。一五八二年的本能寺事变之后，明智光秀与丰臣秀吉为了讨伐君主织田信长，在山崎发生激战，当时明智和丰臣都想拉拢筒井顺庆联手攻打对方。传说筒井最终决定保持中立，只站在洞之峠观望双方决战。"洞之峠"一词后来变成"观望形势""坐山观虎斗""机会主义"的同义词。

2　白衣人与黑衣人：白衣与黑衣的变化似指文明开化的过程中，日本人的服装由颜色黑暗的和服逐渐变成白色洋服。小说里也曾数度提及洋人穿着白色衣裙。另有学者认为，白衣人与黑衣人亦可视为三四郎从乡村刚到大都市，身边事物令他眼花缭乱，整个世界里只能看到黑白两色。

要在四十年之间，不断重现三百年来的西洋历史[1]。但他并未发现，藏身于学生生活当中的思想活动也正在发生变化。

就在这东京的剧变震中，三四郎独自关在家中闷闷不乐，日子一天天地过去。家乡的老母寄来了一封信，这是三四郎来到东京后收到的第一封邮件。打开一看，信里写了许多事。一开头，母亲告诉他，今年农作物丰收，值得庆贺。接着又叮嘱三四郎，一定要注意保重身体，东京人都很狡猾又邪恶，必须小心一点。母亲还说，每个月底会把学费寄到东京，叫他不必担心。最后还告诉三四郎，胜田家的阿政有个表弟已从大学毕业，听说现在进了理科大学[2]工作，叫三四郎大可前去拜访看看，不管有什么事，都可以拜托那位表弟帮忙。信纸的栏框外还写着"野野宫宗八[3]先生"几个字，看来是母亲忘了把最重要的姓名写进去，后来想起来，才又补写的。栏框外另外还写了几件事：家里耕田的青马得了急病，突然死了，现在耕作起来非常吃力；三轮田家的阿光送来香鱼，但如果寄到东京去，半路上就会臭掉，所以家里的人就把香鱼吃了；等等。

1　夏目漱石于明治四十四年（一九一一年）八月发表的演讲稿《现代日本的开化》里曾提出相同的思想。

2　理科大学：东京帝国大学理科大学，亦即现在东京大学理学部的前身。

3　野野宫宗八：这个角色的原型人物据说是漱石的学生寺田寅彦（一八七八——一九三五）。寺田在熊本第五高等学校就读时，曾被漱石教过，后来成为地球物理学家，并任东京大学教授。深获漱石的信任。

看着信纸，三四郎觉得这封信好像是从褪色的古代寄来的。他甚至还生出一种有愧于母亲的念头：我现在哪有时间读这种东西？他心里虽然这么想，但还是把家书重读了两遍。理由很简单，如果说自己现在跟现实世界还有些许的联系，那也就只有母亲了。只是，母亲是个住在古老乡村的旧式人物。除了母亲之外，还有那个在火车上碰到的女人。那女人算是现实世界里的一道闪光。自己跟她的接触实在太短暂，也太吓人。读完了信，三四郎决定按照母亲的嘱咐去找野野宫宗八。

第二天，天气特别炎热。三四郎想，学校还在放假，现在到理科大学去找野野宫，他肯定不在，但母亲也不可能再来信告诉自己野野宫的地址，何不现在就到那附近打听一下。于是等到下午四点左右，三四郎便绕过高等学校[1]，从弥生町的校门走进理科大学。路上的尘土积了有五六厘米那么厚，地面尽是木屐的齿印，以及皮鞋和草鞋踩过的痕迹，各种脚印组成一幅美丽的图案。在这一大堆的脚印之上，还有无数条车轮和自行车碾过的印记，路面破烂得简直令人生气。好在大学里林木繁茂，走进校园之后，三四郎的心情才由阴转晴。他来到校舍前，看到一扇门，伸手试图推开，这才发现门上挂着一把锁。三四郎又绕到校舍的后门，仍然推不开，最后只

---

1 高等学校：指旧制第一高等学校，跟东京帝国大学相邻，东大位于南北走向的本乡大道的东侧，一高位于大学的北侧，两校之间隔着弥生町大道。

好再往侧门走去，虽然已经不抱什么希望，但他还是推了一下，没想到竟然推开了。进了校舍，一名工友正在两条走廊的交叉口打瞌睡。三四郎说明来意，工友转眼朝向上野森林[1]眺望一番，想让头脑清醒过来，看了好一会儿，突然开口说："说不定在里面吧。"说完，便向校舍深处走去。四周非常寂静。不一会儿，工友出来了。

"就在里面。请进吧。"工友的语气像对朋友说话似的。三四郎紧跟在工友身后，走到交叉口拐个弯，下了楼梯，来到一条泥土混着石灰铺成的走廊。整个世界突然变暗了。三四郎感觉眼前一片昏花，仿佛在烈日之下晒昏了头。过了半响，他的眼珠才适应过来，总算看清了周围的景象。这里是一座地窖，感觉上比较凉爽，左侧有一扇敞开的门，门里探出一张脸，额头很宽，眼睛巨大，看来像是跟佛教颇有渊源的相貌。那人身上穿着西装上衣，里面是一件泡泡纱衬衣，西装上面染了好些污渍。男人的身材十分高大，清瘦的体形倒是跟这种炎热的天气非常相称。只见他竖直背脊，和头连成直线，然后伸向前方，向三四郎行了礼。

"到这儿来吧。"说完，男人把脸缩回室内。三四郎走到门前，转眼朝室内张望着，不料野野宫已径自坐在椅子上。"到这儿来。"他又说了一遍。野野宫所说的"这儿"只是一个木头架子，四角各

1　上野森林：即现在的东京"上野公园"，位于东京大学北侧，江户时代称作"上野山"或"上野森林"，三代将军德川家光曾在此建立宽永寺，成为德川家的家庙。

自竖着一根木棍，上面铺了块木板，如此而已。三四郎走上前，在那木架上坐下，先向野野宫问候并自我介绍，然后拜托他今后多多关照。"嗯嗯。"野野宫嘴里连连应允，却只是听着，没说别的。三四郎觉得他的态度跟火车里那个吃水蜜桃的男人有点相似。说完了该说的开场白，三四郎再也说不出一句话，野野宫嘴里也不再连连发出"嗯嗯"。

三四郎转眼打量起室内，只见房间正中央有一张长方形栎木大桌，上面放着机器似的物体，表面缠满了粗铁丝。旁边有个玻璃大缸，里面装满了水。除此之外，桌上还放着锉刀、小刀，以及一个脱落的西服领饰。三四郎又向对面的屋角望去，那儿放着一座花岗岩石座，高度约六十厘米，上面摆着一个貌似福神渍[1]酱菜罐头的复杂机器。三四郎发现铁罐侧面开了两个小洞，洞里闪闪发亮，有点像蟒蛇的眼珠。

"看到亮光了吧？"野野宫笑着问。接着，便开始向三四郎说明："白天我就像这样，先准备好机器，一直等到晚上，路上的交通和其他活动都逐渐停止了，我就在这安静的地窖里，用望远镜观察那两个眼珠似的小洞。这是一种测试光线压力的实验[2]，大约从今年的

---

1 福神渍：明治初期东京上野"山田屋"发明的酱菜，以酱油、砂糖等调味料腌制切碎的萝卜、茄子、黄瓜、红刀豆、莲藕、紫苏籽、香菇七种蔬菜。这种酱菜上市后颇受顾客欢迎，并立即被推广到全国各地。因七种材料令人联想到传统信仰的"七福神"，所以被命名为"福神渍"。

2 这段关于光线压力的实验和实验室里的情形，夏目漱石是从弟子寺田寅彦那儿听说的。

新年开始，但这些机器装置起来很费劲，所以到现在还没得到期待的数据。夏季做起来还比较轻松，一到冬天的寒夜就难熬了。就算穿着外套，系上围巾，也冷得不得了……"

听到这儿，三四郎非常吃惊，也感到不解。光线究竟会产生什么压力？那压力又有什么用处？他完全摸不着头脑。

这时，野野宫怂恿道："过去看一眼吧！"三四郎也觉得有趣，走到石座前方五六米处的望远镜旁边，把右眼凑上去。可是什么也看不见。"怎么样？看到了吗？"野野宫问。"什么也看不见。"三四郎答道。"哦，因为镜盖没有拿掉嘛。"说着，野野宫起身走过来，帮他拿下遮住镜头的镜盖。

这回，三四郎看到轮廓模糊的亮光当中出现了标尺的刻度。标尺的下方显出"2"字。"怎么样？"野野宫又问。"看到一个'2'。"三四郎说。"马上就要出现变化了。"野野宫边说边走向前，在机器上拨弄一番。

不一会儿，亮光中的刻度开始出现变化。"2"字消失之后出现了"3"，然后又换成"4"，接着是"5"……最后停在了"10"。紧接着，数字又开始往回变，"10"消失之后"9"也不见了，接着从"8"变成"7"，"7"又变成"6"……依序回到"1"。"怎么样？"野野宫再度问道。三四郎非常震惊，从望远镜上移开眼睛。至于那刻度代表的意义，他根本连问都不想问。

三四郎向野野宫道别后，从地窖爬上地面，重新回到行人往来的地方，这才发现外面的世界仍然非常炎热。尽管空气燠热，他还是深吸了一口气。太阳正要向西方落下，阳光斜照在宽阔的山坡上。坡路两侧是工科[1]的校舍，建筑物的玻璃窗被阳光照得十分灿烂，好像正在燃烧似的。天空清澄无比，西方天际燃起的火焰向那清澄的天空喷上一层淡红，火焰的热气仿佛一直吹向三四郎的头顶，半边的背脊承受着侧面射来的阳光。三四郎转身向左后走进校园的森林里。这片森林也跟他一样，背面的半侧承受着夕阳的余晖。树叶绿得发黑，叶片之间的天空已染成了鲜红色。粗壮的榉木树干上，晚蝉正在鸣唱，三四郎走到水池[2]旁蹲下身子。

四周非常寂静，连电车的声音都听不到。原本该从赤门[3]前面经过的电车，在大学的抗议下，已经改道绕到小石川去了。三四郎在池边蹲下的同时，突然想起自己离开家乡前，曾在《时分新闻》上看到这件事。一个连电车都不通过的大学，跟社会的距离肯定很远，他想。

现在三四郎刚巧进了这所学校，谁知进来一看，竟有野野宫这等人物。他为了进行那个光线压力的实验，已经躲在地窖半年以上。

---

1 工科：东京帝国大学工科大学的简称，现在是东大的"工学部"。

2 水池：东京帝国大学校园里的水池，正式的名称为"育德园心字池"，后因小说《三四郎》而一举成名，现在一般称为"三四郎池"。

3 赤门：东京帝国大学的南门。原是江户时代加贺藩前田家府第的大门。"赤门"现在已是东京大学的代称，但不是东京大学的正门。

野野宫身上的服装十分朴素，要是在校外碰到他，肯定会以为他是电灯公司[1]的技工吧。三四郎觉得他很伟大，因为他心甘情愿地躲在地窖里，毫不松懈地从事研究。然而，无论望远镜里的标尺刻度如何变化，他跟现实世界却没有丝毫的互动，这一点是显而易见的。或许，野野宫打算一辈子都不去接触现实世界吧。所以说，我现在呼吸着这种静谧的空气，自然也会产生跟他一样的想法。那我大可不必犹豫不决了，干脆此生都不要和外面的现实世界有所连接吧。

三四郎的目光紧紧盯着池面，他看到水底映出几棵大树，树木更下面的底层，可以看到蔚蓝的天空。他的心已经超越电车、东京、日本，飞向很远很远的地方。然而过了没多久，他又感到心头笼上一层薄云似的寂寞，逐渐在他心底扩散，就跟野野宫独自坐在地窖里的心情一样。从前在熊本的高中时，三四郎曾经爬上寂静的龙田山[2]，也曾睡在长满月见草的操场上，那种忘掉整个世界的感觉，他体验过好几回，但是像现在这种孤寂，却是第一次体验。

"是因为我目睹了东京的各种剧变吗？或是……？"想到这儿，三四郎的脸红了起来。他想起火车里遇到的那个女人。"看来，现实世界对我来说，似乎还是必要的。"但另一方面，他又觉得现实

---

1 电灯公司：东京电灯公司成立于明治十五年（一八八二年），但是过了很久以后，一般家庭才开始使用电灯。三四郎的宿舍里点的是油灯，夏目漱石写《三四郎》的时候，家里也还没有装电灯。
2 龙田山：位于熊本市东北方。夏目漱石曾在山麓的第五高等学校任教。

世界危险得令人无法靠近。想到这儿，他决定早点返回宿舍，写封回信给母亲。

这时，他无意中抬起眼皮，看到左侧山丘上有两个女人站在那儿。水池正好就在她们的下方，对面有一座高崖，崖上种满树木，树丛后方有一座光鲜耀眼的哥特式红砖建筑。夕阳逐渐西沉，阳光从对面全方位地横射过来。女人的脸迎着阳光。三四郎蹲在较低的阴暗处，从他的位置望过去，山丘上显得分外明亮。其中一个女人似乎觉得光线刺眼，举起团扇挡在额前。三四郎看不清这女人的脸，但她身上的和服和腰带的颜色十分醒目。女人脚上的白布袜映入三四郎眼帘，虽然看不清夹在脚趾间的鞋带颜色，但可以知悉她穿着草履。另一个女人全身雪白衣裙，手里既没有团扇，也没有其他物品。只见她抬起眼皮，额上露出一些皱纹，眺望着对岸老树形成的林荫。老树枝丫蔓生，一直从高处延伸到池面。手拿团扇的女人站在前方，白衣女人退后一步，站在山丘边缘的内侧。从三四郎的角度望去，两个女人一前一后，好像正在互相扶持。这时他心中只觉得两人的衣着色彩非常美丽。但那颜色究竟如何美丽，因为他是个乡下人，也不知该用什么语言或文字来形容，只是径自觉得穿白衣的女人是个护士。三四郎呆望着两个女人，白衣女人已开始移动脚步，那模样却不像有什么急事，似乎只是两脚不自觉地走动起来。三四郎继续观察，看到拿团扇的女人也跟着迈开了脚步。两人像是约好了，却又像是漫无目的，一起朝山坡下走来，三四郎仍旧蹲在那儿注视她们。

坡路下方有一座石桥。如果她们不上桥的话，就会直接朝理科大学的方向走去，若是上了桥，就会走到池边来。不一会儿，三四郎看到她们走上了石桥。

那把团扇已不再用来遮太阳。女人的左手里抓着一朵小白花，一面闻着花香，一面向三四郎走来。由于她边走边闻，还不断打量鼻子下面的花朵，一双眼皮都向下垂着。走到三四郎面前大约两米的距离时，女人突然停下脚步。

"这是什么？"说着，她抬头望向天空。女人头顶上方有一棵巨大的椎树[1]，一层又一层的树叶，浓密得连阳光也无法透过。树身呈圆形，长长的枝丫一直伸展到池边。

"这是椎树。"护士说，那语气就像在教小孩认东西似的。

"是吗？果实还没长出来嘛。"女人一边说一边转回仰起的脸，这时她顺便瞥了三四郎一眼。女人转动黑眼珠的瞬间，三四郎确实看到她的动作，刚才跟色彩有关的各种感觉一下子全抛到九霄云外，另一种难以形容的东西从他心底升起，跟他听到火车上那女人说"您

---

1 椎树：《三四郎》的时间轴设定跟小说在报上刊登的日期几乎同步。三四郎第一次在池边遇到美祢子的时间是九月上旬。根据石原千秋在《漱石与其三位读者》第一百七十三页解释，椎树的果实成熟应在十月底至十一月，美祢子故意在天气炎热的九月说树上没有果实，显然是故意想引起三四郎的注意。

这个人可真没胆量"时的感觉好像有点相像。三四郎不禁害怕起来。

两个女人越过三四郎面前，向前走去。经过他面前时，比较年轻的女人抛下刚才闻个不停的白花，走远了。三四郎专注地凝视着两人的背影。护士领头走在前面，年轻女人跟在后头。三四郎看到她那色彩缤纷的腰带上印染着白芒草的花纹。女人头上插着一朵纯白的蔷薇。在椎树的绿荫下，黑发上的白花显得特别光亮耀眼。

三四郎呆住了。半晌，他才低声说了一句："矛盾！"但究竟是大学的气氛和那个女人矛盾，那身彩色与她的眼神矛盾，还是自己看到那女人却想起火车里的女人而觉得矛盾？还是说，自己对未来采取的方针自相矛盾？又或者，因为面对特别值得欣喜之事却心生恐惧而令自己感到矛盾？这个从乡下出来的青年完全摸不着头绪，只感到眼前必然有某种矛盾存在。

三四郎上前拾起女人抛弃的白花，放在鼻子前面闻了闻，但没有闻到什么特别的香气，便一把抛向水池。花儿在水面上漂浮着。这时，三四郎突然听到有人在水池对面呼喊自己的名字。

他把视线从花上移开，看到野野宫拖着长长的身影站在石桥的另一端。

"你还在啊？"野野宫问。三四郎还没开口回答，便已站起身，慢吞吞地朝石桥上走去。

"是啊。"三四郎说。不知为何，他的语气显得懒洋洋的，但是野野宫一点也没留意。

"凉快吗？"野野宫问。

"是啊。"三四郎又说。野野宫望着池水看了一会儿，右手伸进口袋，像要找什么东西似的掏了半天。只见口袋边缘露出半个信封，上面似乎是女人的字迹。野野宫大概没找到想找的东西，就重新抽出手，垂手站立，并向三四郎说："今天的机器装置有点问题，晚上的实验不做了。我现在打算到本乡[1]那儿散散步再回家,你怎么样？要不要一起去走走？"

三四郎立刻应允，两人便一起走上山坡。到了山丘顶端，野野宫走到刚才那女人站立的位置，停下脚步，转眼浏览对面绿荫中的红色建筑和崖下的水池。由于对面的山崖很高，水池的水位看起来特别浅。

"这里景色不错吧？那栋建筑，只有转角的部分从林木间突出来一点，看到了吗？很好看吧？你注意到了吗？那栋建筑真的造得很棒。虽说工科的校舍造得也不错，但还是那栋楼比较好看。"

野野宫的鉴赏能力令三四郎有点讶异。老实说，他完全看不出哪栋建筑比较好看。这回换成三四郎嘴里不断说着："嗯，嗯。"

1　本乡：位于东京文京区南部，是日本首屈一指的文教区，从明治时期至昭和时期，许多文人学者定居在此，譬如夏目漱石、坪内逍遥、樋口一叶、正冈子规、宫泽贤治、川端康成等。东京大学校区设在本乡的东北部，"本乡"常被当作东京大学的代称。

"还有啊，这种树木与池水构成的感觉……虽说没什么特别，不过这里可是东京的中央地带呀，却很安静，对吧？若不是在这种地方，根本就没办法做学问。东京最近开始变得十分吵闹，真叫人头痛。这里，就是从前藩主家的宅邸[1]。"野野宫一面向前走，一面指着左侧的建筑说，"现在是召开教授会议的地方。哦，这种会，我不必出席。我只需躲在地窖里度日就够了。最近学识界的变动极为剧烈，稍不留意，就会落在别人后面。别人看我，或许以为我在地窖里闹着玩，但我这当事人的脑袋里工作得可辛苦了。或许比电车运转还要激烈吧。我连夏天都舍不得休假去旅行呢。"说着，野野宫抬头仰望广阔的天空。空中已看不到什么阳光。

蔚蓝的天空十分沉静，几道细长又轻飘飘的白云纵横交错地浮在空中，好像用刷子涂在天上似的。

"你知道那是什么吗？"野野宫问。三四郎仰起脑袋，看到一些半透明的云彩。

"那些全是雪粉哟。我们现在从地面看，觉得它们完全不动。但事实上，它们移动得非常迅速，甚至快过地面的飓风呢……你读过罗斯金[2]的著作吗？"

"我没读过。"三四郎沮丧地答道。

1　宅邸：指前田家的宅邸，位于水池旁的高崖上。
2　罗斯金（一八一九—一九〇〇）：英国艺术评论家、画家，著有《近代画家》五卷。

"是吗？"野野宫说完，没再多说什么。过了一会儿，野野宫又说："若是把这天空画下来，一定很有趣……要不要告诉原口呢？"

而这位名叫原口的画家，三四郎当然也不认识。

两人经过埃尔温·巴尔茨[1]的铜像，继续朝枳壳寺[2]旁边那条有电车经过的大路走去。走到铜像前时，野野宫又问："你觉得这铜像怎么样？"三四郎再度语塞，不知如何回答。学校外面非常热闹，电车络绎不绝地从面前通过。

"你不觉得电车很吵吗？"野野宫又问。三四郎觉得电车不只很吵，简直吓死人，但他只回答了一句："是啊。"野野宫接口说："我也觉得很吵。"但他脸上丝毫看不出嫌吵的表情。

"如果没有车掌教我，我还没办法自己一个人换车呢。最近这两三年，电车的数量激增，交通是方便了，却令人不知所措。就跟我研究的学问一样。"野野宫语毕，笑了起来。

现在正是新学期即将开始之际，路上到处都是头戴新帽子的高中生，野野宫露出愉快的表情看着这群年轻人。

"来了好多新同学啊。"他说。"年轻人充满活力，真好！对了，你今年几岁？"野野宫又问。三四郎按照自己在旅馆登记簿上写过

---

1 埃尔温·巴尔茨（一八四九——九一三）：德国内科医生，一八七六年受邀至东京医学校（今天的东大医学部）担任教师。他的铜像设在东大龙冈门内左侧。

2 枳壳寺：东京文京区龙冈町"麟祥院"的俗称。

的数字报上年纪。

"那你比我小七岁。一个人有了这七年的时间，差不多任何事都能做成功吧。但是岁月也过得很快。七年的日子一眨眼就过去了。"野野宫说。三四郎听不懂这段话里究竟哪一半才是真话。

两人走到十字路口附近，看到大路的左右两旁并列许多书店和杂志店。其中两三家店里黑压压地挤满了顾客，大家都在翻阅杂志，也不肯购买，翻看一阵就走了。

"大家都很狡猾啊。"野野宫说着露出笑容。其实他自己也已随手翻开了《太阳》[1]正在浏览呢。

到了十字路口，左侧有一家专卖西洋女性服饰和化妆品的小杂货店[2]，对街的左手边则有一家出售日式女性服饰与化妆品的小杂货店。一辆电车从两家小店之间急速转弯之后，又以惊人的速度向前奔去。耳中不断传来叮叮当当的电车铃声。两人穿过十字路口，路上的人潮更加汹涌。

野野宫指着对面那家小杂货店说："我要到那儿买点东西。"便穿过叮叮当当的铃声，跑到对面去了。三四郎也紧跟在后，一起跑过马路。野野宫早已钻进店里。三四郎站在店外等候。他突然看到玻璃橱窗的货架上摆着一堆木梳、花簪之类的小东西，心里十分

---

1 《太阳》：博文馆于明治二十八年（一八九五年）创刊的杂志。

2 小杂货店：即下一章即将出现的"兼安"，位于本乡三丁目的十字路口。

纳闷，野野宫要买什么呢？他对此不免感到疑惑，便走进店里四下张望，刚好看到野野宫手里提着一段像蝉翼似的轻纱丝带。

"你觉得这好看吗？"野野宫问道。三四郎这时觉得自己也该买点什么，当作香鱼的回礼送给三轮田家的阿光。但他继而又想，阿光收到礼物，肯定不认为那是香鱼的回礼，而会按照她自己的想象，随便找个其他理由，想到这儿，三四郎决定作罢。

买完礼物后，野野宫请三四郎到真砂町吃西洋料理。按照野野宫的说法，那家饭店是本乡附近最美味的洋食店。但是三四郎吃在嘴里，只觉得那不过就是西洋料理的味道。他虽然这么想，但还是把自己那一份吃了个精光。

吃完饭，两人在西洋料理屋前道别。回程的路上，三四郎特意走回刚才的十字路口，再向左转。因为他想买一双木屐，便走到木屐店门外向内张望。店里已经点亮了瓦斯灯，一名脸涂得雪白的少女坐在灯下，看起来就像石膏做成的妖怪。一种厌恶感突然从三四郎心底升起，他决定不买木屐了。回家的路上，三四郎一直思索着校园水池旁遇到的那女人的脸色。那是一种年糕烤成微焦时呈现的金黄，而且她的皮肤非常细腻。思索了半天，三四郎得出的结论是：所有的女人都必须拥有像那女人的肤色才行。

三

　　新学年从九月十一日开始上课。这天早上，三四郎循规蹈矩地
在十点半左右就到了学校，没想到一个学生也没见着，只看到玄关
前布告栏里贴着课程表。他将自己应该出席的课程时间写进笔记本，
顺便又走进办公室瞧瞧，所幸办公人员倒是都来上班了。三四郎向
其中一人打听："学校究竟什么时候开课？""九月十一日开始上
课。"一名办事人员说，脸上一副毫不在意的表情。"可是我看每
个教室都没在上课呀！"三四郎又问。"那是因为老师还没来嘛。"
办事人员说。原来如此！三四郎这才恍然大悟，走出办公室之后，
绕到校舍后头那棵高大的榉木下面，抬头仰望天空。从这个位置望去，
天空显得比平时更明亮。三四郎拨开山白竹，走下石阶，来到水池
边那棵椎树前，跟上次一样蹲在树下。"要是那女人再经过一次就
好了。"他再三抬起眼皮眺望那座山丘，但是山丘上一个人影也没有。

三四郎心想，这也是理所当然的吧。尽管心里明白，身子却仍旧蹲在地上。猛然间，"咚"的一声，午炮[1]响了，三四郎吃了一惊，这才起身返回宿舍。

第二天上午八点整，三四郎来到学校。刚走进正门[2]，就看到前方大路左右两侧种着整排银杏路树。银杏一直列队延向大路的尽头，又继续顺着坡路向下延伸。三四郎伫立在大门旁边，从他的角度向前望，只能看到山坡对面理科大学校舍二楼的一角。屋顶后方的远处，上野森林迎着晨曦，正在闪闪发光。太阳就在三四郎的正前方，眼前这片层次分明的景色令他心情愉快。

银杏路树的道路前端右侧是法科大学和文科大学[3]，左侧离路稍远的位置，则是博物学教室，两栋建筑的外形完全一样。尖尖的三角形屋顶耸立在细长的窗户上方，三角屋顶下方红砖墙与黑屋顶之间的连接处，用碎石排成直线，石块略带蓝色，与下方亮丽的红砖互相辉映，看起来十分雅致。整栋建筑就是由这样的长窗和高耸三角屋顶的组合横向排列而成。自从上次听到野野宫发表看法以来，

---

1 午炮：日本从一八七一年起，每天正午在东京丸之内以炮声宣告正确时刻。这项活动一直持续到一九二二年。

2 正门：东京帝国大学的正门面向本乡大道，位于"赤门"的北边。从正门走进校园后，两边种植路树的道路一直向前延伸，校舍排列在道路两旁，上野公园就在这条道路的延长线上。

3 法科大学和文科大学：指法科大学和文科大学的共同校舍。法科即现在的法学部，文科即现在的文学部。

三四郎就感到这栋建筑很不错，但今天早上，他又觉得自己似乎从一开头就有这种想法，而不是受了野野宫的影响。尤其是博物学教室，因为稍微偏向道路的外侧，没和文法科的校舍建在一条直线上，这种不规则的设计真是充满妙趣，三四郎想，下次碰到野野宫的时候，一定要告诉他这个看法，而且要让他知道这是我自己发现的。

文法科校舍右侧的图书馆也令三四郎赞叹不已，图书馆向前突出的部分跟文法科校舍之间有五十多米距离。尽管他对建筑并不了解，却也看出这几栋建筑物都属于同一类型。而最令他产生好感的，还是红色砖墙旁那五六棵高大的棕榈树。工科大学校舍建在左侧的校园深处，看起来就像封建时代的西洋城堡。整栋建筑物呈正方形，窗户也是方形，只有建筑物的四个角落和入口呈现圆形，可能是从古代的城郭得到的灵感吧。在这几栋校舍当中，只有这栋城楼似的建筑看起来很牢固，也有点像相扑选手弯腰的模样，不像文法科校舍，好像随时都可能倒塌似的。

三四郎放眼四望，心里很明白，校园里还有很多自己尚未鉴赏的建筑，一种雄壮之感不由自主地从他心底升起。"学府就该像这样啊！必须要有这种规模的建筑，才能做研究嘛。真是了不起！"说着，他觉得自己好像已经变成了伟大的学者。

然而，他走进教室一看，上课钟声早就响了，老师还是没出现，也没有半个学生。等到下一堂课，情况还是一样。三四郎不免心中冒火，愤然走出教室。但心里又怕错过了那女人，所以又到池边绕了两圈，才转身返回住处。

之后大约又过了十天，学校才终于开课。三四郎第一次在教室里跟其他同学一起等待老师的那种心境，实在不比往常。按照他对本身的理解，自己肯定早已折服在学问的威严之下，当时的心境大概就像祭司装扮整齐后，等着上台主持祭典吧。不仅如此，钟声响过十五分钟之后，老师仍未现身，这种期待的心情更是令他心底源源不断地涌出敬畏。不久，一位风度高雅的洋人老先生开门走进教室，开始以流利的英语讲课。听了这堂课之后，三四郎才知道，"answer"这个词，是从盎格鲁－撒克逊语中的"and-awaru"变化而来。另外，这堂课里还学到司各特[1]上过的小学所在的村庄名称，三四郎将这些知识全都细心地记在笔记本里。接下来的课是文学论。老师走进教室，先向黑板打量一眼，看到上头写着 Geschehen（发生）和 Nachbild（摹绘画）两个词，笑着说："哦，是德语？"便擦掉黑板上的字迹。三四郎觉得自己对德语的敬意好像从此便减少了几分。

老师把古代文学研究者对文学的定义写在黑板上，总共有二十多项，三四郎全都小心地做了笔记。下午的课是在大教室，室内坐着七八十名听众，所以老师的语气也像在发表演说似的，开口第一

1　沃尔特·司各特（一七七一一一八三二）：十八世纪英国著名诗人、小说家。夏目漱石也在《文学论》《文学评论》等著作中提过这位作家。

句话就说："炮声一响，惊醒浦贺梦¹！"三四郎听着觉得很有趣，但老师接着提起一堆德国哲学家的名字，令他越听越不懂。他转眼望着课桌，突然发现桌上工整地刻着"落第"两字。显然是有人听讲听得太无聊，才干出这种事吧。只见那坚硬的栎木桌面上，刀刀刻痕整齐，肯定不是初学的人干的。"真是引人深思的杰作啊！"三四郎想。接着，他又发现身边那个男生，可真是拥有惊人的耐性，从刚才到现在，他一直低着头专心抄笔记。三四郎忍不住偷瞥了一眼，这才发现男生并不是在写笔记，而是从远处给老师画漫画人像。那个男生发现有人正在偷看，也不管三七二十一，便把画像推到三四郎面前。人像画得很不错，旁边写着"天空……云端……杜鹃……"²一排字，三四郎完全不懂其中的含意。

　　下课之后，三四郎觉得有点累，用手肘撑着脸颊，从二楼窗口俯视正门内的庭院。院里只种着一些宏伟的松树与樱花树，树木之间用碎石铺成宽阔的走道。那些树没有遭到过分的修剪，看起来很舒服。三四郎又想起野野宫说过的一段话：其实正门内侧的校园从前并没弄得这么好看。据说是野野宫的老师还是什么人，在这所学校当学生的时候，经常在这儿练习骑马，有一次，马儿突然不听话，

1　指一八五三年美国东印度舰队司令培理用大炮强迫日本开放门户，当时美国的舰队驶进了江户湾相州浦贺海面（今天的东京湾神奈川县附近）。

2　模仿幕府末期儒学家安井息轩的座右铭写成的文字。座右铭的原文为："我乃天上杜鹃，今且忍气吞声，来日名播云端。"

故意从树下跑过，松枝钩住了老师的帽子，木屐底的屐齿也被马镫夹住，害得老师尴尬极了。那时学校正门前面有一家叫作"喜多床"的结发屋[1]，好多理发师都跑出来看热闹，看得哈哈大笑。当时，那些喜欢骑马的同好还凑钱在学校里造了一座马厩，养了三匹马，并且雇了一位驯马师。不料那位师傅特爱杯中物，最后竟卖掉三匹当中最好的白马，把收入全都换成酒喝掉了。据说那马还是拿破仑三世时代的老马呢。回想到这儿，三四郎在心底说，不可能是拿破仑三世时代的马儿吧？不过从前那个时代，大家也实在太悠闲了。正在胡思乱想，刚才那个画漫画人像的男生走了过来。

　　"大学的课真没意思。"男生说。三四郎含糊地应了一声。其实大学的课程究竟是有趣还是无聊，他也无从判断。不过从这一刻起，那个男生倒是变成了能够跟他闲聊的对象。

　　这天也不知为何，三四郎总觉得情绪低落，做什么都没劲，所以绕池散步的活动也决定暂停，直接返回宿舍。晚餐之后，三四郎拿出笔记反复阅读了几遍，倒是没感到特别愉快或不愉快。接着，他又给母亲写了一封言文一致[2]的家信："大学已经开始上课了。以后我每天都会到学校去。学校很大，很不错，建筑物也非常漂亮。校园正中央有个水池，我很喜欢在池塘周围散步。最近终于知道怎

1　结发屋：江户时代专为男性结发的地方，相当于今天的理发店。
2　言文一致：即白话文。当时一般人写信还是使用文言文。

么搭电车了。本想给母亲买点礼物，却不知买什么好，母亲如有想要的东西，请告诉我。今年的米价马上就会上涨，家里的米先不要急着卖比较好。母亲最好不要对三轮田家的阿光太好。自从我来到东京才发现，这里的人口真是太多了，男人女人都很多……"三四郎就这样拉拉杂杂地写了一大堆。

写完信之后，他翻开英文书，念了六七页又觉得无聊起来。这种书，只读一本也不够。想到这儿，三四郎决定铺床睡觉。但是躺下之后，却一直睡不着。"万一患了失眠症，我可得早点到医院看医生……"三四郎胡思乱想着，不知不觉就睡着了。

第二天，三四郎还是在同样时间到学校听课。下课的时候，他听到有人谈论今年的毕业生已经在这里那里找到了工作，又听到大家闲谈中提到，某人和某人的工作还没定下来，因为他们都想在官立学校[1]争取一席之地。三四郎隐约感到未来从远处逼到眼前，一种沉重的压力正在向自己节节逼近。但是一眨眼工夫，他就忘了这件事。倒是大家聊到升之助的话题，令他感到很有趣。刚好这时又在走廊碰到一位同是熊本到东京念书的同学，他便抓着那位同学问："升之助是谁呀？""是在曲艺场表演的少女说唱艺人。"那位同学说，然后又向他描述了曲艺场招牌的模样，还有本乡的曲艺场位置，最后又顺便邀

---

1 官立学校：指政府设立的学校，当时日本全国共有十四所官立学校，其中包括帝国大学（三所）、旧制高校（八所）、高等师范学校（三所）。

他周末一起去看曲艺表演。三四郎以为那位同学关于这方面的知识非常丰富，不料交谈之后才知道，该男生昨晚是第一次到曲艺场看表演呢。听了同学的话，不知为何，他也很想到曲艺场看看升之助的表演。

三四郎本想返回宿舍去吃午饭，但昨天那个画漫画人像的男生却向他走了过来。"喂！来！"男孩说着便拉三四郎一起到本乡路旁的"淀见轩"吃咖喱饭。"淀见轩"是一家水果店，房子是新建的，漫画男指着店面告诉三四郎，这是新艺术派建筑。三四郎这才了解，建筑物还有所谓"新艺术派"的设计。回家的路上，他又指了"青木堂"[1]给三四郎看，那里似乎也是大学生常去的地方。两人从赤门走进校园后，一起在水池周围散步。漫画男告诉三四郎，已经过世的小泉八云[2]以前很不喜欢走进教员休息室，所以他每次讲完课，总是在这个水池四周绕来绕去。男生说这话的语气，就像他自己被小泉先生教导过似的。"为什么不想去休息室呢？"三四郎问。

"那是当然的嘛。首先，那些教师讲课的内容，你也听过了吧？能跟他聊得来的人，一个也没有。"他轻松地发表了这段又狠又准的评语，三四郎听了不免大吃一惊。男生的名字叫作佐佐木与次

---

1 青木堂："淀见轩"附近的西洋食品店，二楼可以喝饮料。

2 小泉八云（一八五〇——一九〇四）：作家，出生在希腊，十九岁到美国打工，后来成为记者，一八九〇年前往日本，与日籍女子小泉节子结婚后，加入日本国籍，改名小泉八云。他是近代史上著名的日本通，著有《怪谈》，是现代怪谈文学的鼻祖。小泉八云曾任东京帝国大学英文科教授，一九〇三年夏目漱石从英国留学回国后，接任小泉八云的职位。

郎[1]，从专门学校[2]毕业，今年进大学当选科生[3]。又说他住在东片町五番地的广田[4]家，叫三四郎有空时到他的住处去玩。"你是借住别人家吗？"三四郎问道。"我住在一位高中老师家里。"他说。

那天之后，三四郎每天都上学，循规蹈矩地到教室听课。除了必修科目之外，有时也旁听其他课程，但还是觉得意犹未尽，于是连那些跟自己专业无关的课程，他也常常跑去旁听。但通常听了两三次，就不想再去了。连续听上一个月的，几乎一科也没有。尽管如此，三四郎平均每周的上课时数也多达四十小时左右。就算是像他那么勤勉好学的学生，每周四十小时的课，也似乎是有点过多了。三四郎总感到心头有种压迫感，却又无法从课堂上得到满足。他越来越不快乐了。

一天，三四郎碰到佐佐木与次郎，便告诉他自己的烦恼。与次郎一听他每周听四十小时的课，立刻睁大眼睛嚷起来。"蠢！蠢！

---

1 佐佐木与次郎：这个角色的原型是夏目漱石的弟子铃木三重吉（一八八二—一九三六），漱石开始执笔书写《三四郎》之前，曾写信告诉铃木，将把他写给自己的信件当作小说的参考数据。《三四郎》开始在《朝日新闻》连载之后，铃木也曾兴奋地向朋友宣传自己就是小说里的与次郎。铃木三重吉出生于广岛，是小说家、儿童文学家。

2 专门学校：当时学制下的高等教育机构，以中学毕业生为招收对象，修业年数三年以上，其中包括高等商业学校、医学专门学校等。

3 选科生：专门学校、师范学校毕业生在大学修完规定科目，并通过考试之后，可获得大学同等学力证明。

4 广田：这个角色的原型据说是日本著名哲学教授岩元祯（一八六九—一九四一），一八九四年岩元祯从东京帝国大学哲学科毕业后，曾在第一高等学校教授哲学与德文。日本著名评论家高桥英夫曾于一九八四年出版《伟大的黑暗：岩元祯和他的弟子》（新潮社），书中详尽对比了广田老师和岩元祯的相同与相异之处。

蠢！"接着又说，"宿舍那种无味的饭菜一天吃上十顿，能感到满足吗？用脑筋想想吧。"与次郎脱口而出的警语一下子击中了三四郎的要害。他连忙向与次郎求教："那我该怎么办呢？"

"去搭电车吧。"与次郎说。三四郎以为这句话里隐含什么深意，想了半天，却想不出深意是什么。

"你是说真正的电车？"三四郎问。与次郎听了哈哈大笑起来。

"坐上电车，把东京来来回回绕上十五六次，你就会觉得满足了。"与次郎说。

"为什么呢？"

"为什么？这么说吧，你一个活生生的脑袋，关在死气沉沉的教室里，能有什么好事？所以我叫你出去吸点新鲜空气嘛。如果这样还不满足，办法多的是啦，反正，先搭电车出去逛逛吧，这是第一步，也是最简便的办法。"

这天的黄昏，与次郎拉着三四郎在本乡四丁目搭上电车，一起到了新桥，又从新桥搭车返回日本桥，两人才从电车上下来。

"懂了吗？"与次郎向三四郎问道。接着，他们从大路拐进狭窄的小巷，来到一家料理店门前，门外的招牌上写着"平野家"。

两人走进店里，吃了晚饭，还喝了酒。店里的女侍全都说着京都方言，个个表现得温柔婉约。吃完了饭，走出料理店，与次郎满脸通红，又向三四郎问了一句："如何？"

与次郎紧接着说："现在我就带你去真正的曲艺场。"说完，又转进一条狭窄的小巷，走进一家叫作"木原店"的曲艺场。他们在这儿欣赏了落语家小三[1]的表演，直到十点多，两人才回到大路。这时与次郎又问："怎么样？"

三四郎答不出"很满意"三个字，却也没有不满足的地方。这时，与次郎开始滔滔不绝地发表他的小三论："小三真是个天才！像他那样的艺术家，实在难能可贵。你若认为随时都能听到他的口艺，没什么了不起，那可太对不起他了。老实说，跟他生在同一个时代的我们真的很幸福。要是早生几年，我们就听不到小三的表演了，晚生几年也一样。虽然圆游[2]说得也算不错，但是跟小三的味道不太一样。圆游演一个帮闲，演出来就变成了帮闲的圆游，所以看起来很有趣；而小三扮演的帮闲，却完全脱离了小三，也很有趣。圆游扮演的人物如果去掉圆游的部分，那个角色就不见了。而小三扮演的人物，就算把属于小三的部分完全掩盖住，也仍然充满生气地活跃在舞台上。这就是小三令人觉得了不起的地方。"

与次郎说到这儿，又问三四郎："你的看法如何？"但老实说，三四郎根本搞不清小三究竟好在哪儿，还有那个叫圆游的曲艺技术，

---

1 小三：指"第三代柳家小三"，本名丰岛银之助（一八五七——一九三〇），最初的艺名叫作"第一代柳家小三治"，一八九五年三月改名叫作"第三代柳家小三"，是当时最具代表性的落语家之一。

2 圆游：指"第三代三游亭圆游"，本名竹内金太郎（一八五〇——一九〇七），当时的代表性落语家之一。

他也从来没听过，所以很难判断与次郎的看法。但与次郎简单扼要地用文学性的表现说出了自己的看法，这一点让三四郎非常佩服。

两人走到高等学校前面分手道别时，三四郎向与次郎道谢说："谢谢你，我今天非常满足。"

"从现在起，你得去图书馆才能满足。"与次郎说完，便转弯朝片町走去。听了他的话，三四郎才知道自己应该去图书馆了。

第二天起，三四郎将每周四十小时的课几乎减掉一半，走进了图书馆。那是一座又长又宽的建筑物，屋顶非常高，左右两边的墙壁开了很多扇窗户。书库只能看到入口，从入口的正面向内望去，里头似乎摆满了各式各样的书籍。三四郎站在入口观望了一阵，看到有人胸前抱着两三本厚书从书库走出来，走到出口，向左一转，又继续往前走。原来是要去职员阅览室。还有些人从书库的书架抽下想看的书，直接摊开捧在胸前，伫立在书架前面阅读。三四郎好生羡慕这些人。他走向图书馆最深处，上了二楼，又走上三楼。这个位置比本乡更高，他就在这周围没有任何生命的地方，嗅着纸香心想：好想读那些书啊！但是究竟想读哪一本，三四郎脑中却还没有具体概念。还没开始读，怎么知道呢？他想，那个书库里好像有很多书呢。

三四郎还是大一学生，所以没资格进书库。他只能无奈地在那塞满书卡的大木盒里，一张一张慢慢翻查。然而，新书的书卡源源不断地冒出来，翻到最后，连肩膀都酸痛起来。三四郎决定休息一下，抬头环顾四周。真不愧是图书馆，馆内正在读书的人那么多，却又那么安静。他往对面最远处望去，只能看到黑黑的脑袋，眼睛和嘴巴都模糊不清。三四郎又望向高大的窗口，户外有几棵树，还有一小片天空，耳中听到远处传来附近街道的杂音。学者的日子真是既宁静又丰富啊！三四郎思索着从椅上站起来。这天，他离开图书馆之后，直接返回了宿舍。

第二天，三四郎决定不再胡思乱想，一进图书馆就借书，却借错了书，只好立刻拿去退还。他接着又借了几本，书的内容却很艰深，根本读不下去，所以又还了回去。就像这样，三四郎每天必定到图书馆借上八九本书，当然，有时也会借到稍微还能念得下去的书。但是，有一件事令他很意外，不论借到什么书，那本书必定已经有人读过。发现这个事实的瞬间，三四郎感到非常震惊。因为他看到书里到处都有铅笔画过的痕迹。有一天，为了证明自己的假设，他借了一本阿芙拉·贝恩[1]的小说。打开书页之前他想，这种书总不会有人读过吧？没想到打开一看，书页上早已有人用铅笔细心地做了许多记号。三四郎这才彻底认输。就在这时，窗外刚好经过一支乐队，他突然很想到外面散散步，便向大路走去，走着走着，最后进了那家"青木堂"。进了店门，里面只有两桌客人，看来都是学生。对面远远的角落里，只有一个男人独自坐着喝茶。三四郎猛地看到那人的侧面，觉得很像

---

1 阿芙拉·贝恩（一六四〇—一六八九）：英国最早的职业女作家。

之前来东京时在火车里吃了很多水蜜桃的男人。对方没有注意到三四郎，只顾着自己喝茶抽烟，喝一口茶，再吸一口烟，非常悠闲的模样。男人今天没穿白浴衣，反而穿了一身西服。但那西服不像什么高级货，跟做光线压力实验的野野宫比起来，大概只有白衬衣略胜一筹。三四郎打量了半天，觉得男人就是那个吃水蜜桃的家伙。他想上前打个招呼，因为自从开始在大学听课以来，他觉得在火车里跟男人的那段交谈似乎突然变得很有意义。然而，男人径自瞪着前方，一口茶喝完了，又抽一口烟，抽完了烟，又喝茶，那气氛令人简直插不上嘴。

三四郎一直盯着男人的侧面，突然一口气喝光杯里的葡萄酒，奔出店门，重新返回图书馆。

这天由于葡萄酒带来些许兴致，精神也受到某种激励，三四郎读起书来比平时更觉有趣，他心里非常高兴，专心地沉浸在书中的世界。大约两小时之后，他才突然清醒过来，正要动手收拾东西回家，却发现有一本借来的书还没打开。三四郎胡乱翻开书页，看见书封里的空白处用铅笔乱七八糟地写了一大堆文字：

黑格尔[1]在柏林大学讲授哲学时，丝毫没有推销哲学的意思。他

---

1 黑格尔（一七七〇——一八三一）：德国哲学家，德国古典哲学集大成者，夏目漱石曾在致友人书信中表示，黑格尔在柏林大学开课的盛况令他钦佩。黑格尔思想体系也是马克思唯物主义辩证法的主要源流。十九世纪末的英美著名哲学家大都是黑格尔派。

的演讲并不是解释真理，而是亲身实践真理，那场演讲并不是要嘴皮，而是在用心说明。当人与真理融合并纯化之后，这个人的解说与言论，已不是为了演讲而演讲，而是为了传道而演讲。有关哲学的演讲，应该像这样才值得聆听。只把真理两字挂在嘴上，等于是用死气沉沉的墨水在失去生命的纸上留下空虚的笔记，毫无意义！此刻，我正为了考试，为了立即填饱肚子，在这儿忍气含泪地读着这本书。永远勿忘头痛欲裂的我曾在这儿诅咒那永不停歇的考试制度。

这段文字当然没有署名。三四郎看到这儿，脸上不自觉地露出微笑，同时也好像获得某种启发。何止是哲学，文学也是这样吧？他一面想一面翻着书页，又看到另一段关于黑格尔的话，写下这些文字的男生，似乎非常喜欢黑格尔。

从各地聚集到柏林来听黑格尔演讲的学生，他们并没有野心，不是为了靠听讲获取衣食才来的，那些学生只为了聆听哲人黑格尔在讲坛传授无上普遍的真理，他们一心只想向上求道，所以来到讲坛下。如果心中波澜起伏的疑惑寻求不到解答，纯净的心灵也就无从获得。因此，那些学生只有听了黑格尔的演讲后，才能决定自己的未来，改造自己的命运。你们这些日本大学生，只知道庸庸碌碌地听课，庸庸碌碌地毕业，若是以为自己跟他们那些大学生一样，那简直就是往自己脸上贴金。你们不过是打字机，而且是贪婪的打字机，你们的所作所为、所思所云，对现实社会的活力生气毫无贡献。你们大概到死都只是一群庸才而已。到死都只是一群庸才！

一段文字里连写了两遍"庸才"。三四郎咬着嘴唇陷入沉思。这时，突然有人从后方拍了他的肩膀一下。回头一看，原来是与次郎。他出现在图书馆可是一件稀罕事。这家伙对课堂很不屑，但认为图书馆的地位非常重要，只是他很少贯彻自己的主张走进图书馆。

"喂！野野宫宗八刚才在找你。"与次郎说。三四郎没想到与次郎认识野野宫，问道："是理科大学的野野宫先生吗？""对！"与次郎说。三四郎立刻放下手里的书，跑到入口附近的阅报处，但是没看到野野宫的身影。他又跑到玄关，仍然没找到他。三四郎奔下石级，抻着脖子向四周张望，还是没发现野野宫，只好无奈地回到座位前。与次郎指着他刚才读过的《黑格尔论》低声说："真是咄咄逼人哪！这一定是以前的毕业生写的。从前那些家伙虽然很粗鲁，却也有风趣的一面。事实就是像他写的嘛。"说着，与次郎嘻嘻地笑起来，似乎很欣赏这段话。

"野野宫先生不在哦。"三四郎说。

"刚才还在入口呢。"

"看起来像是有事找我吗？"

"好像是吧。"两人一起走出图书馆,与次郎在路上聊起野野宫,说他常到自己借宿的广田老师家,因为他以前是广田老师的学生。与次郎还说,野野宫喜欢研究学问,成果也不少,只要是他们那一行的,包括洋人在内,都知道野野宫的名字。

听到这儿,三四郎想起那个曾经在正门内被马儿捉弄过的人,也就是野野宫的老师的故事。他突然觉得,说不定那个人就是广田老师,便把这事告诉与次郎。"说不定就是我家那位老师哦。他是可能做出那种事的。"说着,与次郎笑了起来。

第二天恰巧是星期天,三四郎无法到学校找野野宫,但又想到他昨天来找自己,三四郎对这件事很在意,正好自己尚未拜访过野野宫的新家,三四郎想,不妨过去一趟,顺便问问找自己有什么事。

想到这个主意时已是星期天的早上,三四郎后来又读了半天报纸,拖拖拉拉地一下子就到了中午。吃完午饭,正想出门时,一位久违的熊本友人来了。好不容易打发走朋友之后,时间已是下午四点多,虽然有点晚了,三四郎还是按照原定计划走出家门。

野野宫的新家非常远。他是在四五天之前搬到大久保[1]去的。不过坐电车的话,一眨眼工夫就到了。三四郎事先已听说他家就在车

---

1 大久保:现在东京新宿区的地名,当时属于东京府多摩郡。距离东京帝国大学所在的本乡区很远。但是搭乘甲武线(现在的中央线,原为甲武铁道公司所有的私营铁路)的话,很快就能从本乡到达大久保。

站附近，心想，找起来应该不难吧。但老实说，上次去过"平野家"之后，三四郎曾经闹过一个大笑话。有一天，他从本乡四丁目搭上电车，原本是打算到神田的高等商业学校[1]，结果坐过了站，跑到九段去了。当时他想，干脆坐到饭田桥吧。所以又搭上外濠线[2]，从御茶之水一直坐到神田桥。谁知他又没来得及下车，最后只好步行穿过镰仓河岸[3]，一路朝数寄屋桥奔去。从那以后，三四郎就对电车怀着畏惧，好在今天搭乘的甲武线据说是一条直线，不用换车，他才安心地坐上了电车。

在大久保车站下车后，三四郎不走仲百人[4]的大路往户山学校[5]方向前进，而是在平交道的路口转弯，拐进一条大约只有一米宽的小巷。他慢吞吞地登上石级，看到前方种着稀疏的孟宗竹。竹丛这边和对面各有一户人家，野野宫就住在路旁这户人家里面。院前有一扇小门，开在出人意料的位置，似乎完全不曾考虑门前道路的方向。走进小门，屋舍又建在完全不同的方向。看来这户人家的院门和屋门全都是后来才造的。

厨房旁边倒是种了一排美观的树墙，而庭院周围却没有任何遮

---

1 高等商业学校：今天"一桥大学"的前身。当时位于神田区（现在的千代田区）的一桥大道。学校升级为大学时，便以"一桥"为名。

2 外濠线：当时围绕旧日江户城外濠（外围的护城河）一周的市内电车。

3 镰仓河岸：位于今天的东京千代田区内神田。德川家康建立江户幕府时大兴土木，当时筑城所需的木材全由镰仓的木材商提供，堆积木材的地点叫作镰仓河岸，附近地区名为镰仓町。

4 仲百人：现在东京新宿的百人町。

5 户山学校：陆军户山学校。

挡。院里只有一些比人还高的萩花，将日式房间周围的回廊稍微遮住一些。野野宫将椅子搬到回廊上，正坐在那儿阅读西洋杂志。

他一看到三四郎走进院来，便说："到这儿来吧！"跟上次在理科大学地窖里见面时说的话一样。三四郎不知自己究竟应该从院里直接登上回廊进屋，还是绕到玄关再进去，正站在那儿犹豫着。

野野宫又催促道："到这儿来呀。"三四郎只好硬着头皮，直接从院里进屋。那个日式房间就是野野宫的书房，有八畳¹大，室内的西洋书籍比较多。野野宫从椅上起身，进屋坐在榻榻米上。三四郎先是随意闲聊了几句："这里真是个清静的地方啊！从御茶之水到这儿倒是挺快的。望远镜实验进行得怎么样了？"

聊了一会儿，三四郎这才开口问道："听说您昨天来找我，有什么事吗？"野野宫听了这话，脸上露出一丝抱歉的表情。

"其实也没什么重要的事。"野野宫说。

"哦！"三四郎只答了一句。

"你今天是为了这事才来的吗？"

"不，倒也不是为了这事。"

"其实啊，是因为令堂从乡下寄给我贵重的礼物，还拜托我多多照顾自己的儿子。所以我就想向你道一声谢……"

1　畳：和室的大小以"畳"为单位，一畳即一块榻榻米的大小。

"啊！原来如此。寄来了什么呢？"

"嗯。红色的鱼，酒糟腌过的。"

"那大概是红鱼吧。"三四郎心想，母亲送这礼物也太寒酸了。但野野宫却问了很多关于红鱼的问题。三四郎特别介绍了一遍吃法：酒糟先不要洗掉，烤熟之后，盛盘之前再擦掉酒糟，否则味道就不好了。

两人绕着红鱼随意闲聊着，不知不觉天色已黑，三四郎正要开口向主人告辞，突然有人送来一封电报。野野宫撕开信封读了一遍，嘴里嚷着："这可麻烦了。"三四郎觉得自己不能佯装不知，却又不想过分干涉别人的闲事，只能面无表情地问道："发生什么事了吗？"

"没什么大事。"野野宫说着，便将手里的电报递给三四郎。只见纸上写着"速来"两个字。

"要到哪儿去？"

"嗯。我妹妹最近生病了，在大学医院里住院。是她叫我快点过去。"野野宫说，脸上并无慌乱的表情，反倒是三四郎听了大吃一惊。因为一下子听到野野宫的妹妹、妹妹的病、大学医院等，然后，他又想起池边遇到的那个女人，脑中便把这些全都混在一块儿，心里不免震惊。

"那是病情变重了吧？"

"不是的。其实家母已经去照顾她了。如果真是因为病情，还不如坐电车赶回来叫我快呢……这只是妹妹跟我开玩笑吧。那家伙脑筋不太好，常干这种事。而且因为我搬到这儿以后，还没去过医院。

今天是星期天，大概她以为我会去看她，所以发了这电报。"语毕，野野宫歪着脑袋陷入沉思。

"您还是去看看吧。万一病情恶化就糟了。"

"没错。虽说只有四五天没去看她，应该不会有什么突然的变化，但我还是去看看好了。"

"说什么都不如去一趟吧。"

野野宫决定动身前往医院。做出决定的同时，他向三四郎提出一个请求。大致意思就是说，万一这电报真的是因为病情而来，那他今晚就没法回来了。如此一来，家里就只剩女佣独自看家，但这女佣胆子很小，附近的治安又不好，今天也是凑巧碰到三四郎来访，如果不影响他明天的课业，不知三四郎能否在这儿留宿一晚。如果电报只是开玩笑，那他立刻就会赶回来。其实今天如果事先知道要去医院，他会像平常一样拜托佐佐木，可是现在临时找他也来不及了。其实不论是谁，只需要有人在这儿住一晚就行，另一方面，他也不知自己今晚究竟会不会住在医院。既然还不知道结果，就先要麻烦人，这种请求听起来似乎有点自私，所以他也不太好意思过于强求……说了一大堆，野野宫想要表达的意思大致就是这样，当然他并没向三四郎直接提出要求。不过，三四郎是个不需要直接拜托的人，听完这番话，他当场就答应了野野宫的请求。

两人正说着这事，女佣过来询问晚餐怎么办。"我就不吃了。"

野野宫说完，又对三四郎开口："真抱歉，等一下只好请你独自用餐了。"于是连晚饭都顾不上，就出门去了。野野宫刚离开，三四郎立刻又听到他的大嗓门从黑漆漆的萩花丛中传来："我书房里的那些书，你可以随便拿来看。只是没什么有趣的书，你随便翻翻吧。也有一些小说哟。"

语毕，野野宫就不见了。三四郎一直送到回廊边，并向主人连声道谢。这时，他看到院外那片大约十平方米大小的孟宗竹林，因为长得并不茂盛，每根竹子都看得一清二楚。

不一会儿，三四郎就在那八畳的书房正中央吃着小膳桌上的晚餐。他抬眼望向膳桌，上头果然按照主人的吩咐放着一条烤红鱼。三四郎闻到久违的故乡香气，心里觉得很高兴，但是米饭却煮得不好吃。三四郎朝那伺候晚餐的女佣看了一眼，果然就像主人说的，长着一副胆小的相貌。

吃完了晚餐，女佣将膳桌收回厨房，书房里只剩三四郎一个人。独自静下来之后，他突然开始为野野宫的妹妹担心起来，一下觉得她可能快死了，一下又觉得野野宫好像去得太晚了，最后甚至还觉得野野宫的妹妹大概就是上次看到的那个女人。他反复回想着女人的容貌、眼神、服装，还有当时的情景，又想象女人正躺在医院的病床上，野野宫站在床边跟她交谈的模样，幻想到后来，更觉得只有女人的哥哥陪她还不够，不知从何时起，自己已经代替她哥哥，正在床边亲切地照顾那女人。三四郎胡乱地编织着梦，突听一列电车从孟宗竹林下方呼啸而过。也不知是因为地板下面的木架还是土质的影响，日式房间也跟着微微摇晃起来。

三四郎不再幻想照顾病人，转而开始打量房间。这是一栋很古老的建筑，梁柱非常典雅，但是纸门却关不紧，天花板也是黑漆漆的，只有电灯闪耀着现代的光芒。像野野宫这种新时代的学者，如果因为新奇而住在这种老屋里，每天望着那堆封建时代的孟宗竹林度日，那倒是跟他的身份颇为相称。对老式建筑感到新鲜，当然是他个人的自由，但如果是不得已而自我放逐到这郊外来，那就太可怜了。三四郎曾经听说，像野野宫这样的学者，每月只能从大学领到五十五元的薪水，因此才不得不再到私立学校授课吧。再加上妹妹现在又在住院，肯定负担不起。说不定他搬到大久保来，也是因为经济因素……三四郎胡思乱想着。

这时正是黄昏时刻，但因地点偏僻，周围十分寂静，只听到阵阵虫鸣从院前传来。三四郎独坐书房，感受到初秋的寂寥。

忽然，有人在远处发出一声叹息："唉！唉！没有多久了。"从声音的方向看来，好像是从屋后传来的，但由于距离较远，无法判断声音究竟从哪儿传来。而且短短的一句话，令人来不及分辨声音的方向。但这句话却清清楚楚地飘进三四郎的耳中，听来就像某人已看破一切，在心中毫无希望的状态下发出的真实独白。三四郎听着觉得心里很不舒服。就在这时，远处又传来电车的声响。只听见电车逐渐驶近，又从那孟宗竹林下轰然而过，比上一班电车的噪声还要加倍。三四郎茫然呆坐，直到微微颤抖的书房停止震动。他的脑中灵光乍现，把刚才的叹息声和现在的电车巨响联想成一种因果关系。三四郎不自觉地一跃而起，深感这种因果关系太恐怖了。

三四郎知道自己无法再继续静坐，疑惧造成的刺激使他从背脊到脚底都感到毛骨悚然。他起身走向厕所。放眼望向窗外时，看到满是星斗的夜空里挂着一轮明月，土堤下方的马路像死了似的寂静。尽管没听到什么，三四郎还是把鼻尖伸到竹质窗框外，朝着暗处细细打量。

半晌，几个提灯笼的男人沿着铁轨从车站方向朝着三四郎这边走来。从他们讲话的声音可以听出共有三四人。提着灯笼的人影从平交道走到土堤下就看不见了，等他们走到孟宗竹林下方时，就只剩下讲话的声音，但是话音却变得非常清楚。

"再往前一点。"几个人的脚步声逐渐远去。三四郎连忙绕到院前，随便套了一双木屐，便从孟宗竹林前方跳上大约两米宽的土堤，紧跟着那几只灯笼一路追去。走了十一二米的距离，又有一人从土堤上飞奔下来。

"被碾死了吧？"三四郎虽然想回答，嘴里却发不出一丝声音。一眨眼，男人的黑影从他面前一闪而过。这是住在野野宫家后面的房东吗？三四郎一面纳闷，一面跟在男人身后。大约又走了五十米，只见刚才那几只灯笼都停在原地，人影也都驻足静立，几个人举着灯，不发一语。三四郎也沉默着往灯下望去。地面躺着半具尸体。电车从这个人的右肩轧过乳房，整齐地将她从腰部上方一切为二，地上只留下半截斜线裁断的尸体。脸倒是毫无损伤。死者是个年轻女人。

三四郎到现在还记得当时的感觉。他想立刻转身回去，虽然扭转了脚跟，两条腿却重得无法举步。待他爬上土堤，回到书房之后，心脏还一直跳个不停。他唤来女佣，想跟她要一杯水。女佣看来似乎毫不知情。不一会儿，院后那户人家的屋里发出嘈杂的人声。三四郎知道是主人回来了。接着听到，土堤下面也有人正在做什么。等那些人处理完毕之后，四周重新陷入沉静，静得简直令人无法承受。

这时，刚才那女人的脸又清晰地浮现在他眼前。那张脸，还有"唉！唉！"叹着的无力声音，以及应该藏在两者背后的一段悲惨命运，三四郎联想到此不免悲叹，"人生"这种看似坚强的生命根源，不知何时就会走向毁灭，随时都可能漂向黑暗。他突然害怕起来。一条生命就在瞬间消失了。在那声巨响之前，女人应该还活着。

三四郎又想起火车上那个给自己水蜜桃的男人，他曾经嚷着："很危险的！一不小心就糟了。"男人虽然连声嚷着"危险，危险"，表情却显得那么镇定。所以说，只要我也处于那种"越喊危险自己却越不危险"的地位，大概就能像他那样吧，三四郎想。或许，我们活在世上的同时，又以旁观者的角度观察整个世界，会很有趣吧。

61

三四郎想起男人吃水蜜桃的模样，还有他在"青木堂"只顾喝茶抽烟，眼睛直瞪前方的举动，从他这些表现都能看出，男人完全就是那种人……他一定是一位评论家！三四郎意味深长地想到"评论家"这个名词。这个字眼浮现在脑海时，他非常沾沾自喜，甚至还考虑，自己将来是否也去当个评论家。打从刚才看到那恐怖的死人脸，三四郎心底就生出了这种想法。

他转眼环顾放在角落的书桌、桌前的椅子、旁边的书箱，还有箱里排列得整整齐齐的洋文书，三四郎觉得，这间宁静书房的主人跟那位评论家一样，他们的日子过得平安又幸福。做他那种光线压力的研究工作，是不可能碾死女人的。主人的妹妹现在虽然生病，但不是哥哥害她得的病，而是她自己生的病……三四郎脑中胡思乱想着，转眼之间就到了晚上十一点。开往中野的电车已经收班了。或许因为他妹妹的病情恶化，所以不能回来？一想到这儿，三四郎又开始担心起来。就在这时，野野宫捎来一封电报，上面写着："妹平安，明早归。"

三四郎这才安心地躺下来，但他却做了一连串可怕的梦：那个企图卧轨自杀的女人原来竟跟野野宫有关，野野宫是听说女人自杀了，才没回来。他打来电报，只是为了让三四郎放心。电报里写的"妹平安"也是假的，今晚那女人被碾死的同一时刻，野野宫的妹妹也死了。而他妹妹就是三四郎在池边遇到的女人……

第二天，三四郎一改平日作风，起得特别早。

起床之后，他望着那块睡不惯的床褥，燃起一根烟，回想着昨夜的事，感觉一切都好像在梦里。三四郎走到回廊上，从那低矮的屋檐仰望天空，今天是个大晴天，天空的颜色就像整个世界刚开始变晴似的。吃完早餐，喝了茶，三四郎把椅子搬到回廊上，坐在那儿读报纸。不一会儿，野野宫按照约定回来了。

"昨天晚上，那儿好像有人被碾死了呢。"他说。看来是在车站听到了什么消息。三四郎便把自己的亲身经历一字不漏地向他报告了一遍。

"这可很少见，难得碰到一次呢。要是我也在家就好了。尸体已经移走了吗？现在到那儿去也看不到了吧？"

"看不到了吧。"三四郎简短地答了一句，心中却对他这种悠闲的态度感到讶异。根据三四郎的研判，野野宫现在这种若无其事的反应，肯定是因为昼夜颠倒的缘故。其实这是做光线压力实验的人所拥有的特性，三四郎做梦也没想到，野野宫听到有人卧轨了竟会露出这种冷静的表情，或许只能说，三四郎还是太年轻了吧。

他决定换个话题，向野野宫问起病人的情况。野野宫说，他果然没猜错，病人一点问题都没有，只因他几天都没到医院探病，妹妹心有不满，才想把哥哥叫去消遣解闷。据野野宫说，病人还很生气地责备道："今天是星期天，你也不来探望我。"野野宫说到这儿，骂了一声浑蛋，好像真的觉得自己的妹妹很可恶。"我每天这么忙，还为她浪费了宝贵时间，我真是够蠢的。"野野宫说。然而三四郎却不太了解这句话的真意。既然妹妹那么想见他，还特意打来电报，就算消磨掉了周末的一两个晚上，又有什么可惜的？跟妹妹那样的人在一起的时间，才叫作时间啊。自己一个人关在地窖做光线实验的那种日子，应该称作不是人过的无聊人生。如果自己是野野宫的话，就算被妹妹妨碍了学习，也会沾沾自喜吧。三四郎心中自问自答了一番，也就把电车碾死人的事情抛到了脑后。

野野宫突然说："昨晚整夜都没睡好，这样昏头昏脑的可不行。"接着又说："还好今天是中午才要到早稻田那边的学校去，大学这边放假，所以我先睡一下，睡到中午吧。""昨晚很晚才睡吗？"三四郎问。"不瞒你说，"野野宫说，"刚好从前在高中教过我的广田老师来探望妹妹，大家聊起来，就错过了电车的时间，最后只好住在那儿。本来是应该住在广田家的，但妹妹又向我撒娇耍赖，叫我一定要住在医院里。我说不过她，只得在那狭窄的地方睡下，简直痛苦极了，根本没办法睡。都怪我妹那个蠢东西。"说到这儿，野野宫又骂起自己的妹妹来，三四郎听了觉得很好笑，很想帮他妹妹说几句话，却又开不了口，只好作罢。

三四郎换个话题，问起广田老师。到现在为止，他已听人提起"广田"这名字三四回了。三四郎暗中把那吃水蜜桃的男人，以及在"青木堂"碰到的男人，都冠上了"广田"的名字，还有那位在学校正门里被马儿捉弄又遭到"喜多床"那些理发师讥笑的老师，三四郎也叫他广田老师。不过现在听野野宫描述，原来那位被马欺负的男人真的就是广田老师。三四郎立刻觉得，那吃水蜜桃的男人肯定也是同一个人。但再仔细一想，自己这样推论好像又太武断了。

三四郎告辞回家时，野野宫拜托他顺路到医院送一件夹衣，因为妹妹叫他中午之前一定要送到。三四郎听了欣喜万分。

他这天刚好戴了新的四角帽[1]，心里很得意自己能戴着这顶帽子去医院。于是他满面春风地走出野野宫家。

电车到了御茶之水车站之后，三四郎下了电车，立刻坐上一辆人力车。要是换成平日，他是不可能做这种事的。人力车被精神抖擞地拉进赤门的时候，刚好听到文法科校舍的上课钟声响起，平时的这个时间，三四郎正捧着笔记和墨水瓶走进八号教室，但他今天觉得，就算少听一两个小时的课，也没什么大不了的，便直接坐着人力车奔赴"青山内科"[2]的玄关。

到了医院里面，三四郎按照别人告诉他的路线，从入口往内走到第二个转角向右拐，再一直走到尽头向左拐，病人就住在靠东边的病房。他走到目的地，果然看到一间病房门口挂了一块黑色名牌，上面用假名写着"野野宫良子"。三四郎看清名字之后，却在门口

1　四角帽：也叫"角帽"，当时大学制服的帽子。

2　青山内科：东大附属医院的一部分。教授青山胤通是日本著名的医学家，曾任东京大学医学院院长、日本传染病研究所所长，并曾担任明治天皇的御医。青山胤通与同时代的医师兼作家森鸥外也是密友，曾为森鸥外极为欣赏的女作家樋口一叶看病。

伫立了半晌。他是个乡下人，像敲门之类礼貌周到的事，他可做不来。

"这里面就是野野宫的妹妹，一个叫良子的女人。"三四郎沉思着呆站在门前，他很想打开门看看女人的脸，又怕自己看了会失望。他的脑中浮起好几张女人的脸，但是都与野野宫宗八不相似，三四郎不知如何是好。

这时，背后传来护士穿着草履走近的脚步声。三四郎只好鼓起勇气，伸手拉开一半房门，这一瞬间，刚好跟屋里的女人打了个照面（他的一只手还抓着门把呢）。

女人长着一双大眼，窄鼻梁，嘴唇很薄，上宽下窄的脑袋，额头很宽，下巴却尖得像被刀子削过似的。女人的容貌值得一提的，也就这些了。但是瞬间出现在这张脸上的表情，却是三四郎有生以来第一次见到。她那苍白的额头后面披着一头浓密的黑发，自然地垂在肩上。东面窗外射来的晨曦照在女人身后，使头发和阳光连接的部分变成了深紫色，仿佛背上驮负着一轮有生命的月晕。但她的面孔和额头那么黯淡，灰暗且苍白。而在那片黯淡当中，却有一双饱含深意的眸子。女人看着三四郎，她的眼神就像躲在高空深处的浮云，无法随意飘动，却又不能不动，所以只能像雪崩似的砰然跃动。

三四郎从她的表情里，看到充满厌倦的忧郁与藏不住的活泼融为一体。这种融合的感觉既是三四郎的重大发现，也是他最崇拜的一种人生……他手抓着门把，脸从门扉的阴影露出一半，整个心灵都沉浸在那种感觉当中。

"请进！"女人好像正在等待三四郎。她的语气安详沉稳，三四郎从没在第一次见面的女子身上看到这种态度。能像这样说话的女子，若不是一个天真纯洁的孩子，就是已经接触过无数男子的妇人，但她的态度又不是故作亲昵，因为她表现得就像相识已久的老友。向三四郎打完招呼之后，女人那肌肉不多的脸颊动了一下，露出笑容。这下她那苍白的脸上又多出几分令人怀念的暧昧。三四郎的两脚自然地踏进病房，脑中同时闪过遥远故乡的母亲的身影。

三四郎关上房门，抬头望向前方时，才看到一个五十多岁的妇人在向他行礼。看来刚才自己躲在门扉外的时候，妇人就已站在那儿迎候了。

"您是小川先生吧？"妇人主动开口问道。那张脸既像野野宫，也很像她女儿，但也只是看着很像而已。三四郎递过野野宫托付的包袱，妇人接下后向他道谢。

"请坐。"说着，妇人把椅子让给三四郎，自己转身走向病床。三四郎转眼看了床上的褥垫一眼，颜色是纯白的，盖在上面的棉被也是纯白的。棉被斜斜地卷起一半。女人像要避开卷得很厚的那部分棉被，背对窗户坐在床上，但两只脚无法伸到地面。她手里拿着毛线针，线团滚到床底下去了。一根细长的红毛线捏在她的手里。三四郎很想趴到床下，帮她捡出线团，但是看她对那毛线也不在意，就没有动手。

女人的母亲坐在对面再三向三四郎道谢，感谢他昨夜百忙当中帮儿子看家。"哪里，反正我也没事。"三四郎说。他跟野野宫的母亲闲聊时，良子沉默着没说话。待谈话暂时告一段落，良子突然问道："昨晚看到碾死的人了吗？"三四郎看到角落里有一份报纸。

"是啊。"三四郎说。

"很可怕吧？"女人微微歪头望着三四郎。她的脖颈很长，跟她哥哥一样。三四郎没说害怕也没说不怕，只盯着女人微弯的脖颈。一方面是因为这问题太单纯，他不知如何回答；另一方面是因为他忘了回答。女人似乎发现他正在凝视自己，立刻伸直了脖颈，苍白的脸颊从底层泛出些许红晕。三四郎觉得自己应该告辞了。

他向母女俩道别后，出了病房，来到玄关的正对面，远处的长廊尽头有一块正方形空间，显得特别明亮，进门处的那块空间被户外的绿荫映成了绿色，就在这时，他看到池边的那个女人就站在门口。三四郎不免大吃一惊，脚步急促得有些凌乱。透明的空气就像一块画布，女人的身影显得有些阴暗，她迈开步子向前走了一步，三四郎好像被她吸引而去，也跟着向前移动，两人开始逐渐靠近，仿佛彼此都命中注定非得在那笔直的长廊上相遇。女人突然回头看了一眼。门外明亮的空气里，只有初秋的绿意正在飘浮，那块四角形空间里既没出现人影，也没有人正在等她。三四郎趁她转头回顾时，把她的姿势和服装都牢牢地记在心里。

她的和服究竟该叫什么色，三四郎也说不出个名堂，只觉得跟大学水池里映出的常绿树阴影颜色很像。绿底布料上还有很多鲜艳的条纹，从上身一直连到下身，这些条纹虽然上下相连，却形成波浪形的线条，时而相连，时而分散，有时重叠成粗线条，有时又分裂为两条线。就在那看来不规则却也不凌乱的条纹中，和服的上半部约三分之一处系着一条宽腰带，腰带的颜色比较温暖，或许是混入了黄色的缘故吧。

女人转头望向后方时，右肩随着身体一起转向，左手垂在腰际的前方。她手里抓着一块手帕，没被抓住的部分轻飘飘地散开，或许因为是真丝手帕吧。女人腰部以下的姿势十分端正。

半晌，女人又把脸转回原先的方向。她垂着眼皮望着自己的两脚，直到快要走到三四郎身边时，才突然微微仰起脑袋，正眼注视眼前这个男人。那对双眼皮的眸子形状细长，眼神沉稳，两道乌黑的眉毛引人注目，两只眼睛在那对眉毛下面闪闪发光。注视三四郎的同时，女人露出嘴里整齐的牙齿。三四郎一辈子都忘不了这个牙齿跟脸构成的对照画面。

她今天也在脸上搽了一层薄薄的白粉，却不是那种庸俗到看不出原本脸色的搽法。女人扑上这层极薄的白粉，只为了让细致的皮肉更添几许颜色，即使在强烈的日光照射下，看起来也毫不逊色。但她脸上的气色却离容光焕发还差得远。

女人脸颊和下巴的肌肉都紧紧贴着头骨，几乎没有丝毫多余的赘肉。但是整张脸看起来很柔顺，不是因为肌肉柔嫩，而是她的头骨本身似乎就很柔软，脸上的轮廓凹凸有致，看起来很有立体感。

女人弯腰行了礼。三四郎看到眼前的陌生人向自己行礼倒不意外，只是她弯腰欠身的技巧实在令人惊异。只见她腰部以上的身体像一片乘风飞起的纸片，轻飘飘地落在自己面前，而且动作非常迅速，待身体弯到某个角度时，立即轻巧地止住。这显然不是后天学来的技巧。

"请问一下……"话音从她雪白的齿缝里传出，语气非常谨慎，态度却很大方，看来不像是只想打听太阳是否从东边出来之类的简单问题。不过三四郎根本也无心注意这些了。

"是。"说完，他停下了脚步。

"请问十五号病房在哪儿？"

十五号就是他刚才走出来的那间病房。

"你是说野野宫小姐的病房？"这回轮到女人答了一声"是"。

"野野宫小姐的病房啊，从那个转角拐弯，一直走到尽头，再向左转，在右侧第二间。"

"那个转角啊……"女人说着，伸出纤细手指向前一指。

"是的，就是前面那个转角。"

"谢谢您。"女人转身离开。三四郎呆站在原处凝视她的背影。女人走到转角处，正要拐弯，却突然回过头来。三四郎的脸一下子涨得通红，他觉得尴尬极了。女人向他微微一笑，那表情就像在问："是这个转角吧？"他不由自主地点点头。女人的身影向右一闪，消失在白墙后面。

三四郎怀着轻松的心情走出玄关。她以为我是医科学生，所以才向我问路吗？他兀自思索着走了五六步，突然想起一件事。刚才女人问我十五号病房的时候，我应该带她一起去呀，应该再走一趟良子的病房才对啊。想到这儿，他觉得没带她去实在太可惜了。

但是事已至此，他也没有勇气转回去，只好继续向前，但只走了五六步，又霎时停下脚步。他脑中浮起女人系在发上的丝带颜色。那颜色和质地，好像跟野野宫上次在"兼安"买的丝带一样。想到这儿，三四郎的脚步顿时沉重起来。他从图书馆旁边绕过，直接朝学校正门走去。耳边突然听到与次郎的招呼声，也不知他从哪儿冒出来的。

"喂！怎么没来上课？今天课堂上教的是意大利人怎么吃通心粉哟。"说着，与次郎赶上前来，在三四郎的肩上拍了一下。

两人并肩走了一段，来到正门旁边。

"我问你啊，现在这季节，还有人系那种很薄的丝带吗？那东西只有在很热的时候才有人用吧？"三四郎问道。

与次郎听了哈哈大笑起来。

"你去问某某教授吧。那家伙没有不知道的。"说完，与次郎没再多问。两人来到正门口，三四郎这才说他今天身体不舒服，不去上课了。与次郎听了立即转身返回教室，那动作好像在埋怨三四郎说："为什么害我跟你白跑一趟？"

四

　　三四郎开始有点魂不守舍，听课时总觉得老师的声音非常遥远，做笔记也总是漏掉重要的部分。更糟糕的是，他有时甚至觉得耳朵好像不是自己的，而是花钱向别人借来的。他觉得这样的自己实在不像话，简直令他难以忍受，无奈之下，便向与次郎抱怨最近讲课的内容太无聊。而与次郎永远都是千篇一律地答道："讲课是不可能有趣的。因为你是乡下来的，总以为自己马上就要出人头地了，才努力忍着听到现在吧？蠢啊！他们那些课，开天辟地以来就是那样，你现在才说失望，又有什么用？"

　　"也不是这样吧……"三四郎辩解道。他那严肃的语气跟与次郎的油腔滑调两相对照，显得很不协调，也令人听着好笑。

　　类似的问答在他们之间重复过两三回，眨眼之间，半个月过去了。三四郎的耳朵渐渐地回来了，不再像从别人那儿借来的。但与次却发现了另外的问题。

"我觉得你的表情好复杂。看来你好像活得非常辛苦。简直就像世纪末[1]的表情嘛。"他对三四郎说。

"也不是这样吧……"三四郎依然重复着同样的回答。"世纪末"这种字眼并没让他感到欣喜，他对那种人为营造的气氛接触得还不够多，对某些社会信息也不熟悉，也就不可能把这种字眼当成有趣的玩具整天挂在嘴上。但是"活得非常辛苦"这句话令他颇有好感。自己确实好像有点累了。三四郎并不认为自己的疲累只是因为拉肚子，但他对人生的看法还不至于时髦到大肆标榜脸上的疲累。他跟与次郎的交谈也就没再继续下去。

日子一天天过去，秋意渐浓，人的胃口也变好了，二十三岁的青年终究无法嚷着厌倦人生的季节到了。三四郎整天都跑到外面去。大学那个水池周围大概都被他踏遍了，却始终没有发生什么事。他也好几次走过医院前面，但只碰到一些不重要的人。他再度造访理科大学的地窖，向野野宫打听之后才知道，他妹妹已经出院了。三四郎原本想告诉他上次在医院玄关碰到那女人的事，但是看野野宫很忙的样子，就没有说出口。反正下次到大久保去找他时，再跟他慢慢说吧，到时候大概就能知道她的姓名和身世了，三四郎想。

1　世纪末：翻译自法文的"Fin de siècle"，指十九世纪末期在欧洲流行的一种颓废倾向，日本也曾受到影响。"世纪末"在当时曾是流行的字眼。

所以他也没急着多问，就先告辞了。走出地窖，三四郎心不在焉地到处闲逛，像什么田端、道灌山、染井墓园、巢鸭监狱、护国寺等地都走遍了，甚至连新井的药师庙也去了。从新井药师庙回家的路上，他本来想绕到大久保的野野宫家一趟，谁知走到落合火葬场附近的时候弄错了方向，竟跑到高田去了，最后只好从目白搭火车回家。三四郎坐在火车里，拿出原先想带去当伴手礼的栗子，独自吃掉一大堆，剩下的栗子，第二天与次郎来找他时，两人一起吃光了。

三四郎觉得这种心不在焉的状态越来越令他愉快。刚开始上学那段时间，由于自己过分专注于讲课内容，反而觉得耳朵听不清楚，没办法做笔记，最近上课的时候，他只是大略听着，却发现没什么影响。他常在课堂上想东想西，就算漏听了一段，也不觉得可惜。他又仔细观察一下周围的同学，从与次郎起，几乎每个人都跟自己一样。三四郎这才觉得，像这种程度的不专心，应该是被允许的吧。

当他不切实际地胡思乱想时，那条丝带也经常出现在他脑海。一想到那丝带，心中便难以放下，心情也就跟着不愉快。他想立刻跑到大久保去瞧瞧，不过脑中又飘过其他一连串想象，而且来自外界的刺激也不少，所以过了没多久，想去瞧瞧的念头也就抛到了脑后。总之，三四郎整天过得很悠闲，而且经常编织着梦想，大久保之行也一直没有付诸行动。

一天午后，三四郎又像平时一样出门闲逛。走下团子坂之后向左转，来到千驮木林町的宽敞大路。这时正值秋高气爽的季节，每年的这段时间，东京的天空也变得跟乡下一样辽阔。一想到自己正活在这片天空下，三四郎的思路立刻清晰起来。如果怀着这种心情到郊外走走，那可就太幸福了。他觉得自己一定能振奋精神，心胸开阔，全身上下也都会充满活力。这种感觉跟散漫的春闲是不一样的。三四郎打量着左右路旁的树墙，不断用鼻子体会东京的秋季气息，这种气味还是他有生以来第一次闻到。

坡道下方正在举办菊人形¹展览会，两三天前才开幕。刚才从坡道转出来的时候，三四郎还能看到会场的旗子，现在只能听到会场的声响。远处叮叮咚咚的乐声飘到附近，并由山下攀上山顶。乐声在清澈的秋空里向四方不断扩散，最后变成稀薄的音浪，余韵飘到三四郎的耳边时，很自然地停了下来。他觉得这些乐声一点也不吵，甚至十分悦耳。

正听着乐声，左侧小巷里突然钻出两个人。其中一人看到三四郎，立刻喊道："喂！"原来是与次郎，他的声音今天倒是

---

1 菊人形：以歌舞伎故事人物为主题的手工艺品，人形的头部和手脚用木材雕刻而成，身体部分用各色菊花和菊叶组成衣服的花纹。人形通常跟真人一样大小。东京团子坂的菊人形展览从江户时代起就很有名。

显得挺正经。他身边还有一位朋友。三四郎看到那位朋友时，立刻明白自己平日的猜想是正确的。那个在"青木堂"喝茶的男人，果真就是广田老师。自从在火车上吃了他的水蜜桃，三四郎跟这人之间一直有些奇妙的关联。尤其上次在"青木堂"看他喝茶、抽烟，害得自己后来跑进图书馆发狠念书，这件事使他对广田的记忆更为深刻。现在仔细打量，此人总喜欢摆出一副祭司面孔，其实脸上却长了一个西洋鼻子。今天他依然穿着上次的夏装，好像也不怕冷似的。

三四郎打声招呼，脑中考虑着该说些什么，但是想了半天，时间过去了，该说的话却没想出来，只好摘掉帽子，向他们弯腰致意。这种打招呼的方式对与次郎来说，显得过于客套，对广田来说，又过于简略，所以三四郎算是行了一个不卑不亢的礼。

"他是我同学，从熊本的高中毕业后，第一次到东京来……"与次郎立刻开口介绍，也不先征求三四郎的同意，便主动宣传他是个乡下人，说完，又转脸望向三四郎。

"这位是广田老师，在高中教书……"与次郎简单地给两人做了介绍。

广田老师连连说着"认识，认识"，一连说了两遍。与次郎脸上露出讶异的神色，却没提出"怎么认识的"之类的琐碎疑问，只立即向三四郎问道："你知道吗，这附近有没有房屋出租？要宽敞些，干净的，附有书生 [1] 房间的。"

"出租的房屋……有啊。"

"在什么地区？太脏的可不行。"

"不，有一个很干净的。门口还竖着很大的石头门柱呢。"

"那倒是很不错。就选这里吧。老师，石头门柱很棒啊。您一定要租这里。"与次郎极力怂恿着。

"石头门柱可不行。"老师说。

"不行？那怎么办？为什么呢？"

"反正就是不行。"

"石头门柱多好啊。住在里面就像新封的男爵，不是吗，老师？"与次郎满脸认真的表情，广田老师却只嘻嘻笑着。最后是认真的那方获得胜利，两人商量后得出的结论是：先去看看再说。于是，三四郎领着两人去看房子。三人转身折回小巷，抄近路往北走了大约五十米，来到一条貌似死巷的小路。三四郎领头带两人钻进那条小路，笔直往前走，最后来到一位园丁家的院子里。他们在那座房屋门前十一二米的位置停下脚步。只见右手边竖着两根很大的花岗

1　书生：明治五年（一八七二年）日本颁发学制法之后，全国各地青年都能到东京上大学，这些学生当中，有人自行租屋，有人投靠亲戚，而那些既没亲戚投靠也没能力租屋的学生，便到大户人家当"书生"。他们一面读书求学，一面以帮忙做家事、杂务等方式代付食宿费。"书生"一词原指"读书人"，现在专指明治、大正时期借宿他人家中的大学生。譬如与次郎是广田老师家的"书生"，所以带着老师找房子，还要伺候老师的生活起居。

岩门柱，门扉是铁制的。"就是这里。"三四郎说。果然，门上挂着出租的招牌。

"这可真是宏伟啊。"与次郎说着，用力推一推铁门，门是锁着的。"请等一下，我去问问。"说完，与次郎也不等答话，便朝园丁家的后院跑去。广田和三四郎像被他抛弃了似的站在那儿，两人这才开始闲聊起来。

"觉得东京怎么样啊？"

"嗯……"

"就是一个大，其实很脏，对吧？"

"嗯……"

"没有一样东西比得上富士山，对吧？"三四郎已经把富士山忘得一干二净。现在回想起来，那时因为广田老师的提醒，才从火车上第一次看到窗外的富士山，当时觉得那座山真的非常宏伟。但是跟现在塞满脑中的那些乱七八糟的世间百态比起来，又觉得那根本不算什么。三四郎不知从何时起，已把当时的印象抛到九霄云外去了，他觉得很不好意思。

"你有没有想过，富士山可以翻译¹为'不二山'？"广田老师突然提出一个意外的问题。

---

1 翻译：这里的"翻译"是指将已有的固有名词用其他日文汉字取代。夏目漱石的汉文造诣很深，他认为日本有很多固有名词应该可用更有意义的汉字取代。

"翻译……"

"自然被我们用语言翻译时，全都被拟人化了，挺有意思的。譬如说崇高啦、伟大啦、雄壮啦之类的字眼。"三四郎这才听懂老师所指的翻译的意思。

"全都是形容人格的字眼。无法把自然译成人格形容词的人，完全感受不到自然给予的人格感化。"

三四郎以为广田老师还没说完，静静地听着，谁知他却不再说下去，只把目光转向园丁家的后院。

"佐佐木干什么去了，还不回来？"广田老师说。

"我去看看吧？"三四郎问。

"看什么？你就算看了，他也不见得会出来。不如在这儿等着，还省事些。"说完，他便在枳壳树墙旁蹲下，捡起一块小石子，在泥土地上画了起来。那神态显得十分悠闲，但是跟与次郎的悠闲是不同的类型，而两种悠闲的程度却几乎相同。

这时，与次郎的大嗓门从院里的松树前面传来："老师！老师！"老师依旧蹲在地上画着什么，看起来像是一座灯台。广田老师默不作答，与次郎只好跑过来。

"老师请过来看一下吧。真是好房子！是这家园丁的房产。他说可以开门让我们参观，但我们从后面进去比较快。"

三人绕到后院，进屋拉开了雨户[1]，一间一间仔细观赏。屋子造得很不错，中产阶级住进去也不会觉得没面子。租金每月四十元，须付三个月押金。三人看完后重新回到院里。

"为什么带我来看这么好的房子？"广田老师问。

"为什么？只是看看，有什么关系？"与次郎说。

"我又不会租……"

"哪里，我本来是想租下来的。可是对方无论如何也不答应把租金降到二十五元……"

"那不是废话？"广田先生只说了这一句，便没再说下去。与次郎开始向大家报告那两根石头门柱的故事。据说门柱原本位于某座大宅院的门前，园丁经常到那家剪树，后来旧宅要改建，园丁就向那户人家讨了门柱，带回来安置在现在的位置上。其实说了半天，这种别人家的闲事，也只有与次郎才有兴趣去打听。

三人走回刚才的大路，再从动坂一直往下走到田端的谷底。下山的途中，三人都只顾着走路，反而把租房子的事忘了，只有与次郎一个人不时地提起那两根石头门柱。据说园丁光从曲町把门柱拖到千驮木，就花了五元的运费。"那园丁好像很有钱呢。"与次郎说。

1　雨户：玻璃窗普及之前，传统日式木造房屋的纸窗外侧有一层木板、铁皮或铝皮的窗户，叫作"雨户"，可以遮挡风雨，冬季还可防寒。玻璃窗开始普及后，纸窗与雨户之间还有一层玻璃窗，所以传统房屋共有三层窗户。通常一般家庭早起后第一件事就是拉开雨户，晚上天黑之后再阖上雨户。

接着，又杞人忧天地说："他在那种地方造一栋月租四十元的房子，谁会租啊？"最后与次郎做出结论："现在要是找不到房客，房租一定会降价，到时候我再去跟他谈，肯定能租到，对吧？"

但广田先生似乎并没这种打算，他对与次郎说："你刚才光顾着说废话，浪费太多时间了。应该少说几句，赶快出来才是。"

"我浪费很长的时间？您刚才好像在画什么，老师也太悠闲了。"

"真不知是谁比较悠闲呢。"

"您画的是什么？"老师沉默不语。三四郎却露出满脸认真的表情。

"是灯台吧？"三四郎问。画图的人和与次郎都笑了起来。

"这灯台可真够奇特的。所以说，这画的是野野宫宗八先生。"

"为什么？"

"野野宫先生到了国外就会发光，在日本则是灰头土脸……谁也不认识他。而且每个月只领那么一点点的薪水，整天关在地窖里……他这买卖可真不划算。每次看到野野宫先生，我都觉得他好可怜。"

"那你自己就像一只圆灯笼！总是用你发出的微弱光芒，照亮身边六十厘米的范围。"

被比喻成圆灯笼的与次郎突然转向三四郎。

"小川君，你是明治几年生的？"与次郎问。

“我今年二十三。”三四郎简短地答道。

“我就猜你大概是这年纪……老师，像什么圆灯笼、烟枪头之类的东西，我真的很不喜欢。或许因为我是明治十五年[1]以后出生的关系吧。不知为何，我对那些旧东西感到厌恶。你呢？”

与次郎又转头问三四郎。

“我倒不会特别厌恶。”三四郎说。

“因为你本来就是刚从九州乡下出来的嘛。我看你的想法大概跟明治元年差不多。”听了这话，三四郎和广田都没多说什么。三人继续向前走了一会儿，看到一座古庙旁的杉林已被砍光，地面整得十分平坦，平地上建起一栋涂了蓝油漆的洋房。广田老师转眼来回打量那座古庙和旁边涂着油漆的建筑。

“落伍！日本的物质世界和精神世界都是像这样。你知道九段的灯台吧？”广田又提起了灯台，“那东西很有些年代了。《江户名所图会》[2]里就有记录。”

1　明治十五年：明治十五年（一八八二年）的第二年，象征明治维新文明开化的“鹿鸣馆”建成，日本开始全速走向西化。在此之前，日本政府已连续颁发两次教育令，全盘引进美国学制，并实行自由开放式教学法。从国文教育来说，明治十五年之前出生的日本人接受的是“汉文素读”教育。所谓“素读”，是指教师并不说明文章的含义，只强迫学生反复诵读或背诵中国古典汉文。这是从江户时代沿袭下来的教育法。当时认为只要熟读到能够背诵，自然能够领略汉文的含义。明治十五年之后出生的世代才开始接受近代化教育。明治十五年的前一年，夏目漱石进入汉学塾二松学舍就读，他最喜爱的唐宋诗词就是在这个时期学会的。

2　《江户名所图会》：江户城的地图。斋藤幸雄编，长谷川雪旦绘，一八三六年出版，共有七卷二十册。

"老师，别开玩笑了。九段的灯台虽然很老了，但也不可能出现在《江户名所图会》里面吧。"

广田老师大笑起来。原来与次郎把他说的那套地图，错当成另一套题名为《东京名所》的浮世绘了。老师接着又说，那么古老的灯台旁边，现在造起一栋叫作"偕行社"[1]的新式红砖房舍，两栋建筑物排在一起，令人觉得莫名其妙。但这件事却没有一个人发现，大家都感到理所当然似的。其实这种现象正好也象征着现在的日本社会。

"原来如此！"与次郎和三四郎齐声应道，却也没再多说什么。三人经过古庙门前，继续走了五六百米，来到一座黑色大门的前面。与次郎提议钻过黑门，一起到道灌山游玩。"我们可以随便从这门下穿过吗？"其他两人觉得不放心，一起问道。"当然，这里以前是佐竹家的下屋敷[2]，谁都可以从门下走过。"与次郎坚持道，其他两人被他说服了，便一起走进门洞，穿过杂树林，来到古老的水池边。不料，一名守卫忽然赶过来，痛骂一顿。与次郎连忙笑着向守卫道歉。

三人继续前进，走到谷中之后，又绕到根津，直到黄昏才返回本乡的住处。三四郎觉得这是最近半年来，自己过得最轻松愉快的半天。

1　偕行社：陆军为方便军官举办交流活动而在九段建造的建筑物。
2　佐竹家的下屋敷：秋田藩主佐竹家的别墅。位于东京道灌山的西侧。

第二天，三四郎到了学校，却没看见与次郎。原以为他下午会来，没想到还是没见到他的身影。三四郎又想，或许他在图书馆，但也没找到。下午五点到六点是文科必修的基础课，三四郎走进教室听课。这段时间在教室写笔记实在是太暗了，但是开灯又嫌太早。三四郎转头望向狭长的窗外，一棵巨大的榉木伫立在那儿，树干背后的天色正在逐渐变暗，教室里，不论讲课的老师还是听课的学生，大家的脸都是一片模糊，令人觉得很神秘，有点像在黑暗中吃豆沙包的感觉，就连难懂的讲课内容也弥漫着诡异的气氛。三四郎托腮聆听老师讲解，神经变得很迟钝，心也不知跑到哪儿去了。他突然觉得，像这样能把学生弄得稀里糊涂的课，才算有价值呢。就在这时，教室的电灯忽然大放光明，万物也变得清楚了。不知为何，三四郎突然很想快点回宿舍吃晚饭。老师似乎摸透了大家的心理，也就匆匆结束讲课，走出教室。三四郎连忙快步赶回位于本乡追分的住处。

　　回家换了衣服之后，三四郎在膳桌前坐下。桌上放着一碗茶碗蒸，旁边还有一封信。一看那信封，三四郎立刻明白是母亲写来的。他觉得很对不起母亲，这半个月来，他几乎已把母亲忘得一干二净。从昨天到今天，一下听到落伍，一下又听到不二山的人格，还有充满神秘气息的讲义……就连那女人的身影都挤不进他的脑袋呢。这种现象令他感到很满意。他打算慢慢阅读母亲的来信，所以先吃了饭，又抽了一根烟。一看到香烟冒出的烟雾，三四郎又回想起刚才的讲义。

就在这时，与次郎突然现身了。三四郎问："你今天怎么没来学校？"

　　"急着找房子搬家，哪有时间上课呀。"与次郎说。

　　"这么急？"三四郎又问。

　　"很急呀。本来应该上个月就搬的，后来又延到后天的天长节[1]。明天之内非得找到房子不可。你知道哪里有空房吗？"

　　既然这么急，昨天还到处闲逛，真不懂老师究竟是去散步还是去看房子。三四郎实在无法理解。与次郎就向他解释，是昨天老师跟着他的缘故。"本来拉老师一起去找房子就错了。我们那位老师肯定从没找过房子。昨天不知怎么了，就是有点不对劲，还害我在佐竹宅院被骂了一顿，幸好我脸皮厚。你那里有房子吗？"与次郎说了一半，突然又追问起来，看来他就是为了这件事才来的。三四郎细问之下才明白，他们现在的房东是个放高利贷的，随便乱涨房租，与次郎气不过，主动表示不住了。因此这件事他必须负责。

　　"我今天还跑到大久保去了，那里也没有……后来我想既然到了大久保，就顺便到宗八家里去了一趟，也见到了良子。她好可怜啊。脸色还是很不好……她原本可是一位辣韭美人[2]呢。她母亲让我代她向

1　天长节：指天皇的生日，当时的明治天皇生日是十一月三日，现在这天是日本的"文化节"。
2　辣韭美人：有两种含义，一指女人的脾气像辣韭一样辛辣，一指女人的肤色和光泽看起来跟辣韭一样。

你问好。还好，那附近后来都很平静，再也没发生卧轨自杀的事情了。"

与次郎才说完这件事，立刻又开启另一个话题，平时讲话就像这样天马行空，今天更因为找不到房子，满心焦虑，说完一件事，又像敲边鼓似的问一句："哪里有空房？哪里有空房？"听到最后，三四郎也忍不住笑了起来。

不一会儿，与次郎的情绪稳定下来，甚至还卖弄了一句唐诗"灯火稍可亲，简编可卷舒"[1]，似乎显得很高兴。两人聊着聊着，最后聊到了广田老师。

"你那位老师叫什么名字？"

"名字是苌。"说完，与次郎用手指写一遍给三四郎看，"那草字头是多余的。字典里大概查不到吧。真是取了一个奇怪的名字。"

"他是高中老师？"

"他从很久以前就在高中教书，一直到现在。真是了不起！人家说，十年如一日，他已经当了十二三年的高中老师了吧。"

"有小孩吗？"

"什么小孩，还是个单身汉呢。"三四郎有点讶异，也有点怀疑，一个人到了那种年龄，怎么能一个人过日子。

"为什么没讨老婆呢？"

---

1 灯火稍可亲，简编可卷舒：出自韩愈的诗《符读书城南》，意即"秋季适合在灯下夜读"。

"这就是老师之所以成为老师的理由啊！他可是一位伟大的理论家哟。据说还没娶老婆，老师就已断定老婆这东西是不可以娶的。好蠢啊！所以他的人生始终充满矛盾。老师总说再也找不出比东京更脏的地方，可是他一看到那石头门柱，又露出诚惶诚恐的表情，嘴里直嚷：不能住，不能住，太豪华了！你也看到了吧？"

　　"先娶个老婆试试看就好了。"

　　"说不定他会对这种建议大加赞扬呢。"

　　"老师嫌东京很脏，日本人很丑，那他去西洋留过学吗？"

　　"哪里去过？他就是这种人。碰到任何事只用脑袋不看事实，就会变成他那样。不过他只用照片研究西洋。譬如巴黎的凯旋门、伦敦的国会议事堂……这类照片，他手里可多了。用这种照片来评断日本，怎么受得了，当然觉得日本很脏呀。你再看看他自己住的地方吧，不管弄得多脏，他都满不在乎。真是难以理解。"

　　"他搭火车，坐的可是三等车厢哦。"

　　"他没有气愤地嚷着'脏死了，脏死了'？"

　　"没有。没有特别表示不满。"

　　"不过这位老师真是一位哲学家。"

　　"他在学校还教哲学吗？"

　　"不，在学校只教英文。但他那个人，天生就懂哲学，所以令人觉得他很有趣。"

"有什么著作吗？"

"一本也没有。虽然经常发表一些论文，却得不到一丝反响。像他那样是不行的啦。他对社会一窍不通，又有什么办法？老师总说我是个圆灯笼，而他自己则是伟大的黑暗。"

"要是能想个办法让他出名就好了。"

"什么'出名就好了'……老师是不会自己动手做什么的人。首先，要是没有我，他连三顿饭都吃不上。"

三四郎大笑起来，心想不可能吧。

"不骗你。老师什么都不肯自己动手，简直到了可怜的地步。就连指挥女佣打扫，也要我下命令，让她做得令老师满意……这些琐事就不多说了，我现在打算努力奔走一番，设法让老师去当大学教授。"

与次郎说这话时，脸上的表情非常认真。三四郎对他这番豪言壮语感到非常吃惊，但与次郎不理他吃惊的模样，仍然继续发表雄心壮志，最后还拜托三四郎说："搬家的时候，你一定要来帮忙啊。"听他那语气，简直就像已经找好了房子似的。

与次郎一直待到将近十点才离去。他离开后，三四郎独自静坐，感到阵阵寒意袭来。这时他才发现，书桌前的窗户还没关上。拉开纸窗，只见天上一轮明月。蓝色月光照在窗外那棵每次看到都令人不快的桧树上，黑影边缘若隐若现，烟雾朦胧。这可稀奇了，桧树也能带来秋意！他一面想一面关上了雨户。

关好窗户之后，三四郎立刻钻进棉被。其实他算不上勤勉的学生，比较适合被称为"低回家"[1]，所以他不太读书，但遇到值得深思的景象时，他会在脑中反复琢磨无数遍，再三玩味崭新的喜悦。他觉得这种过程才能增加生命的深度。就像今天听着神秘的讲义时，教室里的灯光突然大放光明，如果换作平日，他现在肯定正喜滋滋地反复回忆当时的每个细节。然而今天收到了母亲的信，三四郎决定先解决了这件事再说。

母亲在信里告诉三四郎，新藏送来一些蜂蜜，所以现在每天晚上，母亲都混着烧酒喝上一杯。新藏是家里的佃农，每年冬天都会带来二十包米当作佃租。说起来，新藏倒是挺正直，就是容易发脾气，有时还抓起木柴打老婆。三四郎躺在棉被里，想起了新藏刚开始养蜂的往事。大约是在五年前，新藏发现屋后的椎树上停着两三百只蜜蜂，他赶紧找个装米的漏斗，喷上一些酒，将蜜蜂全都活捉回来。新藏最先是把这些蜜蜂装在木箱里，并放在阳光充足的石头上，还在箱上开了一个小洞，好让蜜蜂飞进飞出。不久，蜜蜂开始繁殖，一个木箱装不下了，就增加为两个。后来两个木箱也不够了，就增加为三个。就像这样，蜜蜂越来越多，现在已增加到了六七箱。据说新藏每年都从石头上搬下其中一箱，帮那些蜜蜂割蜂蜜。三四郎

1　低回家：喜欢从各种角度对同一件事反复观察、思考、品味的人。这是夏目漱石独创的名词。

每年暑假回家时，新藏总说要送蜂蜜给三四郎，却从没看他带来，今年居然记性变好了，实践了多年以来的诺言。

母亲信里又说，平太郎帮他父亲造了一座石塔，还到家里来请她过去参观。她到了平太郎家，看到寸草不生、一棵树都没有的红土庭院正中央竖着一块花岗岩。母亲写道，平太郎对这块花岗岩感到非常自豪，据说是他花了好几天才从山上挖下来的，然后又花了十元请石匠雕刻出来。平太郎还说，自己是个乡下人，什么都不懂，你家少爷既然能上大学，肯定懂得石头的好坏，下次写信的时候，请顺便帮我请教少爷，也请少爷好好赞美一下这块花了十元才为父亲做出来的石塔……三四郎读到这儿，忍不住一个人咯咯地笑起来。这石塔可比千驮木的石头门柱厉害多了。

信里还要三四郎下次拍一张穿着大学制服的照片寄回去。"那下次就去照一张吧。"三四郎想着，视线继续往下移，果然，字里行间出现了三轮田家阿光的名字。"……阿光的妈妈最近来过，她跟我商量说，三四郎很快就会大学毕业，希望你大学毕业后能娶她家女儿。阿光这孩子不但长得漂亮，性情也温柔，家里又有很多地，而且两家一向有来往，这件事如果办成了，两家都会很高兴。"写到这儿，母亲特别加了两句，"阿光也会很高兴吧。我不喜欢东京人，因为猜不透他们的想法。"

三四郎卷好信纸，放回信封，把信塞在枕下之后，闭上双眼。

天花板里面的老鼠突然狂奔起来，过了一会儿，才终于陷入沉静。

三四郎的心里有三个世界。第一个世界很遥远，充满与次郎所说的那种明治十五年以前的气息。那个世界里的一切都很平稳，但也都像还没睡醒。想要回到那个世界，是最不花力气的。只要三四郎想，立即就能回去。不到万不得已，他不会想回去。换句话说，那个世界就像一条退路。三四郎把他抛弃的"过去"封存在那条退路里。就连自己怀念的母亲也深埋在那条路上，三四郎一想到这儿，立刻觉得很不应该。所以每当他收到母亲的家书，便回到那个世界低回一番，重温旧梦。

第二个世界里有许多长满青苔的红砖建筑，还有非常宽敞的阅览室，从这一头望向那一头，几乎看不清对面人的面孔。室内还有堆得极高的书籍，如果不用梯子爬上去，根本就摸不着。书页早已磨损，手垢将那些书页弄得黑漆漆的。书籍的封面上闪着烫金文字。无数的羊皮封面、牛皮封面，还有两百年前的纸张，全都积满了尘土。但这些神圣的尘埃是经过二三十年好不容易才累积起来的。这些静谧的灰尘，甚至比寂静的岁月更胜几筹。第二个世界里也有许多人影正在晃动，仔细观察，这些人的脸上大都留着胡子，走在路上时，有人抬头仰望天空，有人低头俯视地面。他们身上的服装必定很脏，生活都过得非常清苦，态度却从容不迫，悠然自得。他们在电车的包围中，毫不客气地面向天空呼吸太平的空气。身处这个世界的人因对周遭无知而不幸，又因逃离尘嚣而有幸。广田老师生活在这个世界里，野野宫也在这里，三四郎现在也差不多摸透了这里的气氛。但如果想要离开，倒也不成问题。只是好不容易才领略到个中滋味，随手抛弃也实在有点可惜。

第三个世界充满灿烂，就像春光荡漾的季节，这里有电灯、银匙、欢声、笑语，以及冒着泡沫的香槟酒杯，还有地位高高在上的美女。三四郎跟美女当中的一人说过话，还跟其中一人见过两面。对三四郎来说，这是寓意最深的一个世界，虽然近在眼前，却难以接近。那种难度就跟接近天边的闪电一样。三四郎从远处望着这个世界，心里感到非常奇妙。他觉得自己若不从某处钻进这个世界，某处就会有缺陷，而自己似乎也应该有资格成为这世界某处的主角。但本该迫切期待稳定发展的这个世界却束缚住他，主动切断了可供进出的通道，三四郎觉得这现象实在太不可思议了。

他躺在棉被里，先把这三个世界放在面前比较了一番。然后又将它们搅在一块儿，最后，他得出一个结论：总之，最理想的结果就是把母亲从乡下接来，再娶个美丽的妻子，然后把全部心力都投注于研究学问。

这是个再平凡不过的结论，但三四郎在思绪连接到这个结果之前，已经在脑中进行过各种各样的思考，对一名习惯以思索的劳力来衡量结论价值的思想家来说，这种结果不能算是平凡。

不过，这种结果也等于表示，区区一个老婆就把广阔的第三世界概括表达了。其实这个世界里有很多美丽的女性。如果要翻译这些美丽的女性，能够使用的字词也有千百种……三四郎试着模仿广田老师，也开始使用"翻译"这个字眼了。假设只能用人格形容词来翻译女性的话，那我就该使用能让更多人感动的字词，为了使自己的性格更趋完整，我就该多接触美丽的女性。只满足于一个老婆的现状，等于主动地限制自我发展。

想到这儿，三四郎发现自己竟能想出这么一番大道理，显然已经受到了广田老师的影响。但事实上，他并没有深切地感到不满。

第二天，三四郎到学校去，课堂的讲义照例很无聊，教室的空气也依然远离尘俗，所以直到下午三点之前，他完全属于第二世界。等到课程结束后，他才摆出一副伟人的架势走出学校，到了追分派出所门前，刚好碰到与次郎。

"啊哈哈哈，啊哈哈哈！"伟人的架势立刻被与次郎这阵笑声彻底击溃，就连派出所的巡警脸上也露出了微笑。

"怎么了？"

"没什么。你像普通人那样走路就行了嘛。你这模样，简直就像 Romantische Ironic。"

三四郎听不懂这句洋文的意思，只好换个话题。

"房子找到啦？"他问。

"我就是为了这事刚才到你家去了……明天终于要搬了。来帮忙吧。"

"搬到哪儿去？"

"西片町十段三号。你九点以前先到那儿打扫哦。然后在原处等着，我随后就到。听清楚啦。九点之前哦。三号。那我先走了。"与次郎说完便匆匆离去。三四郎也急急忙忙赶回宿舍。到了晚上，他又回到学校，走进图书馆查看"Romantische Ironic"的意思。原来这是德国的施勒格尔[1]提出的想法，书中对这个名词的解释是："凡被称为天才的人，必定整天悠闲度日，既无目标，也不努力。"读到这儿，三四郎才放下心来，回到宿舍后，立刻上床就寝。

第二天是天长节，但因为事先跟与次郎约好了，三四郎就当作上学日，跟平时一样的时间起床。出门之后，直往西片町十段而去。进了三号，四处打量一番，发现这座房屋正好位于窄巷的中段，建筑物的年代相当久远了。

房屋前方有一个突出的洋式房间，刚好代替了玄关，走出洋式房间，拐个弯，另有一间日式客厅，客厅后方是日式起居室，对面顺序排列着厨房和女佣的房间，二楼也有房间，但看不出有多大。

三四郎虽然受托前来扫除，但他认为这房间根本不需要清扫。房间当然不算干净，却也找不出需要拿去扔掉的废物。若说非要扔些什么，大概也只有榻榻米之类的东西吧。三四郎一面思索一面拉

1　施勒格尔（一七七二——一八二九）：德国诗人、文学评论家、哲学家、语言学家，热心参与浪漫主义运动。

开了雨户，弯腰坐在客厅窗前的回廊边，放眼欣赏庭院里的景色。

院里有一棵高大的紫薇，但根部在隔壁的院里，只有大半截树干从杉木树墙上方横压过来，占据了这边庭院的空间。还有一棵很大的樱花树，应该是从树墙里长出来的，半边枝丫都伸到马路上，再长大一点的话，就要碰到电话线了。旁边另有一株菊花，看起来很像寒菊，一朵花也没开。除此之外，院里再无其他植物，真是令人怜悯的庭院。不过地面的泥土倒是非常平整，而且土质细密，显得十分美观。三四郎望着泥土，觉得这好像是为了欣赏泥土而造的庭院。

不一会儿，附近的高中响起天长节庆典的钟声。听到这声钟响，三四郎想，已经九点了吗？既然来了，什么都不做也不太好意思，那就把樱花枯叶扫一下？他才意识到自己该做些什么时，立刻又发觉没有扫帚，于是重新走到回廊边坐下。刚坐下不到两分钟，庭院的木门"忽"的一下被拉开，出人意料的事情发生了！上次在池边遇到的女人竟然出现在院里。

三四郎跟女人之间隔着一道树墙。四方形的庭院面积不到三十平方米，三四郎一眼看到池边那女人站在狭隘的院中，他顿时有所领悟：鲜花一定要剪下来插在瓶中欣赏。

三四郎从回廊边站起来。女人也从木门边走过来。

"打扰了……"女人首先打声招呼，然后弯腰致意，跟上次一样，她的上半身虽然向前倾斜，但是脸绝不向下，一面打着招呼一面凝视三四郎。从正面望去，她的脖子显得很长，一双眼睛也同时映在三四郎的眸子里。两三天前，美学[1]老师才让三四郎欣赏过热鲁兹[2]的绘画。当时老师向他说明，这位画家所画的女人肖像，总是充满肉欲的表情。肉欲！如果要形容池边的女人这时的眼神，除了这两个字，再也找不出其他适当的字眼。那双眼睛正在诉说着什么，正要表达一种婀娜性感的东西，而且这东西正在直接造成感官的刺激。这是一种穿透骨干渗入骨髓的刺激，强烈的程度已不仅是令人承受某种甜美而已。它给人带来的不是甜美，而是痛苦。不过这种甜美和低俗的媚态当然是不一样的。受到她那残酷眼神凝视的对象反而会想极力取悦她，更何况这女人跟热鲁兹画里的女人一点也不像，她的眼睛比画中女人的眼睛小了一半以上呢。

"广田先生的新家就在这里吗？"

"对！就是这儿。"三四郎的声调跟女人比起来显得非常粗鲁，他自己也已察觉，但又想不出其他言辞。

"他还没搬来吗？"女人说起话来口齿清晰，不像一般人那样，说到句尾就有点模棱两可。

"还没来。马上就到了吧。"女人犹豫了几秒，她手里提着一

1　美学（Aesthetics）：也叫"感觉学"，是哲学的一个分支，主要是研究审美，也就是对"美"的本质与意义进行研究。这个名词最初由森鸥外翻译为"审美学"，现在一般称为"美学"。
2　热鲁兹（一七二五——一八〇五）：法国肖像画家。

个大篮子，身上的和服跟上次一样，说不出究竟是什么颜色。三四郎只看出那布料跟上次一样不是有光泽的质地。底色中似乎有些颗粒状图形，上面还有些条纹或花纹的图样，总之是不规则的图案。

樱花树叶不时地从天上飘下，其中一片落在篮盖上，但是才落下，又立刻被风儿吹走了。女人伫立在秋风中，风儿裹住她的全身。

"你是……"待风儿吹向邻家时，女人向三四郎问道。

"我是受托来打扫的。"说完，三四郎才意识到自己坐在这儿发呆的情景已被女人看到，他不禁失笑，女人也跟着笑起来。

"那我也在这儿等一下吧。"女人笑着说，语气有点像在征求三四郎的同意。他心里很高兴，便随口应道："嗯。"三四郎原本想说："嗯，你就在这儿等吧。"他只是缩短了这句话。谁知女人依然站在那儿。

三四郎觉得无奈，只好开口对女人说："你是……"他把女人刚才问自己的话，又向她问了一遍。女人将篮子放在回廊边，从腰带里抽出一张名片递给三四郎。

只见名片上写着"里见美祢子"[1]，地址是"本乡真砂町"，跟这

---

1 里见美祢子：一般认为这个角色的原型是日本女性解放运动的先驱平冢雷鸟（一八八六—一九七一），本名平冢明，婚后改名奥村明。她曾跟夏目漱石的弟子森田草平（一八八一—一九四九）谈恋爱。森田已有家室。在她二十二岁那年，两人相约前往那须盐原殉情自杀，但后来两人都被救活了。这个事件当时在日本社会引起轰动，事件之后，平冢明亲身体会到日本女性在男尊女卑的社会中所受到的压抑，愤而改名"雷鸟"，从此投身女性解放运动，一九一一年率先成立日本女性主义者团体"青鞜社"，并开始发行鼓吹女性主义的《青鞜》杂志。

儿只隔着一个山谷。三四郎浏览名片的这段时间，女人已在回廊边坐下。

"我以前见过你。"说着，三四郎把名片收进袖筒里，抬起头来。

"是的。有一次在医院里……"女人答完转过头来。

"还有一次。"

"还有，就是在池边……"女人不假思索地答道。她记得这么清楚，三四郎反而没话可说了。

"那时失礼了。"等了半天，女人才说。

"哪里。"三四郎回答得很简短。两人都望着樱花树梢，枝头像被虫子啃过似的，只剩下几片树叶。该搬来的行李却一直不来。

"你找老师有什么事吗？"三四郎突然提出问题。女人正在专心欣赏高大樱树上的枯枝，听到这话，她连忙把脸转向三四郎。那脸上的表情似乎在说：哎哟！吓我一跳，好过分哟。但她的回答却非常平静。

"我也是被找来帮忙的。"三四郎这时才注意到一件事，放眼细看，女人坐着的那段廊缘上积满了沙土。

"沙土好多啊！你的和服都脏了。"

"是啊。"女人只向左右张望一下，并没站起身来。她向回廊周围打量一番后，那双眼睛又转向三四郎。

"扫除的工作已经结束啦？"女人说话时，脸上浮起笑容。三四郎看出那笑容里蕴含着某种易于亲近的东西。

"还没开始呢。"

"那我帮你。一起来做吧？"一听这话，三四郎立即站了起来。女人却没有移动，仍然坐在回廊边上向三四郎问道："有没有扫帚和掸子？""我是空手来的，什么都没有呢。"三四郎说完又向女人问道，"要不然，我到路上去买吧？""那太浪费了，去向邻居借吧。"女人说。三四郎立刻跑到隔壁邻家，借到了扫帚和掸子，就连水桶和抹布也一起借了，又匆匆跑回来。女人依旧坐在原处欣赏着高大的樱花树枝。

"有啦……"女人嘴里只冒出这两个字。

三四郎的肩上扛着扫帚，右手提着水桶。"嗯，有了。"他很自然地答道。

女人穿着白布袜直接登上布满沙石的回廊。才走了几步，地面便留下一堆纤细的脚印。她从袖里捞出一条白色围裙，系在腰带外面。围裙边缘缝着蕾丝似的花边，颜色美极了，美得令人觉得穿着它来扫除实在过于可惜。女人伸出手，抓起了扫帚。

"先扫除这些尘土吧。"她说着，从袖筒腋下的开口[1]伸出右手来，再将宽大飘动的和服衣袖从肩头翻向身后。这下她那美丽的手便连胳膊一起露了出来。从那翻起的衣袖边缘，还看得到里面美丽的衬

---

1 袖筒腋下的开口：女性和服的衣袖和衣身连接处，腋下部分留出一个开口，称作"身八口"，主要是为了穿和服时易于系上腰带。

裙衣袖。三四郎茫然若失，呆立半晌，才猛地拎起水桶，发出一阵叮叮当当的声响，跑向后门。美祢子负责扫掉尘土，三四郎跟在后头用抹布擦拭地面。接着，他又用力拍打榻榻米，把缝隙里的垃圾拍出来，美祢子则用掸子扫掉纸门上的灰尘。忙了大半天，房间终于清扫干净了，两人也变得更为熟络。

三四郎提起水桶到厨房换水，美祢子拿着掸子和扫帚走向二楼。

"请你来一下。"她从楼上向三四郎喊道。

"什么事？"三四郎提着水桶站在楼梯下问道。女人站在暗处，只有她的围裙呈现一片雪白。三四郎提着水桶登上两三级楼梯。女人立在原处不动，三四郎又登上两级。昏暗之中，两人的脸大约只隔着三十厘米的距离。

"什么事？"

"好黑哦，什么都看不见。"

"为什么？"

"不知道为什么。"三四郎不想再继续追问，便走过美祢子身旁登上二楼，他先把水桶放在黑暗的回廊边，然后过去打开雨户。原来她不知道如何打开雨户的窗锁。不一会儿，美祢子也跟着上了二楼。

"还没打开呀。"美祢子说着朝对面窗边走去。

"是这边的。"她说。

三四郎无言地走向美祢子身边。他的手差点碰到美祢子的手，就在那一瞬间，他的脚又不小心踢到水桶，发出一声巨响。两人忙了半天，总算打开一扇窗户，强烈的阳光从正面直射而来，简直令人睁不开眼睛。他们互相看了对方一眼，忍不住都笑了起来。

接着，两人又把雨户内侧的纸窗也拉开。窗上的方格装饰是用竹条做的，窗外就是房东家的庭院，院里还养着几只鸡。美祢子又像刚才那样开始扫地，三四郎则四肢着地，紧跟在她的身后擦地。

美祢子两手抓着扫帚，看到三四郎趴在地上的模样，不觉嚷了一声："哎哟！"

扫了半天，终于扫完了，美祢子把扫帚丢在榻榻米上，转身走向屋后的窗前，站在那儿浏览窗外景色。不一会儿，三四郎也擦完了地，"砰"的一声，将湿抹布扔进水桶，走到美祢子身边与她并肩而立。

"你在看什么？"

"猜猜看。"

"鸡？"

"不对。"

"那棵大树？"

"不对。"

"那到底在看什么？我可猜不着。"

"从刚才到现在，我都在看那片白云。"原来如此，一片白云正从辽阔的空中轻轻飘过。这天的天气非常好，晴空万里，整个天空涂满清澈的蔚蓝，无数浓密的云朵不断飘过，看起来就像发光的棉球。风势似乎很强劲，浓云的边缘被风吹散后越来越薄，薄到几乎透明，隐约可见云层之上的青天。有些云朵边散边聚，重新聚为一团像是撕裂成千丝万缕的白云，仿佛由无数雪白柔软的棉针聚集而成。

美祢子指着那朵白云说："很像鸵鸟的 boa¹，对吧？"

三四郎没听过 boa 这个名词，便老实地说不知道 boa 是什么。美祢子又嚷了一声："哎哟！"但立刻又很有耐性地说明了 boa 的意思。

"那东西，我是听过的。"三四郎说。接着，他把上次从野野宫那儿听来的知识对美祢子说了一遍。"据说那些白云全都是雪粉哦。我们从下面看云层移动得并不快，其实云朵在天上的速度肯定比飓风还快呢。"他说。

"哎哟！真的吗？"美祢子说着，转眼望向三四郎。

"雪的话就没什么意思了。"她的语气似乎不容辩驳。

"为什么呢？"

"为什么？云就得是云呀。如果是雪的话，哪有从远处仰望的价值？不是吗？"

"是吗？"

"什么'是吗'！你觉得那是雪也无所谓？"

1　boa：鸵鸟脖上的绒毛。

"你好像很喜欢仰望高处啊。"

"对呀。"美祢子的视线越过窗上的竹质窗棂,直向天空望去。无数白云陆续不断地飘到他们的头顶。这时,远处传来人力板车的声音。从地面震动的声响可以听出,板车已经转进静谧的小巷,正在逐渐靠近。"来了!"三四郎说。"来得很快嘛。"美祢子说,她依旧站在原处倾听,好像觉得板车移动的声音跟白云的流动有着密切关联似的。板车毫不容情地划破秋的宁静,越来越近,最后终于在门前停下来。

三四郎丢下美祢子,跑下了二楼。刚跑到玄关前面,正好看到与次郎从大门走进来。

"来得很早嘛。"与次郎先向三四郎打招呼。

"来得很慢啊。"三四郎回答,跟美祢子的意见完全相反。

"还嫌慢啊,全部行李必须一次搬过来,有什么办法。而且只有我一个人在忙。除了我,就只有女佣和车夫,他们一点忙都帮不上。"

"老师呢?"

"老师在学校。"两人正在交谈,车夫已经开始卸货。女佣也跟着进门了。与次郎把厨房的行李交给女佣和车夫,自己跟三四郎一起将书搬进洋式房间。书的数量非常多,光是放在书架上就得花费好大的功夫。

"里见家的小姐还没来吗?"

"来了。"

"在哪儿？"

"二楼。"

"在二楼干吗？"

"不知在做什么。反正在二楼。"

"别开玩笑了！"与次郎手里抓着一本书，穿过走廊，走到楼梯下，用他平时的大嗓门喊道："里见小姐，里见小姐。我们在整理书籍，来帮个忙吧。"

"马上就去。"

美祢子抓着扫帚和掸子安静地从楼上下来。

"你在上面干吗？"与次郎在楼梯下焦急地问道。

"打扫二楼啊。"美祢子的声音从楼梯上传来。与次郎站在梯下等她下来，带她到洋室门口。车夫已将书卸下，堆得满地都是，三四郎等不及他们，早已背对门口蹲在书堆里专心地读了起来。

"哎哟！不得了。这些要怎么办啊？"美祢子说。听到她的声音，三四郎蹲着转回头，脸上露出顽皮的笑容。

"没什么不得了的。这些要搬到房间里，全部都要整理好。等下老师就会回来帮忙，别担心……我说你呀，蹲在这儿念书怎么行呢。等下借回家慢慢念吧。"与次郎抱怨道。

于是三人分工合作，美祢子和三四郎在门口把书排整齐，然后交给与次郎，再由与次郎摆放在室内的书架上。

"这样随便乱弄是不行的。这套书应该还有一本续集吧。"说着，与次郎摇了摇手里那本薄薄的蓝书。

"可是没看到续集呀。"

"怎么可能没有。"

"有了，有了。"三四郎说。

"什么？让我看看。"美祢子说着把脸凑了过来，"*History of Intellectual Development*（《知识发展史》）！哎呀，找到啦！"

"什么找到了。快交给我啦。"

三人花了半个多小时，耐着性子整理书籍，忙到最后，就连与次郎也不再催着快点动手了。

其他两人看他面向书架盘腿而坐，一句话也不说。美祢子便用手戳一下三四郎的肩头，三四郎笑着向与次郎问道："喂！怎么了？"

"哦，我在想，老师也真是的，收集这么多没用的书，究竟打算做什么？简直是捉弄人嘛。如果现在卖了这些书，换成股票，还能赚点钱呢。真是拿他没办法。"与次郎叹了口气，依旧盘腿坐在书架前。

三四郎和美祢子相视而笑。带头的领导不再动手，另外两人整理书籍的动作也跟着放慢下来。三四郎抽出一本诗集，美祢子也在膝头摊开一本大型画册。后门那边传来阵阵吵闹声，临时找来的车夫正在和女佣拌嘴。

"你来看看。"美祢子低声说。三四郎弯身凑过去，脸凑向画册。他闻到美祢子头发上飘出阵阵香水的气息。

书页上是一张美人鱼的图。一个赤裸的女人腰部以下变成鱼身，她的腰部扭曲着，鱼尾扭向身体后方。女人手里拿着梳子正在梳理长发，一手抓着发梢，眼睛注视前方，背后是一片广阔的海面。

"美人鱼。"

"美人鱼。"两人的脑袋凑在一块儿，嘴里发出同样的低语。这时，盘腿而坐的与次郎像是突然想起什么似的嚷道："什么？你们在看什么？"他也来到走廊上。于是，三人聚在一起鉴赏画册，一页页翻过去，同时发表各式各样的评语，尽是些顺口胡诌的看法。

不一会儿，广田老师穿着大礼服从天长节的庆典回来了。三人赶紧藏起画册，然后才向老师鞠躬打招呼。老师吩咐他们快点整理好书籍，三人只得耐着性子投入工作。这回因为书的主人在场，大家也就无法再摸鱼了。大约花了一小时的工夫，走廊上的书总算全都塞进书架了。四个人并肩站在书架前，来回打量着架上排放得整整齐齐的书本。

"剩下来的，明天再弄吧。"与次郎说。那语气有点像对老师说，您先将就一下吧。

"您收藏了好多书啊。"美祢子说。

"老师收集了这么多书，都读过吗？"三四郎最后才开口。他想把老师的意见当作参考，所以觉得有必要向老师确认一下。

"怎么可能都读过。佐佐木那家伙或许读过吧。"

听了这话，与次郎用手抓抓脑袋。三四郎却很认真，因为他最近常在大学图书馆借书，但不论借到哪本书，必定已经有人读过。为了求证自己的疑惑，他还借过一个叫阿芙拉·贝恩的作家所写的小说，结果还是在书里看到了别人读过的痕迹，三四郎想知道阅读范围的限度，才向老师提出这个疑问。

"阿芙拉·贝恩的作品，我也看过。"

广田老师的回答让三四郎非常惊讶。

"真没想到啊。不过老师向来喜欢读别人不读的书嘛。"与次郎说。

广田老师笑着走向客厅，可能是要去换和服吧。美祢子也跟着老师走出书房。等他们走出房间后，与次郎对三四郎说："就是因为老师那样，所以才说他是'伟大的黑暗'。他什么都读，却发不出一点光。如果肯念些流行的东西，再稍微沽名钓誉一些就好了。"

与次郎这番话绝对不是讽刺。三四郎默默地打量着书架。这时，客厅那儿传来美祢子的声音："有好吃的东西哟。两位快过来吧。"

两人出了书房，越过走廊，来到客厅。只见美祢子带来的篮子放在房间正中央。篮盖打开，里面装着许多三明治。美祢子坐在篮子旁边，正用小盘分装篮里的食物。与次郎和美祢子两人一问一答地聊了起来："还好你没忘，把这东西提来了。"

"这可是我特地去订购的哟。"

"篮子也是买来的？"

"不是。"

"是你家里的？"

"是啊。"

"这么大一篮，真不简单呀。车夫送你来的吗？可以顺便让车夫帮你拿进来嘛。"

"车夫今天有别的任务。我虽然是女人，这么一篮东西，还是提得动的。"

"只有你提得动，别家小姐的话，大概就不肯提了。"

"是吗？早知如此，我也不干了。"美祢子将食物装进小盘，和与次郎闲聊。她说起话来句句流畅，而且语气沉着稳重，正眼也不瞧与次郎一下，这令三四郎感到非常敬服。女佣从厨房端上茶来，一群人便围着篮子吃起三明治。房间里暂时陷入沉默，半晌，与次郎突然想起什么似的向广田老师说："老师，顺便请问一下，刚才提到的那位，是叫贝恩什么？"

"你是问阿芙拉·贝恩？"

"整体来说，那位阿芙拉·贝恩是做什么的？"

"她是一位英国的闺秀作家。十七世纪的人。"

"十七世纪实在太古老了。连杂志都不会登这种东西。"

"确实很古老。不过她是第一位把写小说当成职业的女性，所以才很有名。"

"有名有什么用。那我再请教一下，她写过哪些作品呢？"

"我只念过一篇叫作《奥鲁诺克》[1]的小说。小川君，那本全集里有这篇小说吧？"

三四郎早已忘得一干二净，便向老师询问内容。原来这小说是一个叫作奥鲁诺克的黑人王族的故事，他被英国船长骗去当奴隶，又被转卖给别人，历尽了千辛万苦。后世读者都坚信这是作家亲眼所见的真实故事。

"真有趣！里见小姐，如何？你也写一篇《奥鲁诺克》吧？"与次郎再度转向美祢子说。

"写是没问题啊。可是我又没有亲眼看到什么故事。"

"如果你需要黑小子当主角，小川君不是正好？九州男生的皮肤都很黑嘛。"

"嘴巴好坏啊！"美祢子像在帮三四郎说话似的，但是说完又立刻转脸看着三四郎。

"可以写吗？"美祢子问。三四郎望着她的眸子，脑中浮起这女人今晨提篮出现在庭院木门旁的瞬间，他不禁有些陶醉，却又有

---

1 《奥鲁诺克》：阿芙拉·贝恩于一六八八年完成的小说。内容是一位非洲国王的孙子变成奴隶的故事。

点害怕这种陶醉的感觉。当然他也说不出"请写吧"这种话来。

广田老师跟平时一样拿出香烟，开始吞云吐雾起来。与次郎曾将这烟雾评为"鼻孔喷出的哲学之烟"。三四郎看着烟雾想，原来如此，这烟冒得确实与众不同。只见两根又粗又浓的烟柱正从老师的鼻孔里悠然飘出。与次郎无言地望着那两根烟柱，他的半边背脊靠在纸门上。三四郎的视线无聊地转向庭院。这不像搬家，他想，简直就像一次小型聚会，所以大家才聊得这么轻松愉快。只有美祢子正在老师背后收拾他刚脱下的洋服，看来刚才也是她帮着老师换上和服的。

"刚才提到《奥鲁诺克》，因为你个性草率，万一弄错了可不太好，我再向你说明一下。"说着，老师鼻孔的烟雾暂时消失。

"是，我洗耳恭听。"与次郎严肃地说。

"那篇小说出版以后，有个叫萨瑟恩[1]的人把它改写成剧本，也是同样的名字，你不要把两者弄混了。"

"是，我不会弄混。"

美祢子正在折叠洋服，听到这话后看了与次郎一眼。

"那个剧本里有一句台词很有名：Pity's akin to love."说到这儿，老师的鼻孔里又冒出哲学之烟。

"日本好像也有类似的句子啊。"这次轮到三四郎开口了。其

---

1 萨瑟恩（一六六〇一一七四六）：英国剧作家。

他两人也一起说是好像有类似的句子，但是谁也想不起来。于是众人决定，不如各想一句翻译吧。四人苦思了半天，还是想不出来。

"这好像必须用俗谚翻译才行。这句英文听起来就很像俗谚。"最后，与次郎开口提出自己的想法。

其他三人决定把翻译大权全都交给与次郎。他沉思了半晌说道："或许这样翻译很勉强，不知大家觉得如何？这句话就是'怜悯即爱慕'吧。"

"不行！不行！翻译得太烂了。"说着，老师立即露出痛苦的表情，语气充分传达了他认为句子很糟糕的感觉，三四郎和美祢子不约而同地大笑起来。笑声还没停止，只听"吱"的一声，院里的木门被推开，野野宫走了进来。

"都整理得差不多了吧。"野野宫说着，来到回廊的正前方，用窥视的眼神环顾屋里的四个人。

"还没整理完呢。"与次郎连忙应道。

"你也来帮个忙吧？"美祢子随声附和着与次郎。野野宫嘻嘻地笑着说："看你们聊得这么热闹，有什么开心的事吗？"说完，他一转身，在回廊边坐下。

"我翻译了一个句子，刚刚被老师骂了。"

"翻译？翻译了什么句子？"

"没什么大不了的……我把那个句子翻译成'怜悯即爱慕'了。"

"哦？"坐在回廊边的野野宫转身说道，"这句话究竟是什么意思？我可不太懂。"

"谁都不懂啦。"这回轮到老师发言了。

"不，因为翻译得太简练了……按照原意稍微延长一点的话，就变成'怜悯也者，爱慕是也'。"

"啊哈哈哈，那原文是怎么写的呢？"

"Pity's akin to love."美祢子重新念了一遍。她的发音很美，很好听。

野野宫从回廊边站起来，面向庭院走了两三步，又一转身，面向房间的正面停下脚步。

"原来如此，翻译得真棒。"

三四郎不由自主地留意着野野宫的态度和视线。

美祢子起身走向厨房，先洗干净碗筷，又重新泡了一壶茶，端到回廊边来。

"喝茶吧。"说完，她在回廊边坐下来，又问道，"良子怎么样了？"

"嗯，身体已经恢复了。"野野宫重新坐下，端起茶喝了一口，脸稍微转向老师。

"老师，我好不容易搬到大久保，现在好像又得搬回来了。"

"怎么了？"

"妹妹说她不喜欢上下学都经过户山那块原野。还有，我每天晚上都要做实验，她说熬夜等我太孤单。现在家母还在这儿，倒还没关系，再过一段日子，家母回老家之后，家里就只剩妹妹和女佣了。

她们两个都是胆小鬼，日子会很难熬吧……真是个麻烦啊。"野野宫半开玩笑地抱怨着。"你看怎么样，里见小姐？可以收容这食客在你家吗？"说着，野野宫转眼望向美祢子。

"随时都能招待啊。"

"招待谁？宗八还是良子？"与次郎插嘴问道。

"都行啊。"

只有三四郎闭着嘴没作声。广田老师露出稍微严肃的表情问道："所以，你打算怎么办呢？"

"只要把妹妹的问题解决了，我到哪儿暂时寄宿都没问题，要不然就得搬家了。其实真想干脆送进学校宿舍算了，但她终究还是个小孩嘛，必须找个能让我经常去看她的地方，或让她来看我才行呀。"

"那就只有里见小姐家了。"与次郎再次提醒道。

广田老师却像没听见似的说："让她来住我家二楼也行啦。只是，这里有像佐佐木这样的人物啊。"

"老师，二楼请您一定要让给佐佐木住呀。"与次郎将自己推荐给老师。

野野宫笑着说："哎呀，反正总会有办法的……那孩子只长个子，脑袋却笨得很。真拿她没办法。还吵着叫我带她到团子坂去看菊人形呢。"

"带她去看看多好啊。我也很想看呢。"

"那就一起去吧？"

"好啊。小川也一起去吧。"

"好啊！走吧。"

"佐佐木也去吧。"

"菊人形就算了。有时间看菊人形，我还不如去看电影呢。"

"菊人形很不错呀。"又轮到广田老师开口了，"人工能做到那种程度，外国大概看不到吧。大家都必须见识一下，人工的东西居然还能做得这么棒。如果是真人扮演的话，我想谁都不会跑到团子坂看吧。要看真人的话，谁家没有四五个呢？根本无须跑到团子坂去嘛。"

"老师真是高论。"与次郎称赞说。

"以前在教室听课时，老师也常发表这种高论呢。"野野宫说。

"那老师也一起去吧。"美祢子最后做出结论。老师没有作声，众人都大笑起来。厨房里传来老女佣的声音："请哪位过来一下吧！"

"哦！"与次郎应了一声，立即站起身来。三四郎依旧坐着。

"那我也告辞吧。"说着，野野宫便站了起来。

"哎呀，这就走了吗？这么快！"美祢子说。

"上次那件事，再等等吧。"广田老师说。"好的，没问题。"野野宫随声回应，穿过庭院向门外走去。他的身影刚消失在木门外，美祢子突然想起什么似的嚷着："对了，对了。"说着，套上刚才脱在院里的木屐，赶在野野宫身后追了上去。两人站在院外不知说些什么。

三四郎沉默地坐在原处。

五

　　走进大门，上次看到的萩花已经长得比人还高，黝黑的树荫笼
罩在树根周围，绿荫的黑影顺着地面向前匍匐，一路爬进庭院深处，
消失了踪影，有点像是爬进了层层叠叠的绿叶之间。眼前这幅景象
也说明户外的阳光有多么强烈。挂在厕所檐下的洗手罐[1]旁种着一株
南天竹，这棵树也长得很高，总共只有三根枝子，紧靠在一块儿摇
来晃去，叶子刚好遮住厕所的窗户。

　　萩花与南天竹之间隐约可以看到一段回廊。回廊以南天竹为起
点，斜斜地向前伸展，一直伸向萩花的位置。萩花树枝形成的阴影
遮住了回廊的另一头。三四郎现在就站在这萩花前面，良子则坐在
回廊边缘，正好就在萩花的阴影里。

---

[1] 洗手罐：日本还没有自来水时，专门挂在厕所门口用来洗手的水罐。罐底附有活动开关，用手压住，
就会有水流出来。

三四郎紧贴萩花伫立半晌。良子从回廊边站起来，一只脚踏在平坦的石头上，三四郎这才发现她的个子很高，心头不免一惊。

"请进吧。"

良子的语气跟上次一样，好像正在等他。三四郎不免想起上次在医院看到她的情景。他越过萩花丛，来到回廊尽头。

"请坐。"三四郎没有脱鞋，听从吩咐在回廊边坐下。良子拿来一块坐垫递给他说："请用吧。"三四郎放好坐垫，坐在上面。从进门到现在，他还没说过一句话。眼前这名单纯的少女只顾着对三四郎说自己想说的，似乎完全不期待三四郎的回应。三四郎觉得自己好像是在一位天真的女王面前，只需听从命令，不必特意讨好，只要自己说出一句迎合对方的客气话，立刻就会变得非常卑微。像这样做一名哑奴，听从对方的摆布，反而令他愉快。充满孩子气的良子把他当成了小孩，但他一点也没有自尊心受伤的感觉。

"你来找我哥啊？"良子问。三四郎并不是来拜访野野宫，但也并非不是。老实说，他也搞不清自己究竟为什么到这儿来。

"野野宫还在学校？"

"是啊，每天不到三更半夜是不会回来的。"

这一点，三四郎也是知道的。他不知该如何接话，于是转眼四望，看到回廊上有个水彩盒，还有一幅画了一半的水彩画。

"你在学画吗？"

"是啊。因为很喜欢，随手画画。"

"老师是哪位？"

"还没到拜师的程度呢。"

"让我欣赏一下吧。"

"这张？这张还没画完呢。"说着，良子把那张画递向三四郎。原来她画的是自家的庭院，画里的天空、前面邻家的柿子树，还有院门口的萩花已经完成，尤其是那棵柿子树，已被涂成红通通的。

"画得很好嘛。"三四郎一面浏览一面说。

"这叫作好？"良子显得有点吃惊。她是真的觉得很讶异，因为三四郎的语气里一点也听不出特意恭维的意思。

看到她的反应，三四郎已来不及推说自己是开玩笑的，但也不能承认自己说的是真心话。因为不论是玩笑话还是真心话，好像都会遭到良子的轻视。三四郎的眼睛望着画，心里害羞得要命。

他转眼从回廊望向客厅，四周一片寂静，不只起居室里空无一人，就连厨房里面好像也没人。

"令堂回老家了？"

"还没呢。但这两天应该就要回去了。"

"现在她在家？"

"刚出门去买点东西。"

"听说你要搬到里见小姐家，是真的吗？"

"你怎么知道？"

"怎么知道？上次在广田老师家，大家说起这件事啊。"

"还没决定啦。要看情况，说不定真会搬去住呢。"三四郎这才对真实情况比较了解了。

"野野宫原本就跟里见小姐很要好吗？"

"是啊。他们是朋友嘛。"三四郎觉得这句话的意思好像是说他们是男女朋友。不知为何，他觉得有点好笑，但也没再继续追问。

"听说广田老师以前也教过野野宫呢。"

"是啊。"

这句"是啊"又堵住了两人的嘴巴。

"你喜欢到里见小姐家住吗？"

"我吗？很难说，因为那样的话，美祢子的哥哥就太可怜了。"

"美祢子小姐还有哥哥？"

"是啊。跟我哥哥同一年毕业的。"

"也是理学士？"

"不，学科不同。他是法学士。他们上面原本还有一个哥哥，跟广田老师是朋友，但很早就过世了，现在只剩这个恭助哥哥了。"

"那他们的父母呢？"良子露出微笑。

"都不在了。"她笑着说，好像觉得三四郎会在脑中想象美祢子的父母这件事有点可笑。看来他们已经去世很久了，所以根本就不存在于良子的记忆里。

"因为这层关系，美祢子才经常出入广田老师家吧。"

"是啊。那位去世的哥哥跟广田老师是很要好的朋友。美祢子又很喜欢英文，有时会到广田老师那儿去学英文。"

"也到这儿来吗？"

不知从什么时候起，良子又拿起水彩继续画刚才画了一半的画。虽然三四郎就在旁边，但她一点也不在意，而且还能边画边聊。

"美祢子吗？"良子问道，一面给柿子树下的稻草屋顶涂上黑色阴影。

"颜色稍微黑了点吧？"她把画推到三四郎面前问道。

"是的，有点黑过头了。"三四郎这回很老实地答道。听了这话，良子便用画笔蘸了些水。

"常来呀。"她一面洗掉黑色水彩一面说，这才算是回答了三四郎的疑问。

"经常吗？"

"对呀，经常。"良子的眼睛依旧看着画纸。三四郎觉得良子重新开始作画之后，跟她聊天反倒比较轻松了。

两人之间陷入暂时的沉默，三四郎转眼望向画纸，良子虽然细心地用水洗掉了黑色阴影，但可能因为蘸了太多水，而且对画笔的用法不太熟练，纸上的黑影朝向四方恣意乱流，刚才好不容易画好的红柿子，也变成柿子干似的颜色。良子停下画笔，两手抓起画纸伸向前方，脖子则向后缩了一下，企图尽量从远处审视这张沃特曼[1]高级画纸。看了半天之后，良子低声说："不行。"这张画确实被她弄坏了，但也无可奈何。三四郎觉得她看起来很可怜。

"扔了吧。重新再画嘛。"

良子面向画纸，只用眼角瞥了三四郎一眼。那双亮晶晶的大眼显得分外水灵，三四郎不免生出更多的怜悯。谁知女孩这时却突然大笑起来。

"我好蠢哟！白白浪费了两个多小时。"她一面说，一面在那好不容易才画出来的水彩画上，纵横各画了两三条粗线，然后，啪嗒一声，合上水彩盒盖。

"不画了，到客厅来吧。我给你沏杯茶。"说完，良子便进屋去了。三四郎觉得脱鞋太麻烦，便依然坐在回廊边上。这女孩也真有意思，现在才想到端茶给客人，三四郎想。对这个奔放不羁的女孩，他心底完全没有看热闹或占便宜的轻浮想法，但是突然听到她说要给自己沏茶时，三四郎无法控制地升起一种喜悦。但这感觉跟他接近异性时所得到的喜悦迥然不同。

起居室里传来说话的声音。肯定是在跟女佣说话吧。不一会儿，

1　沃特曼：当时英国沃特曼公司制造的水彩画专用高级画纸。

纸门拉开了，良子端着茶具走进来。三四郎从正面端详她时，觉得这才是一张最女性化的面孔。

良子沏了一杯茶，端到回廊边来，她自己却回到客厅的榻榻米坐下。三四郎认为自己该告辞了，但像这样在女人身边坐着，他又不太想离去。上次在医院里，自己再三地盯着她瞧，令她满脸通红，当时只好匆匆告辞，但是从今天这情景来看，她似乎并不在意。所幸现在主人已经端上茶，他们便一个坐在回廊边，一个坐在客厅里，重新闲聊起来。聊了一会儿，良子突然提出一个令人意外的问题。她问三四郎对自己的哥哥野野宫究竟是喜欢还是讨厌。猛一听，这似乎是顽皮小孩才会提出的疑问，但良子的问题背后好像另含深意。因为她认为，喜欢研究学问的人对任何事情都抱着研究的心态，个人的感情也就比较淡泊。如果怀着感情来看事物，结果不外是喜欢或讨厌，反正就是这两者之一。而怀着这两种感情来看事物，就根本不会想对事物进行研究了。良子的哥哥既然是研究理学的，当然不能对自己的妹妹进行研究，因为越研究她，就越无法喜欢她，连带着对她的态度也会变得疏远。然而，哥哥虽然那么热心研究学问，却对自己的妹妹如此宠爱，所以良子得出一个结论：每当她想到这儿，就觉得哥哥是全日本最棒的好人。

三四郎听完她的解释，心中虽然非常认同，却又觉得这番说辞好像哪里有漏洞。但究竟是哪里不对劲？他感到自己脑袋里乱七八糟的，抓不着重点，因此也就没对良子这番大道理发表意见，只在心中暗自寻思：这么一个微不足道的小女子所发表的言论，身为男子汉的自己却无法明确回应，实在太窝囊了。想到这儿，他不禁涨红了脸，同时也深深体会到一件事：绝对不可小看东京的女学生。

从野野宫家出来后，三四郎怀着对良子的满腔敬爱回到住处。一进门，就看到一张明信片，上头写道："明天下午一点左右去看菊人形，请到广田老师家集合。美祢子"。

纸上的字迹跟上次野野宫口袋里露出一半的信封上的字迹很像，三四郎反复读明信片的内容，不知读了多少遍。

第二天是星期天，三四郎吃了午饭，立刻往西片町走去。他身上穿着新买的制服，脚上的皮鞋闪闪发光。穿过寂静的小巷，来到广田老师家门口，屋里传出说话的声音。

走进老师家大门，左边就是庭院，只要推开院子的木门，不必经过玄关，就能直接走到客厅的回廊边。三四郎正要伸手拉开石楠树墙缝隙间的门闩，忽然听到院里传来交谈的声音。原来是野野宫和美祢子正在谈论着什么。

"那样的话，也只能掉到地上摔死了。"男人的声音说。

"就算摔死，也死得其所吧。"女人回答。

"本来嘛，那么没头脑的人，就该从高处掉下来摔死。"

"这话说得好狠啊。"听到这儿，三四郎推开了木门。正在说话的两人站在庭院中央，听到门开了，一齐转头看着三四郎。"来啦！"

野野宫只向三四郎打了声普通的招呼，点点头，他头上戴着一顶新的褐色软呢帽。

美祢子立刻开口问道："明信片是什么时候寄到的？"这一问，两人刚才的谈话就被打断了。回廊边上，主人穿着洋服坐在那儿，跟平时一样，鼻孔里不断喷出"哲学之烟"，手里还抓着一本西洋杂志。良子坐在一旁，两手放在身后，两腿直直地伸向前方，她一面使劲用手撑着上身，一面欣赏穿在脚上的厚底草履……三四郎这才发现大家都在等候自己。

一看到他，主人扔下手里的杂志说："那就走吧。我终于还是被你们拉出来了。"

"辛苦了。"野野宫说。两个女人互相看着对方，发出一阵哧哧的浅笑。走出院门的时候，她们俩一前一后走在一起。

"你好高哦。"美祢子从背后对良子说。

"呆长个子。"良子只说了一句，待走到门边两人并排站在一起时，她才解释道，"所以我尽量只穿草履。"三四郎跟在她们身后，正要走出庭院，二楼的纸窗"嘎啦"一声被拉开了。与次郎从屋里走到栏杆边。

"要走了吗？"与次郎问。

"嗯。你呢？"

"不去！菊花手工艺有什么好看的。你们真够傻的。"

"一起去吧。待在家里多无聊。"

"我正在写论文，很重要的论文。才没那个闲工夫呢。"三四郎露出无奈的笑容，转身追上其他四人。众人正顺着通往大路的窄巷往前走，这时已来到三分之二的地方。秋高气爽的天空下，前面那几人的背影映入三四郎的眼中时，他觉得跟从前在熊本的时候比起来，自己的生活越来越有深度了。在他深思过的那三个世界当中，前面那团身影正好代表了其中的第二和第三个世界。那些身影的半边看起来昏暗无比，另一半则像开满鲜花的原野，灿烂又明亮。但在三四郎的脑海里，一明一暗的两边却浑然一体，显得非常调和。不仅如此，他自己也已经不知不觉地融入了这群人。然而，三四郎心里还是有种不踏实的感觉。这种感觉令他不安。现在一面走着一面细细寻思，不安的近因应是刚才听到野野宫和美祢子谈话的内容。为了驱除自己心中的不安，他决定细细回味一下他们刚才的对话。

这时，前面那群人已走到小巷接连大路的转角，四人都停下脚步回过头来。美祢子正用手掌遮着前额。

三四郎花了不到一分钟就追上了那群人。追上之后，谁也没说话，大家又继续向前走。走了一段路，美祢子突然说："野野宫是研究理学的，才会说那种话吧。"听来似乎是要接续刚才没说完的话题。

"哪里，就算我不是研究理学的也一样。想要飞得高，当然先得设计能飞到最高点的装置。首先需要有个好头脑，不是吗？"

"不想高飞的人或许就会忍着吧。"

"不忍的话，就只有死了。"

"所以说，最好安安稳稳地站在地上。但这样似乎很无聊啊。"听完众人的意见，野野宫没有回答，转脸看着广田老师。

"女性当中出了很多诗人嘛。"野野宫笑着说。

"男人的坏处就是无法成为纯粹的诗人吧。"广田老师回答得也很妙。野野宫沉默着没再说话。良子和美祢子径自聊起她们的话题。这时，三四郎总算逮到发问的机会。

"你们刚才说了些什么啊？"

"哦，在说天上的飞机。"野野宫随口答道。三四郎觉得好像听了半天相声，终于听到了压轴的段子。

众人不再继续交谈，因为大家正好走到人潮汹涌、纷纭杂沓的地点，行人多到令人无法停步闲聊。走到大观音像[1]前面时，一名乞丐跪在地上，拼命用前额往地面猛磕，嘴里还不断高声喊苦。乞丐不时抬起头来，沾满沙石的额头变成了白色，路上却没有半个人驻足观看。三四郎等五个人也若无其事地走过去，走了十一二米，广田老师突然回头问三四郎："你给那乞丐钱了吗？"

---

1 大观音像：指东京文京区光源寺里原有的"十一面观音像"，建于一六九七年，高五米，一般称为"大观音像"，第二次世界大战时遭到空袭摧毁。现有另一座高达六米的观音像，大约在二十年前重建而成。

"没有。"三四郎说着回头看了一眼。只见那乞丐双手合十高举额前，嘴里依然大声哀求着。

"才不想给他钱呢。"良子立刻说道。

"为什么？"良子的哥哥看着妹妹，他的语气并不尖锐，听不出责难的意思。不，应该说，野野宫的表情非常冷静。

"那样一直追着人讨钱，反而讨不到的，没用啦。"美祢子发表自己的想法。

"不，是地点不好。"广田老师接着说，"这里人来人往，太热闹了，所以不行。要是在山上僻静的地点碰到这男人，谁都会给钱的。"

"但也可能等上一整天，都没人从那儿经过。"野野宫说着，哧哧地笑起来。三四郎听着这四人对乞丐的评语，觉得自己从小到大养成的道德观念好像受到了抨击。但他继而又想，自己刚才经过乞丐面前时，别说一毛都不想给他，甚至还觉得有点不愉快，从这个角度进行自我反省的话，他觉得自己活得不如另外四个人坦诚。三四郎这才明白，眼前这四个人是忠于自我、够资格在这片广阔天地呼吸的都市人。

一行人越往前走，道路越显拥挤，不一会儿，看到路上有个孩子迷了路。那女孩大约七岁，啼哭着从行人的衣袖下忽左忽右地钻来又钻去。"奶奶！奶奶！"女孩不停地喊着。看到这孩子，往来的行人似乎都很同情，有人驻足观看，有人叹说："好可怜！"但谁也不肯伸出援手。虽然大家都对孩子表示同情和关心，她却一直在那儿哭着找奶奶。真是一幅奇异的景象！

"这还是得怪地点不对。"野野宫说着，目送孩子的身影逐渐远去。

"巡警肯定马上就会出面，所以大家都不愿多事嘛。"广田老师解释道。

"她要是到我身边来，我会送她到派出所去。"良子说。

"那你现在追过去，带她到派出所好了。"良子的哥哥提醒她。

"我可不喜欢追过去。"

"为什么呢？"

"不为什么……这么多人都在这儿，又不是我一个人的事情。"

"还是在逃避责任啊。"广田老师说。

"还是得怪地点不对。"野野宫说。说完，两个男人笑了起来。不久，大家来到团子坂的山坡上，看到派出所门前黑压压地挤满了民众。刚才那个迷路的孩子已被巡警带走。

"这下可以放心了。"美祢子回头看着良子说。"哎呀，太好了。"良子答道。从团子坂的坡上望下去，弯曲的坡路就像刀锋，路面当然非常狭窄，左侧有些搭得很高的摊位，但是前半部都被右侧的两层楼房遮住了。楼房后面更远处竖着一些旗帜。就在这时，坡上的行人突然开始纷纷向山下移动。向下滑落的人群和往上拥来的人群乱哄哄地混在一起，把路面塞得水泄不通，山谷底下也挤满了纷杂的人群，到处都混乱不堪。放眼望去，整条坡道全是不规则的蠢动，看得人眼花缭乱。

广田老师站在山坡上说："真是不得了！"听他的语气似乎想要打道回府了。其他四人走上前来，像推着老师似的一起拥着他朝山谷走去。不一会儿，大伙来到拥挤得水泄不通的路段，道路两旁全是展示菊人形的摊位，狭窄的门面两边高挂大型芦苇草席，好像把摊位上方的天空都缩小了。摊位前面人潮汹涌，直到天黑才会逐渐散去。每个摊位的负责人都扯着嗓门高声揽客。

"这哪是人类的声音？根本是菊人形在呐喊。"广田老师发表评语说。由此可见那些人的嗓音有多么奇特。

众人走进道路左侧的摊位，展示主题是曾我兄弟复仇[1]的故事。五郎、十郎和赖朝等人身上的和服全是用盆栽菊花拼成，脸和手脚则是木头雕刻。隔壁摊位展出的是一幅雪景，雪中的年轻女人正在发脾气。这个女人也跟其他人形一样，先搭起一个木架作为主轴，表面种满菊花，以各色花朵拼成衣服的模样。菊花与枝叶都铺得非常紧密、平坦，看不出一丝缝隙。

良子看得非常专心，广田老师和野野宫则开始絮絮叨叨地闲聊，好像在说什么菊花不同的培养法之类的话题，三四郎被许多游客挡住

1　曾我兄弟复仇：镰仓时代的武士曾我十郎与曾我五郎两兄弟为报父仇，一起打败父亲的仇人工藤佑经，后来这段传说被改编为歌谣、戏剧、歌舞伎，在民间广为流传。

去路，跟广田老师他们隔开了两米左右的距离，美祢子则领先走到前面。路上大部分的游客都是寻常百姓，受过教育的人好像很少。美祢子这时从人群中转过身，抻着脖子向野野宫张望。野野宫的右手伸到了竹栏杆外面，指着菊花根部热心地向广田老师说明着什么。美祢子重新面向前方，看热闹的人潮推着她，迅速移往出口的方向。三四郎发觉情形不对，立即抛下其他三人，排开人群，加快脚步去追美祢子。

费了好大一番功夫，三四郎才挤到美祢子的身边。

"里见小姐！"三四郎喊道。美祢子用手撑着绿竹栏杆，微微转回头，望着三四郎，没有说话。栏杆里展出的作品是《养老之瀑[1]》。只见栏内的菊人形是个圆面孔的男人，手持葫芦瓢蹲在瀑布下的水池边，腰间挂着一把斧头。三四郎看到美祢子的瞬间，完全没注意到绿竹栏杆里的展示品。

"你怎么了？"三四郎不假思索地问道。美祢子还是没说话，那对黑眼珠里充满忧郁，视线投向三四郎的额头。这一瞬间，三四郎在她双眼皮的眼中看到某种不可思议的眼神，其中包括灵魂的疲惫、肉体的松懈，以及一种类似痛苦的倾诉。三四郎忘了自己正在等待美祢子的回答，一切都被他遗忘在那双眸子里。

---

1 养老之瀑：位于岐阜县西南部养老山地北部的瀑布，高约三十二米。据说最先是因为一名樵夫在当地发现地面有泉水涌出，带回家给他父亲饮用，这才知道泉水竟是酒水，他的父亲非常高兴，后来元正天皇（七一五－七二四年在位）到当地巡幸，将瀑布命名为"养老之瀑"，并把年号也改为"养老"。

半晌，美祢子开口说："走吧。"

那双眼睛跟他的距离正在逐渐拉近。为了这女人，我必须出去，否则就太愧对于她。这种感觉正从三四郎的心底渐渐升起，等到这感觉升至最高点的瞬间，女人却突然一甩头，脸转向另一边，同时松开了抓着绿竹栏杆的手，转身朝着出口走去。三四郎紧跟在她身后，一起走出会场。

到了展示场外面，两人并肩而立，美祢子低着头，右手覆在额头上。周围的人潮不断扑卷而来。三四郎的嘴唇贴近女人耳边问道："你怎么了？"

女人随着人群朝谷中的方向走去。三四郎当然也跟着赶上去。大约走了五十米，女人在人潮中停下脚步。

"这是什么地方？"她问。

"从这儿向前走，就能走到谷中的天王寺。跟我们回家的路相反。"

"是吗？我觉得很不舒服……"

站在路中央的三四郎感到一种无助的痛苦，伫立在那儿思索了好一会儿。

"我们能找个安静的地方吗？"女人问。

谷中和千驮木两地的相接处是山谷，谷底最低处有一条小河，沿着这条小河穿过市街向左转，立刻就能看到原野。小河笔直地朝北流去。三四郎来到东京后，曾在小河的两岸来回走过几回，所以对附近的地形记得很清楚。小河流过谷中市街之后继续流向根津，而在谷中和根津之间的河上有一座石桥，美祢子现在所站的位置就在石桥旁边。

"你还能再走一百米左右吗？"三四郎问美祢子。

"可以。"

两人立刻跨上石桥，走向对岸。过桥之后向左转，沿着住宅区的小路继续走了二十多米，前面再也没路了，他们又从一户人家的门前跨上另一座木板桥，重新回到河岸这边。接着，两人沿着河岸往上游走了一阵，来到一处广阔的原野，周围连半个人影也没有。

站在这片静谧的秋景当中，三四郎突然变得话多起来。

"现在觉得怎么样？头还痛吗？刚才还是太挤了吧。那些参观菊人形展的游客里，有些人的水平好像很差……没对你做非礼的事吧？"

女人没有作声，半晌，才从河面抬起视线看着三四郎，双眼皮的眸子显得很有精神。三四郎看到她这种眼神，总算放下大半颗心。

"谢谢你，已经好多了。"女人说。

"休息一下吧。"

"嗯。"

"还能再走几步吗？"

"嗯。"

"能走的话，就再走一段吧。这里太脏了。再往前走一点，刚好有个地方可以休息。"

"嗯。"

两人又走了一百多米，面前出现一座桥，是用旧木板随意搭建起来的，木板宽度不到三十厘米。三四郎大步踏上桥面，女人也跟着上了桥。他站在前方等着，看到女人的脚步十分轻盈，就像平时走在路上一样。她那诚实的双脚踩着笔直的步子，一路向前走来，毫无女人故意撒娇似的扭捏，所以三四郎也就不好伸手去扶她了。

对岸的桥头有一座稻草屋，檐下一片鲜红。走近一看，原来正晒着辣椒。女人一直朝稻草屋走去，直到看清楚那片鲜红是辣椒才停下脚步。

"好美啊。"她赞叹道，并弯腰在草地上坐下。只有河边的地面长着一些稀疏的小草，颜色也不像盛夏时那么青翠。美祢子似乎一点也不在乎身上那套亮丽的和服被泥土弄脏。

"再向前走一段吧？"三四郎停下脚步说，似乎想鼓励她再往前走。

"谢谢。我走不动了。"

"身体还是不舒服吗？"

"今天实在太累了。"

三四郎只好也跟着坐在肮脏的草地上，两人之间相隔一米多。小河从他们的脚下流过，河水的水位在秋季都会下降，因此现在水很浅，河中突出的岩石上还停着一只鹡鸰。三四郎凝视着河面，不一会儿，河水开始变得浑浊起来，他转眼四望，才发现上游有些农民正在那儿洗萝卜。美祢子的视线投向遥远的对岸，那儿是一片广阔的农田，田地的尽头有森林，森林上方则是天空，天色正在逐渐发生变化。

在那清澄又单调的空中，出现了好几道色彩，原本清澈而透明的蓝色正在逐渐转淡，淡得好像立刻就会消失。蓝底之上覆盖着沉重又浓厚的白云，层层交叠的云彩正在飘散、飞逝。空中一片混沌，分不清天际的尽头，也看不出云朵来自何处，整个天空笼上一层令人心旷神怡的黄色。

"天空的颜色变浑浊了。"美祢子说。

三四郎的视线从河面转向天空。这样的天空他并非第一次看到，但是天空变浑浊了这种话，却是第一次听到。三四郎凝神注视半晌，天空的颜色确实只能用"变浑浊了"来形容。他正想开口回答，女人又说了一句话："好沉重啊。看起来就像大理石一样。"

美祢子眯起双眼皮的眸子仰望着高处。然后，那双眯着的眼睛又静静地转向三四郎。

"看起来很像大理石吧？"她问。

"嗯。是很像大理石。"三四郎只能这么回答。女人听了，沉默不语。片刻后，三四郎先开口了。

"在这种天空下，心情虽然沉重，精神却很轻松。"

"为什么呢？"美祢子反问。

三四郎也说不出所以然，所以没回答。

接着他又说："这种天空，很像心情放松后在梦里看到的景色。"

"似乎在移动，但又完全没动。"美祢子说完，重新将目光投向遥远的云端。

远处菊人形展示场里招揽顾客的吼声不时飘到两人所坐的河边。

"他们的嗓门好大呀。"

"可能因为从早到晚都像那样吼叫吧。真了不起！"说着，三四郎突然想起被他们抛在身后的另外三人，他想说些什么，美祢子却先开口答道："做生意嘛。就像大观音像前的乞丐一样。"

"但是地点不太好，对吧？"

三四郎难得说了一句玩笑话，然后，自己一个人开心地笑了起来。他觉得广田刚才对乞丐发表的评语实在太可笑了。

"广田老师那个人，就是喜欢说这种话。"美祢子说着，显得心情很轻松，听起来有点像在自语。说完，她又立刻换了另一种语气。

"我们像这样坐在这儿，肯定不会被人找到的。"美祢子活泼地向三四郎解释，接着，好像觉得很有趣似的独自笑了起来。

"原来真的就像野野宫说的，再怎么等，也等不到一个人走过这儿呢。"

"那不是正好？"美祢子很快地说完，又说，"因为我们是不需要施舍的乞丐呀。"这话听起来有点像在解释前一句话。

就在这时，突然有个陌生人来到眼前。那人最先是从晒辣椒的稻草屋背后走出来，一眨眼工夫，就从对岸过了河，朝两人正在休息的河边走来。那个男人身穿洋服，脸上留着胡须，年纪跟广田老师差不多。当他走到两人面前时，"唰"的一下转过脸，正面瞪着两人，眼中露出明显的憎恶。三四郎感觉如坐针毡，全身立即紧张起来。不过男人很快就经过他们的面前，向远处走去了。

三四郎看着男人的背影说："广田老师和野野宫大概在四处找我们了吧？"他的语气听着好像才想起这件事。美祢子的反应却很冷静。

"不要紧。我们是走失的大孩子啊。"

"就因为走失了，所以正在找吧。"三四郎仍然坚持己见。

美祢子的语气却更冷静："反正都是逃避责任的人。这样不是正好？"

"谁？广田老师吗？"

美祢子没有回答。

"野野宫吗？"

美祢子仍不回答。

"你身体好些了吗？如果没事了，我们准备回去吧？"

美祢子望着三四郎。他刚站起一半的身子，只好又坐回草地，他心底升起一种无法驾驭这女人的感觉，同时也因为自觉被这女人看穿了心思而隐约感到有些屈辱。

"走失的孩子。"女人看着三四郎，重复了一遍这个字眼。三四郎没有作声。

"走失的孩子的英文怎么说，你知道吗？"

三四郎没料到她会有此一问，所以不知该回答"知道"还是"不知道"。

"那我告诉你吧。"

"嗯。"

"迷途的羔羊[1]，知道吗？"

每当碰到这种情况，三四郎就不知如何应对了。瞬间的机会总是擦肩而过，待他头脑冷静下来，重新思考当时的情景，又开始后悔不已，心里总是会想：如果那时这样说就好了，那样做就好了……虽然如此，却又不能因为预料到自己会后悔，而装作神色自若，随意回答，应付了事。他可没有那么轻薄。所以在这种情况下，三四郎只能沉默不语，深切地咀嚼自己的沉默是多么不近人情。

"迷途的羔羊"这个字眼，三四郎好像懂，又好像不懂，与其说不了解这个词的意义，其实是不了解女人突然说出这个词究竟怀着什么心思。他始终没说话，只是盯着女人的脸打量。半晌，女人

---

1 迷途的羔羊（stray sheep）：《圣经·马太福音》十八章十二至十四节："一个人若有一百只羊，一只走迷了路，你们的意思如何？他岂不撇下这九十九只，往山里去找那只迷路的羊吗？若是找着了，我实在告诉你们，他为这一只羊欢喜，比为那没有迷路的九十九只欢喜还大呢。你们在天上的父也是这样，不愿意这小子里失丧一个。"

突然露出严肃的表情。

"我看起来那么轻狂吗？"

她的语气听来像在辩解什么，三四郎感到很意外。一直以来，他总觉得自己就像堕入五里雾中，始终期待着雾气快点消散。现在听到这句话，雾气消失了，眼前的女人变得清晰明了，他却有点悔恨。

三四郎希望美祢子变回从前那种意味深远的模样。就像覆盖在他们头顶的天空，看不出究竟是浑浊还是清澄。但他也知道，要想让她恢复那种态度，并非自己说几句客套话就能办到。

"那我们回去吧？"女人突然说，语气里并没有反感的意思，但是在三四郎听来，她的语调冷得好像已对自己失去了兴趣。

天空又开始有所变化，阵阵凉风从远处吹来，广阔的田野上只有一轮红日，看起来十分凄凉，甚至带来几许寒意。草丛升起的水汽使人全身发冷，三四郎这才发现，从刚刚到现在，他们竟然在这里坐了这么久。如果只有他一个人的话，肯定早就跑到别处去了。而美祢子也……或许美祢子天生就喜欢坐在这种地方吧。

"天气好像有点冷了，先站起来吧。身体受凉了可不好。不过你身体完全好了吗？"

"嗯，已经全好了。"美祢子朗声答完，立即从地上站起来。起来之后，她像在自语似的低声说道："迷途的羔羊。"她把每个字都拉得很长。三四郎当然没有接腔。

美祢子指着刚才穿洋服的男人过来的方向说："如果前面有路的话，我想从那间晒辣椒的屋子旁边走过去。"于是，两人朝着那栋稻草屋走过去，果然，稻草屋的背后有一条狭窄的小路，路宽大约只有一米。

两人顺着小路前进，走到半途，三四郎问道："良子已经决定搬到你家去了？"

女人歪着嘴笑了一下，问道："为什么问这个？"

三四郎正要开口回答，突然看到面前的泥坑，就在前方一米多的泥土地上，有个积满泥水的大洞。洞口的正中央还有一块大小适中的石头，是为了让行人容易跨过才放在那儿的。三四郎立刻一跃而过，并没踩在石块上。跳过泥坑后，他转头望向美祢子，只见她右脚踏在石块中央，但石块放得并不稳，所以她的右脚稍微用力，肩膀就不免摇来晃去。三四郎主动伸出自己的手。

"抓住我的手。"

"不，没关系。"女人露出笑容。三四郎伸着手等她，但她只顾着站稳，不肯跨出脚步。三四郎抽回了手，美祢子这时突然把全身重量放在踩着石块的右脚上，左脚则猛地向前一跨，跳过了泥坑。但因为怕把草履弄脏，她跳得过于猛烈，下身一下子失去了平衡，胸部也跟着倒向前方，她的两手便猛地抓住三四郎的双臂。

"迷途的羔羊。"美祢子嘴里低语着。这时，三四郎清楚地感受到她的呼吸。

六

　　下课钟声响起，讲师走出了教室。三四郎甩甩蘸着墨水的钢笔，合上了笔记本。坐在旁边的与次郎向他说："喂！借我一下，我有些地方没记到。"

　　与次郎把三四郎的笔记拉到面前俯视一番，只见本子里乱七八糟地写满了"迷途的羔羊"。

　　"这是什么？"

　　"上课做笔记太烦了，我随便乱写的。"

　　"不能这么不用功哦。老师不是说康德[1]的绝对唯心论和贝克莱[2]的绝对实在论是有关联的？"

1　康德（一七二四——一八〇四）：德国哲学家、思想家。德国古典哲学创始人，其学说深深影响了近代西方哲学，并开启了德国唯心主义与康德主义等各种学派。

2　贝克莱（一六八五——一七五三）：英国哲学家，被认为是英国近代经验主义哲学的三位代表人物之一。著有《视觉新论》《人类知识原理》等。

"是有关联的？"

"你没听到吗？"

"没有。"

"真的是迷途的羔羊啊。完全拿你没办法。"

与次郎抱着自己的笔记站起身，一面离开课桌一面对三四郎说："喂！你来一下。"

三四郎便跟着他走出教室。两人下了楼梯，来到玄关前的草地，地上有一棵巨大的樱花树，两人便在树下席地而坐。

每年的初夏，草地上长满了苜蓿草。与次郎曾经说过，他第一次把入学申请表送到办公室的时候，就看到这棵樱花树。那时树下躺着两个学生，其中一人对另一人说，如果口试时能让我像唱"都都逸"[1]那样回答，不管叫我唱多少都不成问题。话刚说完，另一人便低声地唱了起来："博士潇洒又上道，拜托老天帮帮忙，让他来当主考官，考我恋爱学。"从那时起，与次郎就爱上了樱花树下的这个位置，每当他想说什么的时候，就把三四郎拉到这儿来。后来三四郎听他提起这段往事，才明白他为何主张"怜悯即爱慕"应该用俗谚来翻译。不过，与次郎今天显得非常严肃，他一屁股坐在草地上，立即从怀里掏出一本名叫《文艺时评》的杂志，并翻开其中

---

1 都都逸：原是用三味线伴奏演唱的一种俗曲，通常遵循"七、七、七、五"的音律数。到了明治时代，逐渐脱离歌曲形态，而演变成文学形式，甚至还出现了"都都逸作家"。

一页，倒过来递到三四郎面前。

"你看这怎么样？"与次郎问。三四郎转眼望去，看到文章的标题用大型字体印着"伟大的黑暗"。下面的作者名字是笔名，叫作"零余子"。"伟大的黑暗"是与次郎经常用来批评广田老师的字眼，三四郎也听过两三回，但"零余子"这名字却从来没听过。听到与次郎征询自己的意见，三四郎在开口之前，先看了对方一眼。与次郎一句话也不说，只把那张扁脸伸到三四郎面前，并用右手食指的指尖压住自己的鼻尖。站在远处的一名学生看他这样，忍不住嘻嘻地笑了起来。

"就是在下我写的。"与次郎说。三四郎这才恍然大悟。

"我们去看菊花手工艺品的时候写的就是这个？"

"不，那才两三天以前的事，不是吗？怎么可能那么快就印出来。那天写的，下个月才会登出来啦。这是我很久以前写的。内容写了什么，一看标题就明白了吧？"

"写的是广田老师吗？"

"嗯，要像这样，唤起舆论注意嘛。为了帮老师进大学教书，先造一下势……"

"这本杂志能有这么大的力量？"

三四郎连这本杂志的名字都没听过。

"没有。就是因为没有力量，我才烦恼啊。"与次郎答道。

三四郎忍不住笑了。

"每次能卖多少本呢？"他问。

不料与次郎连杂志的销售量都不知道。

"哎呀，没关系啦。总比不写好嘛。"与次郎辩解道。

两人接着又聊了一阵，三四郎这才明白，原来与次郎跟杂志社的人早就认识了。只要他一得空，几乎每期都帮他们写稿，不过每次的笔名都不一样。除了同行的两三人之外，谁也不知道他在写稿。原来是这样！三四郎想，这是他第一次听说与次郎跟文坛有来往。但是写自己所谓的"很重要的论文"，为什么要用笔名，而且一直都像这样偷偷摸摸地发表呢？三四郎实在想不明白。

"你做这工作是为了赚零用钱吗？"三四郎不客气地问。

没想到与次郎一听这话，立刻睁大两眼说："你才从九州的乡下出来，不懂文坛的主流趋势，所以才把事情想得这么简单。我们身处当今的思想界重镇，目睹思想界正在发生剧变，只要是稍有想法的人，都无法佯装不知。事实上，文学界的权势现在完全掌握在我们年轻人手里，如果不抓住机会发表片纸只字，吃亏的就是我们自己。文坛现在正以急转直下的速度进行觉醒的革命，一切都在动摇，不跟着新形势努力向前而被时代淘汰的话，一切就完了。我们若是不主动掌握这股气势，就等于失去了生命的目标。大家现在都随口嚷着文学文学，那种东西，是大学课堂里讲授的文学，我们所说的新文学，是一种人生的反射。文学的新气势必须要能影响到整个日本社会。不，其实现在已经在发挥影响力了。大家这样醉生梦死，迟早会受到影响的。真的很可怕……"

三四郎默默地听着。他觉得这段话有点像在吹牛。不过就算是吹牛，与次郎也吹得很卖力。至少他本人表现得那么真挚，三四郎也有点被他打动了。

"原来你是本着这种精神在写文章啊？那稿费之类的，你一点都不在乎吧。"

"不，稿费当然是要的。能拿多少就拿多少。不过这本杂志卖得不好，很少给我稿费。所以我们得想想办法，让它的销量提高一些。你有没有什么好方法？"说到这儿，与次郎竟反过来向三四郎讨起主意了，两人谈话的水平也一下子掉回到现实生活，三四郎心里觉得有点不自在，与次郎却毫不在乎。就在这时，上课钟声来势汹汹地响了起来。

"反正我送你一本，你先读读看。'伟大的黑暗'这题目不错吧？大家看到标题，肯定会眼前一亮……现在这年头，非得题目惊人才会有人看呢，真是没办法。"

两人爬上玄关的阶梯，走进教室，在课桌前坐下。不一会儿，老师来了，两人一起动手写笔记。三四郎对那篇《伟大的黑暗》感到很好奇，便把摊开的《文艺时评》放在笔记本旁边，一面写笔记，一面背着老师读那篇文章。好在老师是近视眼，而且全副心思都放在讲课上，完全没注意到三四郎的不专心。三四郎窃喜，一下写笔记，一下读杂志，可惜他并没有一心两用的本领，忙到最后，既没读懂《伟大的黑暗》，也写不下笔记，唯有与次郎文章里的一句话，倒是清清楚楚地刻印在他脑海里。

"大自然生产一粒宝石需要历经多少风霜？而这粒宝石被人发现之前，又要静静地闪耀多少岁月？"除了这句话之外，三四郎根本看不懂整篇文章说了些什么。不过，在他忙着写笔记、读文章的这段时间，他倒是一次也没写"迷途的羔羊"。

下课了，与次郎立刻把脸转向三四郎。

"怎么样？"他问。"老实说，我还没仔细读完呢。"三四郎说。"你这家伙真不会利用时间。"与次郎埋怨起来，接着又对三四郎说，"你一定要好好地读哦。"三四郎答应回家后一定仔细拜读。不一会儿，时间已是正午，两人并肩走出学校大门。

"今晚你会去吧？"两人走到拐向西片町的小巷转角时，与次郎停下脚步向三四郎问道。今晚他们同级学生要开一场联欢会。三四郎已经忘了这件事，现在才又想起来。"我会去。"他对与次郎说。

"那你去会场前先来找我吧，有事要跟你说。"与次郎说，蘸水钢笔的笔杆被他夹在耳后，脸上一副扬扬得意的表情。三四郎答了一声："知道了。"

回到宿舍后，三四郎洗了澡，心情很好。洗完之后，发现书桌上有一张手绘明信片。图画里画了一条小河，河边长着茂密的草丛，还有两只小羊躺在那儿。小河对岸站着一个高大的男人，手里拿着拐杖。男人的脸画得非常狰狞恐怖，就跟西洋画里的恶魔一样，不仅如此，男人身边还特别用片假名写了"恶魔"两字。明信片正面收信人写着三四郎的名字，下面用较小的字体写着"迷途的羔羊"。三四郎立刻就明白这"迷途的羔羊"是谁。而且背面的图画里画了两只小羊，暗示其中一只就是自己，想到这儿，三四郎心里非常高兴。原来自己打一开始就被算进了"迷途的羔羊"的范围，并非只有美祢子一个人。原来她是这个意思！三四郎终于明白了美祢子所说的"迷途的羔羊"的真义。

　　他想遵守诺言，拿出与次郎那篇《伟大的黑暗》读了一会儿，但是一个字也读不进去，忍不住用余光瞥那张明信片，脑中充满各种思绪，觉得这张图画充满了诙谐的情趣，甚至比《伊索寓言》还滑稽，画风纯真又洒脱，而更重要的是，整张图画的底层有一种令他心动的东西。

　　别的不说，就是笔触的技巧也让三四郎敬佩不已，整张构图安排得清楚分明。三四郎不得不承认，良子画的柿子跟这张画完全不能相提并论。

　　片刻之后，三四郎终于收回心思读起那篇《伟大的黑暗》。老实说，刚开始只是漫不经心地读着，读了两三页之后，便逐渐被内容吸引过去，不知不觉就读了五六页。一眨眼工夫，他竟把那长达二十七页的长篇论文轻轻松松地看完了。当他读完最后一句时才发现，啊，这篇文章就这样结束了。他把视线从杂志上移开时，心里不禁叹道："啊！我居然读完它了。"

但他立刻又进一步自问，我究竟学到了什么？其实什么都没学到。文章的内容简直空洞得令人偷笑，他却花了好大一番功夫才念完。三四郎不禁对与次郎的文字技巧表示叹服。

这篇论文以攻击当今的文人为开端，最后以赞美广田老师做结尾，文中特别痛骂了一顿那些在大学文科任教的洋人。文章里还说，最高学府若不尽快聘请适当的日本人开课，这种大学就跟从前的义塾没有分别，这种教师跟那泥土烧成的人偶又有什么不同？如果说找不到现成的人才，那倒很无奈，但现在明明有一位广田老师，这位老师在高中任教，十年如一日，心甘情愿地忍耐着低薪无名的日子。广田老师才是一位真正的学者，也是教授的适当人选，一旦他当了教授，肯定能对学术界新气势做出贡献，并且负起与日本现实社会挂钩的任务……全篇内容大致就是这个意思，却写得冠冕堂皇，再加上一些掷地有声的警句，最后就变成一篇洋洋洒洒、长达二十七页的大型论文。

论文里还有许多令人发笑的句子，譬如"只有老人才以秃头为荣""维纳斯诞生于海浪之上，有识之士却不一定来自大学之中""把博士看成学术界的土产，好比水母被视为田子浦 [1] 的特产"等。但除了这些妙句之外，再也没有其他值得一读的东西，尤其可笑的是，已经把广田老师比喻为"伟大的黑暗"，却又将其他学者比拟成圆灯笼，说他们只能照亮身边半米的范围。其实这些都是广田老师说过的话，却被与次郎全部照抄一遍，最后还特别强调："什么圆灯笼、烟枪头之类旧时代的遗物，对我们现代青年来说，完全是无用之物。"这句话也是与次郎上次说过的。

读完后仔细回想一下，他觉得与次郎这篇论文充满活力，好像他一个人就代表了整个新日本，读者不知不觉地就被他说服了。然而，整篇论文却没什么内容，就像在打一场没有据点的战争，说得难听一点，说不定他这种写法具有某种策略性的意味吧。农村出身的三四郎对这方面的事情很难一眼识破，但当他读完全文，细心品味之后，却也能察觉论文似乎有不足之处。三四郎重新拿起美祢子的明信片，打量着那两只小羊和恶魔似的男人。不知为何，他觉得这张明信片怎么看都令人愉快。由于他体会到这种愉快，那篇论文的不足便显得更加刺眼。他决定不再浪费脑筋去想论文，打算写封回信给美祢子。但是很不凑巧，自己不会画画，所以三四郎打算用文字代替图画。然而，如果要写文章，就必须写得令人心服口服，

1　田子浦：富士山南面骏河湾周围的海岸，现在属于静冈县，海产丰盛，其中也包括水母。

绝对不能输给这张手绘明信片才行。但这可不是一件简单的工作啊。想了半天，很快就到了下午四点多。

三四郎连忙穿上和服长裤，来到西片町找与次郎。他从后门进了屋子，只见广田老师坐在起居室里，面前摆着一张小膳桌，正在吃晚饭。与次郎毕恭毕敬地跪在一旁侍候老师吃饭。

"老师您觉得怎么样？"与次郎问。

老师似乎正嚼着什么坚硬的食物。三四郎转眼望向膳桌，只见盘里放着十几块怀表大小的东西，看起来红中带黑，好像烤焦了似的。

三四郎坐下后，向老师行礼问好。老师嘴里仍旧嚼个不停。

"喂！你也来一块吧。"与次郎说着用筷子从盘里夹了一块，放在掌心给三四郎看。原来是晒干的马珂蛤浸泡酱汁后做成的烤蛤肉。

"吃这么奇怪的东西啊？"三四郎问。

"奇怪的东西？这东西可好吃了，你尝尝看。这东西啊，是我特别买给老师吃的。老师说他从来没吃过呢。"

"从哪儿买来的？"

"日本桥。"

三四郎觉得很好笑。碰到这种事情，与次郎的表现就跟刚才那篇论文不太一样了。

"老师，怎么样啊？"

"非常硬。"

"虽然很硬，但很有味道吧？必须慢慢嚼。越嚼越有味。"

"等嚼到有味道的时候，牙齿可累坏了。干吗买这种老古董回来呢？"

"不好吃吗？这东西老师或许吃不来，里见家的美祢子小姐大概就没问题。"

"为什么呢？"三四郎问。

"她那么庄重，肯定会一直嚼到有味道。"

"那女人虽然庄重，却很野蛮。"广田老师说。

"对，野蛮。有点像易卜生[1]笔下的女人。"

"易卜生笔下的女人都表现得很露骨，那女人是内心野蛮。不过我们现在说的野蛮，跟一般所说的野蛮，意思不太一样。而野野宫的妹妹看起来虽有点野蛮，却很有女人味。这真是有趣的现象啊。"

"里见的野蛮是闷在心里的吧？"

三四郎静静地听着两人发表评论，但是两人的看法都不能令他心服。最叫他想不通的是，为什么"野蛮"这名词会用在美祢子身上。

不一会儿，与次郎进去换上和服长裤，又走出来。

"那我出门了。"与次郎向老师说。老师喝着茶，没说话。

三四郎跟他一起走出门，外面已经天黑了。出了大门，才走了

---

1 易卜生（一八二八——一九〇六）：挪威作家。被认为是现代写实主义的创始人。

五六米，三四郎就忙着问与次郎："老师觉得里见家的小姐很野蛮吗？"

"嗯，老师那人就喜欢乱讲话，碰到适当的时机和场合，什么话都说得出口。不过最好笑的，还是老师批评女人，他对女人的知识大概等于零吧。又没谈过恋爱，怎么会懂女人？"

"老师懂不懂就不说了，但你不是对他的意见表示了赞同？"

"嗯，我是说了'野蛮'两字，怎么了？"

"你觉得她哪里野蛮呢？"

"我并不是说她这里或那里野蛮。现代的女性全都很野蛮。也不是只有她一个人。"

"你不是说她很像易卜生笔下的女人？"

"没错。"

"你觉得她像易卜生笔下的哪个角色呢？"

"哪个角色？……反正很像啦。"听了这回答，三四郎当然无法信服，但也没再追究下去。两人沉默着走了一两米，与次郎突然说："也不是只有里见家小姐很像易卜生笔下的人物，现在一般的女性都很像。而且不只女人很像，凡是呼吸过新空气的男人也都有相似之处。只是大家都没有像易卜生的角色那样自由行动而已，但是心里大概都很向往吧。"

"我才不向往呢。"

"说不向往是自欺欺人……不论哪个社会，都不可能毫无缺陷。"

"不可能毫无缺陷吧。"

"如果社会没有缺陷，生活在其中的动物应该会感到某些不足。易卜生笔下的那些角色最能感受现代社会制度的缺陷。我们马上也会变成那样。"

"你是这么认为吗？"

"也不只是我一个人，凡是有识之士，都是这样想的。"

"你家老师也这么认为？"

"我家老师？不知道老师怎么想的。"

"你们刚才不是批评里见小姐，说她虽然庄重却很野蛮？照这说法来解释就是说，她为了跟周围保持协调，表面上才看起来庄重，但由于哪里感到不足，骨子里就很野蛮，不就是这个意思吗？"

"原来如此！……我家老师还是有他的伟大之处呢。从这方面来看，老师毕竟是很了不起的。"与次郎突然对广田老师大加赞扬。三四郎原想再深入讨论一下美祢子的性格，却被与次郎这句话岔开了。与次郎接着又说："说实在的，今天也跟你说过，我有事要找你……嗯，先不说正事，我问你，那篇《伟大的黑暗》，你读了吗？如果没看过那篇文章，我要说的正事就不容易听进去。"

"刚才回家以后就读完啦。"

"你觉得怎么样？"

"老师怎么说？"

"老师哪里会读到？他根本不知道这件事。"

"要怎么说呢，文章倒是写得很有趣……但感觉好像喝了杯填不满肚子的啤酒。"

"这样就够了，只要能给大家起个头就好，所以我才匿名嘛。反正现在只是准备阶段，目前暂时先这样做，到了适当时机，我再打出自己的真名……好，这事就说到这儿，现在说刚才提到的正事吧。"

与次郎所谓的正事是这样的：今晚的联欢会里，他会站出来发言，并对他们文科办得不理想这件事痛加挞伐，所以三四郎也必须跟着一起声讨。办学不力这件事是事实，到时候大家一定也会跟着讨伐，然后就会变成与会人士一起讨论如何补救。此时与次郎便站出来表示，当务之急是要找一位日本人教师来大学教书。大家一定都会表示赞同。他说得那么合情合理，大家当然会同意。接下来，大家开始讨论聘请哪位老师，这时，与次郎便提出广田老师的名字，同时三四郎也得跟着一起竭力赞赏。因为有些人知道与次郎住在广田老师家，如果没有三四郎帮腔，那些人说不定会生疑。与次郎还说，自己反正已经是老师家的食客，别人怎么想都无所谓，但是万一因为这事而给广田老师添了麻烦，就太不好意思了。除了三四郎之外，与次郎还找了其他三四位同志，所以这项计划应该不会有问题，但是站在自己这边的人当然越多越好，与次郎建议三四郎也尽量多多发言。等投票表决的结果出来之后，他们还要选出代表向院长报告，然后再禀报校长。当然，今晚可能不会进行到这一步，也没必要走到这一步。反正，到时候再临机应变吧……

与次郎的口才真是非常好，可惜他说起话来总是油腔滑调，缺少稳重的感觉。有时说着说着，会令人怀疑他正严肃地解释一个笑话。但他现在提出的这个计划，从本质上来说是件好事，所以三四郎也表达了赞成的意思。"但是这种做法有点像在耍花招，我觉得不太好。"三四郎说。听了这话，与次郎在马路中央停下了脚步。两人这时刚好走到森川町神社的鸟居前面。

"说我耍花招也好，但我只是预先安设人为装置，为了防止自然的过程中出现混乱而已。这跟违背自然的胡搞是不一样的。花招怎么了？花招并没错，错的是坏招。"与次郎说。

三四郎无言以对，心里似乎有话想说，嘴里却连半个字也吐不出来。与次郎的这番说辞当中，只剩下一些三四郎从未考虑过的观念还清晰地留在脑中。其实他对这些观念还是非常佩服的。

"说得也对啦。"三四郎含糊其词地应着，两人重新并肩前行。走进学校大门，眼前突然显得宽阔无比，校园各处矗立着建筑物的高大黑影，建筑物的屋顶轮廓都看得一清二楚，轮廓之外就是明亮的天空，满天星斗闪烁不已。

"好美的天空啊。"三四郎说。与次郎也抬头仰望天空，走了一两米，他突然对三四郎喊道："喂！我说啊。""干吗？"三四郎回答，他以为与次郎还要继续谈刚才那件事。

"你看到这样的天空，心里会产生什么感觉？"与次郎问了一个不像是从他嘴里说出的问题。三四郎觉得现成的答案很多，譬如"无限""永久"之类的字眼，但又想到，如果说出这些词，肯定会被与次郎取笑，所以闭着嘴，没有回答。

"我们人类真的很微小。明天起，说不定我就不再搞那什么运动了。写了那篇《伟大的黑暗》，好像也没起到什么作用。"

"为什么突然说这种话呢？"

"看到这天空，心里就生出了这种想法……我问你啊，你有没有爱上过哪个女人？"三四郎无法立刻作答。

"女人很可怕哟。"与次郎说。

"是很可怕，我也知道。"三四郎说。与次郎高声大笑起来。寂静的夜空下，那笑声显得特别震耳。

"你才不知道。根本就不知道啦。"与次郎说。

三四郎听了很不高兴。

"明天也是好天气，刚好适合开运动会，很多漂亮女生都会来，你一定要来见识一下。"

校园一片漆黑，两人穿过校园，来到学生活动中心¹前面，室内的电灯正在大放光芒。

1　活动中心：位于东大法学院与三四郎池之间。

两人踏上地板，绕过走廊，走进活动中心，先来的同学早已三三两两分成好几群，有的人数较多，有的人数较少，总共看到三组人马，还有些同学故意不跟别人一起，只在一旁默默地阅读活动中心的杂志和报纸。三四郎和与次郎听到各种意见正从人群中冒出来，发言的声音似乎比人的数目还多，不过整个活动中心的气氛还算沉稳，只有香烟的烟雾不断猛烈地向上升起。

不一会儿，许多同学都向活动中心聚集。一个个黑色人影从昏暗的夜色里冒出，这些人影登上屋外回廊的瞬间，立即变得明亮又清晰，有时甚至看到五六个人影陆续地变亮起来，接连着走进室内。不一会儿，出席人员差不多到齐了。

与次郎从刚才起就一直在烟雾中来回奔走，并在各处低声游说。活动要开始了，三四郎想。他的眼睛一直望着与次郎。

不久，干事高声宣布："请大家入席吧。"餐桌当然是早已准备好的，座位当然也没有大小之分，于是众人纷纷拥到桌前坐下。待全体入座之后，聚餐活动就开始了。

三四郎以前在熊本念书的时候只喝过赤酒[1]。这是一种当地制造的劣等酒，熊本的学生都很能喝这种酒，而且都认为学生喝赤酒是理所当然的事。他们那些学生偶尔也会出去下馆子，通常是去吃牛

1　赤酒：熊本地方的特产，用米和糯米制成，味道很甜，颜色赤红，所以叫作赤酒。

肉，但是大家怀疑牛肉店端出来的是马肉。每当牛肉端上桌，学生便抓起盘里的肉片往墙上扔去，如果肉片掉下来，就表示那是牛肉，粘在墙上则代表是马肉，这套仪式简直就像法师作法。也因为从前有过这种经历，现在三四郎看到如此绅士风度的学生联欢会，心中不免觉得新奇。他欣喜地挥动手里的刀叉，不停地喝着啤酒。

"学生活动中心的料理，味道真是太差了。"三四郎邻座的男生向他搭讪道。男生剃了光头，脸上戴了一副金丝边眼镜，看起来很成熟。

"是啊。"三四郎随口应道。如果对方是与次郎的话，三四郎应该就会老实地说："对我这种乡下人来说，这种料理简直太美味啦！"但他现在如果诚实回答，万一男生觉得他在讽刺，这样反而不好，所以三四郎决定不要多嘴。

不料男生又向他问道："你在哪儿读的高中？"

"熊本。"

"熊本啊？我表弟也在熊本，听说那地方挺糟的。"

"是个蛮荒之地。"两人正聊着，忽然听见对面有人大嚷起来。放眼望去，原来是与次郎正在跟身边的两三人争辩着什么，还不时地嚷着"达他法布拉"[1]，但听不出他们说的是什么。几个对手每听

---

1 达他法布拉：原文为"de te fabula"，意即"说的就是你"。是罗马大诗人贺拉斯（前六十五—前八）所写的《讽刺诗集》第一卷里的字句。原句为："Mutato nomine de te fabula narratur."意为："你笑些什么？我现在列举的事实，只要换个名字，说的就是你。"

他说完一句，就跟着哈哈哈笑起来，与次郎越说越得意，连连嚷着"达他法布拉，我们新时代的青年……"之类的句子。三四郎的斜对面坐着一个皮肤白皙、举止文雅的学生，这时也停下手里的刀子，转眼望着与次郎他们那群人。看了一会儿，那学生半开玩笑地说了一句法文："Il a le diable au corps.（魔鬼附身啦。）"但那群人似乎完全没听到，只顾着高高举起四个啤酒杯，非常得意地表达祝贺之意。

"那家伙挺爱说笑的。"三四郎身边那个戴金丝边眼镜的学生说。

"是啊。他很健谈。"

"他以前在'淀见轩'请我吃过咖喱饭。其实我根本不认识他，他突然就跑来找我说，你跟我去'淀见轩'，结果我还是被拉去了……"

那学生说到这儿，哈哈大笑起来。三四郎这才知道，不是只有自己一个人被与次郎请吃过"淀见轩"的咖喱饭。

不久，晚餐的咖啡送上来了。一名学生从椅子上站起来，与次郎开始热烈鼓掌，其他人也立刻群起效尤。

站起来的那名学生穿着崭新的黑制服，鼻子下面已经留起胡须，身材十分高大，是个站姿非常潇洒的男子。他用演讲的语气向同学说：

"今晚大家在此相聚联欢，度过愉快的一晚，原本就是一项令人高兴的活动，但我在偶然间发现了一件事，所以不能不站出来说几句话。我们的联欢会不仅具有社交意义，同时也能产生某些重要的影响。今天这个聚会以啤酒做开端，再以咖啡为结束，完全是个普通的聚会，但是喝过这些啤酒和咖啡的将近四十人都不是普通人。更重要的是，从开始喝啤酒，一直到喝完咖啡，在这段时间里，我们发觉自己生命中的可能性增大了。

"鼓吹政治自由已是历史往事，伸张言论自由也已不合时宜，所谓的'自由'，并非专门用来形容这些容易流于形式的字眼。我们新时代青年现在所面对的，是必须追求伟大心灵自由的时代潮流。

"我们这一代青年，现在不仅遭到旧日本的逼迫，同时也活在新西洋的威压之下，而且这种状态还不能让社会大众知晓。新西洋带来的压力不仅存在于社会，在文艺界同样存在。对我们新时代的青年来说，这方面的压力跟旧日本的压迫一样令人痛苦。

"我们都是西洋文艺的研究者。但不论我们研究得多深入，仍然只是研究者，而不该被西洋文艺牵着鼻子走。因为我们不是为了被西洋文艺捆住手脚，而是为了让受到捆绑的心灵获得解脱才进行研究。我们都有自信与决心，绝不会在任何胁迫之下接受这种不合时宜的文艺。

"我们拥有自信与决心，这一点，是我们不同于凡人之处。文艺不是一门手艺，也不是一连串的文书作业，而是促使我们广泛接触人生根本意义的社会动力。因此，我们才要研究文艺，也才能拥有自信与决心，更能预见今晚这场盛会必定造成非同一般的重大影响。

"社会正在激烈动荡，文艺是社会的产物，也在不断激荡。为了顺应这股变动的趋势，并将文艺导向理想路途，我们必须团结零散的个人力量，充实自己的生命，扩展自己的可能性。借着今晚啤酒和咖啡的力量，我们现在又向前了一步，更接近这个心底的目标，所以从这一点来看，今晚的啤酒和咖啡的价值要比普通啤酒和咖啡的价值高出百倍以上。"

那名学生的演说内容大致如此。说完之后，在座的学生全都发出喝彩，三四郎则是其中最热心叫好的一个。紧接着，与次郎突然站起来说道："达他法布拉！课堂上讲什么莎士比亚写过多少万字，易卜生的白发多达几千根，这些有什么意义？像这种没水平的课，我们反正不可能受到影响，根本不值得讨论，但是对大学来说，开出这种课，真的是太不像话。不能再这样下去！无论如何，我们必须邀请能够满足新时代青年的教师。西洋人是不行的。首先，他们根本不够威严，也没有人脉……"

室内再度扬起满堂喝彩，紧接着全体哄堂大笑，与次郎身边的学生喊道："为达他法布拉干杯！"刚才发表演说的学生立即表示赞同。不巧这时大家的酒杯都空了。"没关系！"与次郎说完立刻奔向厨房。侍者很快端出啤酒为大家添满。大家举杯庆贺。刚放下杯子，立刻又有人喊道："再干一杯！这次是为'伟大的黑暗'干杯！"与次郎身边那几个人听了齐声大笑起来。与次郎则伸手抓抓脑袋。

散会时间到了，年轻男人全都消失在黑夜里。这时，三四郎向与次郎问道：""'达他法布拉'是什么意思？"

"是希腊语。"除了这几个字，与次郎没再多说什么，三四郎也没再多问。两人便在美丽的星空下步行回家。

第二天的天气果然很好。今年气候比往年偏暖，今天更是特别暖和。一大早，三四郎先去洗澡。这年头，闲坐家中的人并不多，所以公共浴室在中午以前都没什么客人。浴室的隔板之间挂着一张"三越吴服店"的海报，三四郎看到那海报上画着一名美女，面孔跟美祢子有点像。但仔细打量后又觉得，那女人的眼神跟美祢子不一样。至于齿形像不像，三四郎也说不出所以然。美祢子脸上最令他印象深刻的，就是眼神和齿形。按照与次郎的说法，那女人有点龅牙，所以牙齿总是露在唇外。不过三四郎无法接受这种说法……

他浸泡在浴池里，脑中一直思考着这件事，结果身体也没洗净就离开了浴室。从昨夜开始，三四郎心中突然产生一种强烈的意识，觉得自己变成了新时代的青年，但是只有意识强烈，肉体方面还是从前的老样子。碰到放假的日子，他比其他任何人都过得悠闲。譬如今天下午，他就打算去参观大学的田径运动会。

三四郎原本就不太喜欢运动。以前在乡下老家的时候，只去抓过两三次兔子。此外，就是高中的时候，在划船竞赛时充当过挥旗员，可惜当时还挥错了红旗和蓝旗，弄得大家怨声载道。其实这事都要怪那位负责终点鸣枪的教练，因为他不仔细，枪是开了，却没发出声音，这才是三四郎搞砸事情的原因。从那之后，三四郎就不肯接近运动会，今天是他到东京以后碰上的第一场竞赛活动，他觉得自己得去瞧瞧。与次郎也叫他一定要去看看。根据与次郎的介绍，今天来看运动会的那些女人会比竞赛更值得一看。那些女人包括野野宫的妹妹吗？还有，美祢子也会跟野野宫的妹妹一起来吗？三四郎希望在会场碰到她们，向她们说声"你好"之类的，然后再跟她们闲聊几句。

好不容易熬到午后，三四郎这才向学校走去。会场的入口设在运动场南面的角落。门口挂着两面交叉的国旗，一面是日本国旗，另一面是英国国旗，日本国旗倒是能够理解，英国国旗为何挂在这儿？三四郎觉得不解。或许因为英日同盟吧，他想。但是英日同盟跟大学田径运动会又有什么关系？三四郎想了半天也想不透。

长方形的运动场上铺着草皮，由于季节已是深秋，地上的青草早已失去绿意。观看比赛的看台设在运动场西边，后面是一座高大的假山，前方用木质栅栏隔开运动场，感觉像是把观众关在这块空间里。看台的面积很窄，观众却特别多，所以显得非常拥挤。好在天气晴朗，倒不觉得寒冷。但也有不少人已经穿上外套了，而另一方面，有些女人却还撑着洋伞。

三四郎发现女宾席设在别处，而且普通人不能随意靠近。这个发现令他非常失望。接着，他又看到许多男人穿着大礼服之类貌似威严的服装，这又令他觉得特别寒酸。自许为新时代青年的三四郎突然变得有点渺小，但尽管如此，他还是没忘记从人群中不断偷窥女宾席。从侧面望过去，虽然看不清楚，却也能看出席上的人都很美丽。人人都打扮得花枝招展，再加上距离很远，所以看来全都是美女。只是分辨不出谁最美丽，只觉得显出一种整体美，是女人征服男人的美色，而不是甲女胜过乙女的美色。看到这儿，三四郎再度感到大失所望。但他还是告诉自己，再仔细看看，说不定就坐在那儿吧。果然，细心张望一番之后，他看到那两个女人坐在第一排紧靠栅栏的位置。

三四郎这下总算明白自己的眼睛该往哪儿瞧了，心中的大石一落地，心情顿时轻松无比。不料，就在这时，突然有五六个男子跑到三四郎的眼前来。原来是两百米赛跑即将接近尾声，赛跑的终点就在美祢子和良子座位的正前方，距离她们非常近，所以两人正在行注目礼的几个壮汉，也必然地跃进了三四郎的视野。很快，五六个男人一下子增加到十二三人，个个都气喘如牛，三四郎把自己跟这些学生的模样对比了一番，惊讶地发现他跟他们的不同。这些家伙为什么心甘情愿地拼命跑成那副德行？而那些女人竟然十分热衷地盯着这群男人，其中还包括美祢子和良子，她们俩显得尤其热心。看到她们如此投入，三四郎也有点想去拼命奔跑一番了。第一个到达终点的男生穿着紫色紧身短裤，把脸正对着女宾席，站在那些女人面前。仔细望去，好像就是昨晚联欢会上发表演说的那个学生。像他身材那么高大，当然应该跑第一啦。记分员在黑板上写下"二十五秒七四"，写完之后，把手里剩下的粉笔抛向前方，然后转过脸来，三四郎这才发现记分员原来是野野宫。只见他难得地穿着黑色大礼服，胸前挂着干事的徽章，一副神气活现的模样。野野宫写完黑板后，掏出手绢，掸了两三下西服长袖，才从黑板前面离去。他直接踏过草坪，走到美祢子和良子的座位正前方，隔着低矮的栅栏把脑袋伸向女宾席，嘴里不知说了些什么。美祢子站起来，往野野宫的面前走去，两人隔着栅栏似乎正在对话。突然，美祢子转过头，脸上尽是开心的笑容。三四郎站在远处，专注地凝视着他们。不一会儿，良子也站起身来，向栅栏走去，于是两人对话变成三人交谈。草坪中央开始推铅球的比赛。

　　像推铅球这么耗费腕力的运动，世界上大概再也找不出第二种吧。而这世界上，像铅球这样费力却无趣的运动，恐怕也不多。因为推铅球并不需要什么特技，只需名副其实地把球推出去就行。野野宫站在栅栏前欣赏了一会儿铅球比赛，脸上不时露出笑容，后来可能觉得自己会挡住后面的观众，便从栅栏前方走向草坪中央。两个女人也分别回到原先的座位。铅球不断被人推出去，第一名的选手究竟推了多远，三四郎也不太清楚，他越看越觉得无聊，却继续耐着性子站在那儿观赏。好不容易，比赛结束了，野野宫又在黑板上写了几个字：十一米三八。

　　接下来又是赛跑，然后是跳远和掷链球。三四郎看到掷链球的时候，终于再也无法忍受。他觉得运动会这玩意儿就该运动员自己关起门来举行，根本不该要外人参观。还有那些热心欣赏这种活动的女人，三四郎觉得她们真是头脑有问题。想到这儿，他再也待不下去了，便离开会场，走向看台后方的假山。不料这里早已围起帷子，无法通行，他只好转身返回原路。重新回到铺着沙石的坡路上，恰巧碰到一些刚从会场出来的观众，众人正零零落落地往前走，其中包括一些盛装的妇女。三四郎向右一拐，登上一段阶梯，来到山坡的顶端。山顶就是坡路的尽头，这里有块大石头，三四郎便弯腰坐在石头上，望着高崖下的水池。山下的运动场上不断传来群众哇啦哇啦的喧闹声。

他在石头上呆坐了大约五分钟，才想要继续散散步，于是起身掉转方向，朝着另一头走去。山坡路边的红叶刚开始变色，透过红叶之间的缝隙，他看到刚才那两个女人的身影。两人这时已并肩走上了山腰。

三四郎站在高处俯视两个女人。她们从枝丫间走到了明亮的阳光下。如果自己一直默不作声，两人就要从他面前的山下错过了。三四郎打算向她们打声招呼，但现在距离还太远，所以他沿着草地又往山下走了两三步。就在他跨出脚步的同时，两人当中的一人转过头来，三四郎赶紧停下脚步，因为他不想主动讨好她们，刚才运动会上的一幕，还是令他很不悦。

"你怎么在这里……"良子嚷了起来，脸上露出惊讶的笑容。

这女人好像看到老掉牙的东西也会露出新奇的眼神。三四郎不免怀疑，如果碰到相反的状况，看到极罕见的东西，那她大概就会露出成竹在胸的目光吧。每次碰到这女人，三四郎总觉得心情沉稳，一点压力也没有。他呆站着想：这一切，应该都是因为她那双又黑又大又总是那么湿润的眸子的关系吧？

美祢子也停下脚步，转脸看着三四郎。但此刻，从她的眼里看不到任何倾诉，完全就是欣赏大树的眼神。三四郎的心情就像看到洋灯的火熄灭了，他呆呆地站在那儿，没再继续往前。美祢子也伫立不动。

"怎么不看比赛了？"良子从山坡下问道。

"刚才还在看呢。觉得无聊，就跑出来了。"

良子转脸看着美祢子。美祢子的表情依旧没变。

"先别说我，你们怎么跑到这儿来了？刚才不是看得很狂热吗？"三四郎若有所指地大声问道。美祢子脸上这时终于露出一丝笑意。但是三四郎不懂那笑容的意味，他上前两步，朝女人走去。

"已经要回去了吗？"

两个女人都没回答。三四郎又朝她走了两步。

"要到哪儿去吗？"

"嗯，有点事情。"美祢子低声答道，音量小得听不清。三四郎这时终于走下山坡，来到两个女人面前。但他只是站着，并没继续追问下去，耳中忽然听到会场那边传来观众的喝彩声。

"是跳高哟。"良子说，"不知道现在跳到几米了。"

美祢子只露出微笑，三四郎也没说话，他才不屑说出"跳高"两个字呢。半晌，美祢子向他问道："这山坡上面有什么好玩的吗？"

上面只有石头和山崖，能有什么好玩的？

"什么都没有。"三四郎说。

"是吗？"美祢子似乎有点怀疑。

"那我们上去看看吧？"良子立刻说。

"你对这里的地势还不熟吧。"美祢子用沉稳的口吻说。

"不管了，快走吧。"

说着，良子率先往山顶走去，另外两人跟在后面。良子故意把脚伸出草地边缘，然后回头看着两人。

"断崖绝壁哟。"她故意夸张地说，"这不是很像莎芙[1]跳崖自杀的地方吗？"

美祢子和三四郎都放声大笑起来。其实三四郎根本不知道莎芙是在哪儿自杀的。

"那你跳下去试试看吧。"美祢子说。

"我？那就跳下去吧，可是这水好脏啊。"良子说着，又回到

---

1 莎芙：公元前七世纪前后的希腊女诗人，擅长写抒情诗，传说她后来因失恋而跳海自尽。

两人身边。

不一会儿，两个女人聊起她们的正事。

"你要去吗？"美祢子说。

"嗯，你呢？"良子问。

"怎么办呢？"

"随便呀。要不然，我去一趟，你在这儿等着。"

"也好。"

两人商量了半天也没结论。三四郎忍不住询问她们，这才明白原来是良子想到医院去找一位护士，顺便向那位护士道谢。美祢子则因为夏天时也有亲戚住过院，所以也想去探望一下当时认识的护士，但仔细想想，又觉得似乎没有必要。

良子是个不拘小节的直爽女人，两人商量了一会儿，良子抛下一句："我马上回来。"说完，就健步如飞地独自跑下山坡。另外两人觉得没必要阻止她，更不必跟着一起去，便很自然地留在原处。但从他们那种消极的表现来看，也可以解释为：他们并不是主动自愿地留下，而是被良子抛下的。

三四郎重新在石头上坐下，女人则站在一旁。秋季的太阳映在浑浊的池面上，看起来就像一面镜子。水池中央有个小岛，上面只有两棵树。一棵是青翠的松树，另一棵是浅红的枫树，两棵树的枝丫参差，形成一幅美丽的画面，看起来就像一个迷你庭院模型。小岛背后的对岸山上，苍郁的树木闪着黑亮的油光。

女人从山顶指着对岸阴暗的绿荫问三四郎："你知道那棵树吗？"

"是椎树啊。"

女人大笑起来。

"记得那么清楚。"她说。

"你刚才说想探访的，是那时的护士吗？"

"嗯。"

"跟良子小姐的护士不是同一个人？"

"不是。是那个说过'这是椎树'的护士。"

听到这儿，三四郎也大笑起来。

"就是那个位置吧。你拿着团扇，跟那护士站在一起的地方。"

两人这时正好站在一块突出在水池中央的高地上，右侧另有一座更矮的小山，跟他们现在所站的山冈毫无关联，但从他们现在这个位置可以看到远处高大的松树、校舍的一角，还有运动会的部分帷幕与平坦的草坪。

"那天真的好热。医院里闷热得不得了，最后实在忍不住了，我就跑了出来……你那天为什么蹲在这儿呢？"

"因为太热啊。那天是我第一次见到野野宫，见完之后，我就在那个位置发呆，感觉心里空荡荡的。"

"是因为见到野野宫，才觉得心里空虚吗？"

"不，倒也不是。"说到这儿，三四郎看了美祢子的脸一眼，突然换了一个话题。

"说到野野宫，他今天可辛苦了。"

"嗯，难得他还穿了大礼服。真是苦了他，因为要从早穿到晚呢。"

"不过他表现得非常得意，不是吗？"

"谁得意？你是说野野宫？……你也太过分啦。"

"怎么说？"

"因为啊，他才不是那种当个运动会记分员就得意扬扬的人呢。"

听到这话，三四郎又换了个话题。

"刚才他到你面前说了些什么吧。"

"你是说在会场里？"

"嗯，在运动场的栅栏前面。"刚说完，三四郎就想收回这句话。

"嗯。"女人只答了一个字，便转眼凝视男人的面孔，她的下唇微微翘起，有点想笑的模样。三四郎被她看得不好意思，正想说点什么掩饰一下，女人却先开口了。

"上次的手绘明信片，你还没给我回信呢。"

三四郎慌忙回答："我会写的。"但女人既没说"给我写信"，也没再多说什么。

"有位画家叫作原口，你知道吗？"女人又问。

"不知道。"

"这样啊。"

"怎么了？"

"没什么，那位原口先生，今天来看运动会了。野野宫先生特别叮嘱我们，说他会给大家写生，叫我们都要小心，不要被他画进漫画里。"

说完，美祢子走到三四郎身边坐下。三四郎觉得自己简直就像个白痴。

"良子不跟她哥哥一起回去吗？"

"想一起回去也不行呀。良子从昨天起已搬到我家来了。"三四郎这时才从美祢子嘴里听说野野宫的母亲回老家去了。据说野野宫的母亲一走，他立刻就跟妹妹商量决定，他自己搬出大久保的房子，另外找个寄宿家庭借住，良子则暂时从美祢子家来往于学校。

野野宫这种轻松豁达的做法，倒是令三四郎颇感讶异。既然这么轻易就能重新去过寄宿生活，当初又何必把家眷接来，当他的一家之主？别的不说，光是那些锅碗瓢盆、炉子、水桶之类的生活用品，都要怎么处理呢？三四郎忍不住杞人忧天起来，但他继而又想，这些都不是自己该管的事情，所以也就没有多说什么。再说，野野宫现在从家长的位置退下来，变回一介书生的身份，这就表示，他已跟家族制度远离了一步，如此一来，自己目前的尴尬处境也就顺势被拉远了，这岂不是好事一桩？只不过，良子现在住进了美祢子家，他们兄妹之间必定频繁联系，野野宫也必定经常往来于美祢子家，他跟美祢子的关系也就会逐渐发生变化。所以说，谁也不能保证他永远都不放弃现在这种寄宿生活吧。

三四郎一面在脑中描绘充满问号的未来，一面跟美祢子闲聊，心情实在好不起来，但同时还得装出若无其事的表情，所以心里非常痛苦。好在这时良子回来了。两个女人商量着要不要再回去观看比赛，但又考虑到秋天的白昼越来越短，太阳下山之后，广阔的野外就会越来越冷。两人商量了半天，最后决定一起回家。

三四郎打算跟两个女人告别后独自返回宿舍。但是三个人凑在一块儿，都慢吞吞地边走边聊，他也找不到机会停下脚步道别。眼前这情景，看起来就像两个女人拖着他往前走似的。而三四郎也觉得自己似乎非常愿意被两个女人拖着往前走。不一会儿，他紧跟着两人从池畔绕过图书馆，来到斜对角的赤门前面。

"听说你哥哥搬去寄宿了。"三四郎向良子问道。

"嗯，结果还是变成这样。把人家硬塞给美祢子小姐，很过分吧。"良子很快地回答，像在征求三四郎的同意似的。三四郎正要答话，美祢子却先开口了。

"宗八先生那样的人，用我们的想法是不能理解的。因为他站在高处，脑袋里想的都是大事。"美祢子对野野宫极力赞扬。良子默不作声地听着。

做学问的人避开烦琐的俗事，咬着牙忍耐最低限度的简单生活，这一切，都是为了研究工作，是很无奈的。像野野宫这种人，现在从事着国际知名的研究，但他还是愿意跟普通学生一样，搬去寄宿家庭借住，这正是野野宫的伟大之处。所以说，他寄宿的环境越脏乱，大家就会对他越尊敬……以上大致就是美祢子对野野宫发表的赞美之词。

三人走到赤门前面，三四郎向另外两人道别离去。他走向追分时，脑中开始思索："原来如此，美祢子说得很对，自己跟野野宫比起来，段数实在相差太远了。自己只是一个刚从乡下出来念书的大学生，要学问没学问，要见识没见识，自己得不到美祢子对野野宫的那种尊敬，也是理所当然的。"想到这儿，三四郎突然觉得那女人似乎一直都在捉弄自己。刚才自己站在山顶回答说，因为运动无聊，才跑到这儿来，那时美祢子一本正经地问他上面有什么好玩的，他当下倒是没有特别留意，现在仔细一想，或许她是故意戏弄自己吧……三四郎清醒过来，把美祢子以往的态度和言辞全都回顾了一遍，这才发觉她的每句话、每个表情，都隐含着恶意。三四郎站在道路的中央，满脸通红地低下头。猛地抬起头的瞬间，他看到与次郎和昨晚联欢会上演说的那个学生一起从对面走来。与次郎只向他点点头，没有说话。那个学生则是脱下帽子向三四郎打了个招呼。

"昨天晚上怎么样啊？可别太钻牛角尖哟。"说完，学生便笑着走远了。

七

三四郎从后院绕到前面向老女佣打听与次郎的行踪。"与次郎从昨天就没回来哦。"老妇低声说。三四郎站在后门边沉吟半晌，老女佣看出他的心思。"哎呀！请进吧。老师在书房里呢。"她一边说一边双手不停地洗着碗盘，看来老师刚刚吃完晚饭。

三四郎穿过起居室，沿着走廊来到书房门口。门是开着的。"喂！"室内传来呼叫声。三四郎踏过门槛走进去。老师坐在书桌前，桌上的物品看不清楚。老师高大的背脊遮住了他的研究内容。三四郎在靠近门口的地方跪下。"您在读书吧？"他非常有礼貌地问道。老师转过脸来，脸上的胡须乱糟糟的，看不清长成什么形状，有点像在哪本书里看过的伟人肖像。

"哦，我还以为是与次郎呢。原来是你，抱歉啊。"说着，老师从座位上站起来。桌上摆着纸笔，他似乎正在写什么东西。与次郎曾向三四郎叹息道："我家老师经常伏案写作，但他究竟写些什么，别人读了也不懂。要是能趁他有生之年，把那些文章集结成巨作，倒也罢了，若是还没写完就先死了，那就变成废纸一堆，一点都不值钱了。"三四郎看了广田老师的书桌一眼，立刻想起与次郎的这段话。

"要是打扰了您，我就告辞了。原本也没什么重要的事。"

"不，还不至于叫你回去。我这里的事也没什么重要，并不是急着处理的事情。"三四郎一时不知道说些什么好，但是心底暗自思量，我如果也能怀着这种心态来研究学问，肯定会觉得比较轻松，那该多好啊。沉默片刻，三四郎对老师说："不瞒您说，我是来找佐佐木的。但是他不在……"

"哦，与次郎不知怎么搞的，好像从昨晚就没回来。他经常这样在外头飘荡，让我挺头痛的。"

"大概有什么紧急的要事吧？"

"那家伙绝不会有什么要事。他只会没事找事罢了。像他那种蠢货可不多见。"

三四郎不知如何回答，只好说："他比较无忧无虑吧。"

"要是无忧无虑倒也罢了，与次郎那可不叫无忧无虑，而是没头没脑……就像田里流过的小河，把他想成那种东西就对了，既浅又窄，河水却总是变来变去，做起事来一点都不牢靠。譬如到庙会去看热闹吧，他会突然说些莫名其妙的事，什么'老师，买盆松树吧'

之类的。我还没说要不要买，他就自己跑去讨价还价，然后就买回松树了。不过，他在庙会买东西倒是很在行，你叫他去买个什么，总能杀到低价。你以为这样就表示他很聪明？那倒也未必，譬如夏天的时候，大家都出门了，他居然把那盆松树搬到客厅里，还把雨户都锁得紧紧的。等我们回来一看，松树都被热气烤成了红棕色。反正不管做什么，他都是那样，真叫我头痛啊。"

听到这儿，三四郎想起自己才借给与次郎二十元。他最近跟三四郎说，两星期之后应该会收到"文艺时评社"的稿费，所以叫三四郎先借钱给他。三四郎问过原委，觉得与次郎怪可怜的，就把老家刚寄来的汇款留下五元自用，其他全借给了与次郎。虽然还钱的日子还没到，但现在听了广田老师这番话，三四郎不免有点担心。他又不能说出这件事，反而还对老师说："不过佐佐木对老师非常敬服，还在背后替老师到处奔走呢。"

老师听了这话，很认真地问："在奔走什么？"不过因为与次郎早已关照过，像《伟大的黑暗》之类，凡是他对广田老师的所作所为，都不准告诉老师。因为这些正在进行的计划万一被老师知道了，他肯定会遭到责骂。与次郎还说，等到时机成熟，他自己会告诉老师，既然如此，三四郎也没别的办法，只得岔开话题。

其实他今天到广田老师家的目的，得分好几个角度来说。首先，三四郎觉得老师这个人的生活与相关方面，都跟一般人不太一样，以自己的性格来看，有些部分根本就无法接受。但是三四郎很想了解此人究竟为何会变成这样，出于好奇心，也为了给自己提供参考，他想来这儿研究一下。其次，每次出现在这个人的面前，自己的心情就变得非常悠闲坦荡，对于世间的竞争也不再深以为苦。虽说野野宫跟广田老师一样都有些远离世俗的倾向，但野野宫似乎是为了追求尘世之外的功名，才故意抛弃世俗的欲望。所以每次三四郎单独跟野野宫谈话时，总觉得自己应该早点独立，必须为学界做出贡献才行，而这种想法令他非常焦虑。广田老师谈起这些时，却表现得平淡安详。而老师只是在高中教外语，其他什么特长都没有……这么说或许有点失礼，但是除了教书之外，老师也没公开发表什么研究成果。然而，他却表现得泰然自若，一点也不在乎。三四郎想，或许在老师的生活里，隐藏着什么令他如此悠然自得的原因吧？最近这段日子，三四郎的整个生活都被女人牵着鼻子走。如果她是自己的恋人倒也很有意思，问题是，他也搞不清眼前的状况。究竟她是对自己有意，还是在捉弄自己？自己需要对这种事感到畏惧，还是采取不屑的态度？究竟应该放弃，还是继续下去？一想到这些，三四郎就烦躁不安，他觉得碰到这种问题，就得找广田老师，只要在老师的面前坐上三十分钟，心情自然就能平静下来，也不会为那一两个女人而斤斤计较了。老实说，三四郎今晚来找老师的目的，大约七成是这件事。

　　而他找老师的第三个理由，更是充满了矛盾。美祢子现在令他感到痛苦，野野宫出现在美祢子身边之后，三四郎更加痛苦。眼前这位老师则跟野野宫的关系最为亲近，所以他才想到，如果来老师这儿，大概就能弄清野野宫和美祢子之间的关系了。只要弄清楚这件事，自己也就知道该采取什么态度。他心里虽然明白，却一直不敢开口向老师问起这事。今晚就问吧！三四郎突然下定了决心。

"听说野野宫决定到别人家去寄宿了。"

"嗯，好像是寄宿了。"

"他本来是个有家的人，现在又去寄宿，应该会觉得很不便吧，野野宫也真能……"

"嗯，他对这种事情一向不在乎，你看他穿的那身衣服就知道，他可不是一个属于家庭的人。不过做起学问来，倒是非常神经质。"

"那他打算一直像那样寄宿在别人家吗？"

"不知道。说不定又会突然成家呢。"

"他有没有结婚的打算呢？"

"说不定有。你若有认识的好女孩，帮他介绍一下吧。"

三四郎露出苦笑，心里觉得自己好像有点多此一举。不料广田老师接着问道："你呢？"

"我……"

"你还早吧。要是现在就娶老婆，可有你好受的。"

"老家有人催我结婚呢。"

"老家的什么人？"

"家母。"

"那你想听从令堂的意思吗？"

"我才不想呢。"

广田老师笑了，牙齿从胡须下面露出来，没想到他倒是长了一口漂亮的牙齿。三四郎突然萌生一种亲切感，但这种亲切感跟美祢子或野野宫对他表现的都不一样，是一种超越眼前利害关系的亲切感。三四郎觉得，再继续向老师打听野野宫的私事实在有点可耻。

"你还是尽量听从令堂的意见吧。现在这些年轻人，跟我那个时代不同，自我意识都太强，这是不行的。我们求学的那个时代，不论做什么事都不会忘记他人，譬如君王、父母、国家、社会……在这类关系当中，我们都是为了他人而活，用一句话来形容，当时受到的教育就是叫大家做个伪善家。现在随着社会变迁，那种伪善的行为终于行不通了，所以渐渐地又从国外引进了自我本位的思想与行为。但谁又能料到，现在变成自我意识过度发展，跟从前人人都是伪善家的时代相比，现在成了到处都是露恶家 [1] 的状态。……你听过'露恶家'这个名词吗？"

"没听过。"

1　露恶家：夏目漱石独创的名词。"露恶"即"故意将自己的缺点展现出来"，有这种行为的人，就叫作"露恶家"。夏目漱石是针对"伪善家"才创造"露恶家"这个名词的，按照他的解释，"伪善家"即"别有目的才行善的人"。与"伪善"相比，"露恶"反而更可取。夏目漱石认为，世界上只有两种人，一种是"伪善家"，另一种就是"露恶家"。

"这是我现在临时创造的名词。不知你是不是那些露恶家当中的一个……嗯，我想大概是吧。要说起与次郎，他可算是这里面最典型的一个，还有那个叫里见的女孩，你也认识吧？她算是另一类露恶家。像野野宫的妹妹，那家伙又是另一种类型。说起来倒也挺有意思，从前只有地方的藩主和家里的老爹当露恶家，这样也就够了，现在则是人人平等，个个都想当露恶家。其实这也不是什么罪大恶极的事啦。粪桶的盖子打开了，不过就是一桶水肥。剥掉美丽的外表之后，大概就露出丑恶的内在，这是必然的结果。一味追求外表好看，只会带来无限麻烦，所以现在大家都求省事，只用粪桶，不用盖子了。真是痛快啊！全都丑态毕露呢！然而丑态毕露得太过了，露恶家之间又开始彼此感到不便，等到这种不便的感觉升到最高点，利他主义便又死灰复燃。再过一段时日，以他人为出发点的想法又会慢慢消沉，再度流于形式，之后，大家又回到利己主义。总而言之，利他跟利己永远这样循环不息。只要把人类想成都是这样活着，大致是不会错的。而人类也就是在这种循环当中逐渐进步的。你看看英国人，他们自古就懂得平衡发展利他和利己两种主义，所以国家没什么改变，也没什么进步，既没出现易卜生，也没出现尼采之类的人物。真可怜！只有他们自己在那儿扬扬得意，旁人看来只觉得他们越来越僵化，都快要变成化石了……"

三四郎听到这儿有些惊讶，因为老师的话虽然震撼人心，却早已离题，而且越扯越远。半响，广田老师终于也发现了这件事。

"我们刚才谈什么来着？"

"结婚的事。"

"结婚？"

"是的。老师叫我要听家母的话……"

"哦，对了对了。你得尽量遵从令堂的意见。"说着，老师脸上露出微笑，就像在对孩子说话，而三四郎也没感到不愉快。

"老师说我们都是露恶家，这我可以理解，但是说老师那个时代的人都是伪善家，又是怎么回事？"

"你受到别人照顾的话，会高兴吗？"

"嗯，会高兴啊。"

"你肯定？我可不一定。有时别人很热情地照顾我，却令我不愉快。"

"什么时候呢？"

"只是形式上的照顾，而且并没把照顾当成目的的时候。"

"有这种时候吗？"

"譬如元旦那天，有人向你说恭喜，你会感到真的可喜吗？"

"这……"

"不会有可喜的感觉吧。同样，有人说什么捧腹大笑，笑倒在地，但是真的笑成那样的人，一个也没有。照顾别人也是一样，有些人是把这件事当成任务在做，就像我在学校当老师。其实我当老师是为了衣食，但这件事要是被学生知道了，大家肯定不会高兴吧。而相反，像与次郎这种露恶家的代表性人物，虽然是个调皮捣蛋的家伙，经常给我找麻烦，但他并不令人讨厌，反而有他可爱的一面，就像美国人对金钱表现得那么露骨一样。因为他们的行为就是他们的目的。跟目的合而为一的行为是最诚实的，诚实的行为也是最不会招人讨厌的。反而是我们从前'见人只说三分话'的时代，受过当时那种'多长个心眼'的教育的人，才非常令人生厌呢。"

　　老师说到这儿，三四郎对其中的道理倒是能够理解，只是，对他来说，眼前最重要的事情不是了解通盘的理论，而是弄清跟自己实际有关的对手是否诚实。他把美祢子对待自己的言行重新琢磨了一遍，却无法判断自己对她究竟是喜欢还是讨厌，三四郎开始怀疑自己的辨识能力是否只有别人的一半。

　　这时，广田老师好像想起什么似的突然发出一声"哦"。

　　"哦！还有呢。进入二十世纪以来，有一种奇怪的行为又开始流行了。就是用利己之实冒充利他之名，让人很难识破，你遇到过这种人吗？"

　　"是怎样的人呢？"

　　"换一种说法，就是以露恶的做法达到伪善的目的。你还是不懂吧？大概是我的说明不太好……从前那些伪善家，不管做什么都先想到讨好别人，对吧？但事实并非如此，其实他们是为了扰乱大家的辨识能力，才故意表现伪善，让别人不论从哪个角度看，都只能把他们的行为视为善举。在别人看来，这种行为当然令人不悦，但如此一来，他们的目的就达到了。这种毫不隐瞒地直接向人行善的诚实做法，正是露恶家最擅长的。而且他们表面上的言行举止全都符合'善'的标准……所以，你看，这下露恶跟伪善就变成一回事了。懂得巧妙运用这种方法的人，最近好像变多了，现在的文明人不仅神经变得十分敏锐，还想更进一步变成优美的露恶家，因为利用这种方法达到自己的目的，才是最理想的。从前我们说'杀人必须见血'，那种想法太野蛮了，你看着吧，那种想法慢慢就要被淘汰了。"

广田老师这段话听起来有点像一名导游正在介绍古战场，而导游本身站在距离现实很远的地点观望。这种说明充满悠然自得的气氛，也令人生出一种正在教室里听讲的现实感。而老师这番话立刻就在三四郎心中产生了反应。因为他脑中已有那个叫作美祢子的女人，老师的理论立刻就能套用在她身上。三四郎正在心底用这项标准衡量美祢子的所有言行，但有很多部分却衡量不出结果。老师已闭口不言，鼻孔里像平时一样，不断喷出"哲学之烟"。

就在这时，玄关处突然传来脚步声。脚步直接踏上走廊，向书房走来，也没发出打招呼的声音。很快，与次郎就出现在书房门口。

"原口先生来了。"与次郎跪坐在地上说，连"我回来了"这句也省了。或许是故意省去的吧。他只冷冷地看了三四郎一眼，立刻离开了书房。

原口先生在门槛边跟与次郎擦肩而过，走进屋来。他脸上留着法国式胡须，理着小平头，身上的脂肪颇多，看起来比野野宫大个两三岁，穿着一身漂亮的和服，比广田老师的和服有气势多了。

"哎呀！好久不见了。刚才佐佐木一直在我家呢。我们一起吃了饭，聊了一会儿……结果，我就被他拖来了……"原口先生的语气极为悠闲，周围的人听了那声音，似乎心情自然就会开朗起来。三四郎听到原口这名字时就想，大概是那位画家吧。与次郎真是个交际天才，几乎所有的前辈他都认识，太厉害了。想到这儿，三四郎心底升起满腔佩服，同时也感到有些拘谨。他在长辈面前总是那么缩头缩脑。三四郎对自己这种行为的解释是：受过九州式的教育就会变成这样。

片刻之后，主人将原口先生介绍给他。三四郎很有礼貌地弯腰行礼。对方也向他微微点头。接下来，三四郎便安静地待在一旁聆听两人谈话。

"先谈正事吧。"原口先生说完又向广田老师拜托道，"最近就要把组织整顿起来了，你一定要来参加啊。"接着，原口先生还说，原本不打算找什么名人搞得那么轰轰烈烈，但现在发出通知邀请的对象，终究还是些文学家、艺术家、大学教授之类的人物。所幸邀请的人数会有限制，不会搞得太引人注意，而且大部分都是熟人，完全不必顾虑形式，组会的目的只是多找些人来，大家一起吃顿晚饭，彼此交换一下对文学有益的意见。原口先生的发言大致就是这样。

"那就去吧。"广田老师只说了一句话。两人之间的正事就算解决了。接下来虽然没有要事好谈，但两人的谈话非常有趣。

"最近在做什么？"广田老师向原口先生问道。

原口先生说："还是在练一中调[1]，已经练完五段了，其中有《花红叶吉原八景》[2]，还有《小稻半兵卫唐崎殉情记》[3]，这些段子都很有趣，你也试试看吧？据说唱这玩意儿嗓门不能太大。因为这东西原本是在一间四叠半榻榻米的客室里表演的。可是啊，你也知道，我的嗓门就这么大，碰到腔调转折处总是太过用力，怎么也唱不好。下次我唱一段给你听听。"

广田老师笑了起来。原口先生又继续说："不过我还算是不错的，那个里见恭助才真糟糕呢。也不知道怎么回事，他妹妹倒是挺聪明的呀。上次他终于承认自己不行，说不再唱曲子了，还说要去改学乐器，结果有人建议他去学马鹿小调[4]，真是笑死人。"

"真的吗？"

"应该是真的。因为里见还跟我说，你如果想唱的话，也可以去学啊。听说马鹿小调有八种唱法呢。"

---

1 一中调：日本古曲的一种，用三味线伴奏，以温雅、叙情方式说唱故事，最早由"都一中"（一六五〇——一七二四）在京都首创，"都一中"亦被称为"都大夫一中"。一中调传到江户后，深受民众喜爱，被歌舞伎用来当作伴奏音乐。之后也在东京代代相传，现已传到第十二代。

2 《花红叶吉原八景》：全名为《吉原八景花红叶游廓》。以一中调演唱的故事曲目。吉原在江户时代是青楼聚集之处。

3 《小稻半兵卫唐崎殉情记》：大津柴屋町艺伎"小稻"与"稻野屋半兵卫"之间的爱情故事，由都一中编为曲目《唐崎殉情记》。

4 马鹿小调：江户时代的下町居民将"狸小调"叫作"马鹿小调"。"狸小调"是日本传说中常常出现的夜间怪音，尤其是月圆之夜，各地常会听到笛子伴随大鼓的演奏声。

“那你就去学学那个，如何？听说那玩意儿随便谁都能唱的。”

“不，我不喜欢马鹿小调。与其学那个，我更想学打鼓。不知道为什么，一听到鼓声，我就觉得自己不像在二十世纪，这种感觉很不错。每当我想从眼前的世界逃走，就觉得那玩意儿是一方良药。尽管现在日子过得够雍容，但像鼓声似的图画我可没办法画出来。”

“你也没努力画吧。”

“画不出来呀。今天住在东京的这些人，能画得出器宇轩昂的图画吗？其实也不单是绘画方面啦……说起绘画，上次我到大学运动会的会场，本来想帮里见和野野宫的妹妹画一张漫画肖像，结果她们都逃走了。下次我打算画一张真正的肖像，送到画展展出。”

“画谁的肖像？”

“里见的妹妹。一般日本女人的脸都是歌麿式[1]之类的，画在西洋画布上，看起来很不顺眼，但那女人和野野宫小姐长得不错，两人都适合入画。我想让那女人举起团扇遮着脸，站在树丛前面，脸迎着亮光，就以这种姿势画一张跟真实身长相同的肖像。西洋的折扇比较不受欢迎，不能用，日本的团扇才显得新颖有趣。总之，我可得早点动手了。像那样随时可能出嫁的女孩，到时候可能就由不得我了。”

三四郎怀着极大的兴致倾听原口先生的描述。尤其是关于美祢

1　歌麿式：指江户后期浮世绘画师喜多川歌麿（一七五三—一八〇六）所画的美女，颜色白皙，脸形多为瓜子脸。

子手举团扇半遮面的构图，三四郎听到这儿，内心非常激动。他甚至还猜想，难道他们俩之间也有一段奇异的因缘？不料广田老师竟毫不客气地说："这种画面有什么意思？"

"但这是她自己愿意的。因为我问她，用团扇遮住额头怎么样，她觉得我这建议非常好，就答应了。这种构图并非不好哟，但也要看怎么画就是了。"

"你把她画得太美，想跟她结婚的人太多了怎么办？"

"哈哈哈，那就画成中等程度吧。说起结婚这事啊，那女人也到了该嫁人的时候了。你这儿有没有适当的人选？里见也曾拜托我呢。"

"干脆你娶她怎么样？"

"我？她要是肯嫁我的话，我也愿意，只是她信不过我啊。"

"为什么？"

"她还讥笑我说，听说原口先生出国前发过狠心，特地买了大批柴鱼干带出国，还发誓要关在巴黎的宿舍里苦读，可是啊，一到了巴黎，原口先生立刻变卦了。害我听了很没面子。可能是从她哥哥那儿听说的吧。"

"那女人若不是按照她的意思，是不肯挪步的，劝也没用。在她找到自己中意的人选之前，随她独身吧。"

"完全的洋派作风。反正从今往后，这些女人都会变成那样。那也不错啦。"

接下来，两人花了很长的时间谈论绘画。三四郎很惊讶广田老师竟知道这么多西洋画家的名字，告辞离去前，三四郎站在后门口寻找自己的木屐。广田老师走到楼梯下面喊道："喂！佐佐木，你下来一下。"

屋外十分寒冷，秋高气爽，天气晴朗得像是立刻会从哪儿滴下露水似的。手碰到衣服时，冰凉的感觉从指尖传来。三四郎在行人稀疏的小巷里左拐右转，一连拐了两三个弯，突然在路上碰到一个算命师。只见那人提着一只圆形大灯笼，腰部以下被灯火照得通红。三四郎很想算个命，却有意地避开了，他向路旁一闪，给那红灯笼让出一条路，自己的和服外套几乎碰到路边的杉木树墙。不一会儿，三四郎斜穿过黑暗的巷道，来到通向追分的马路上。转角处有一家荞麦面店，他一咬牙，掀开门前的暖帘走进去，因为他想喝点酒。

店里有三个高中生，三四郎听到他们正在闲聊："最近学校老师的午饭大都是荞麦面呢。"

"每天午炮一响，荞麦面店的伙计就忙着钻进校门，每人肩上都扛着山一样高的荞麦面笼和佐料盘。""所以这家荞麦面店也赚了不少呢。""那个叫什么的老师，夏天也吃滚烫的乌冬面，怎么回事啊？""大概胃不太好吧。"三个学生七嘴八舌地说着闲话，谈到老师时几乎都直呼其名，聊着聊着，其中一人突然提到广田老师的名字，于是三人又开始讨论广田老师为何独身的问题。

"我到广田老师家，看到墙上挂着女人的裸体画，他大概不喜欢女人吧？"其中一人说。"不，裸体画里都是洋人，看这个，不准的。"另一人说。"哪里，一定是因为他曾经失恋过。"又有一人说。"因为失恋所以变成那种怪人吗？"有人提出了疑问。"可是听说有年轻美女进出他家，是真的吗？"另一人接着问。

三四郎听了一会儿，发现大家都认为广田老师很伟大。他不懂大家为何会有这种看法，但是听出他们正在阅读与次郎写的那篇《伟大的黑暗》。三名学生都说，自从读了那篇文章，突然对广田老师生出好感，说着，还不时地引用文章里的警句，也对与次郎的文章十分赞赏。零余子究竟是谁呢？三人都觉得很好奇，并得出一致的结论：反正不管是谁，零余子一定是个对广田老师非常了解的家伙。

三四郎听了一阵，这才恍然大悟。原来如此，他想，怪不得与次郎会写那篇《伟大的黑暗》呢。尽管《文艺时评》杂志就像与次郎说的，卖得很不好，但他却那么大张旗鼓地写了自己所谓的那篇大论文，登出来之后又表现得那么得意，三四郎原本认为，他这么做除了满足自己的虚荣心之外毫无意义，但是现在看来，铅字的力量还是很惊人的。如此说来，与次郎说得很对，这年头不发表半点意见，吃亏的可是自己。但他继而又想，一个人的名声可因一篇文章得以彰显，也可因一篇文章而走向毁灭，可见摇笔杆的责任太沉重了，想到这儿，三四郎便从荞麦面店走了出来。

回到宿舍后，刚才的醉意已然消失，三四郎觉得心头空荡荡的，不知道该做些什么，便坐在桌前发呆。这时，女佣提了一壶热水从楼下送上来，顺便放一封信在桌上。原来又是母亲寄来的家书。三四郎立刻撕开信封。今天看到母亲的笔迹，他倒是觉得非常开心。

这封信写得很长，却没提到什么重要的事，尤其令三四郎感到庆幸的是，信里一个字也没说到三轮田家的阿光，但母亲却写了一段很特别的叮嘱：

你从小就没胆量，这是不行的。人没有胆量就会吃亏，譬如碰到考试之类的事情，不知会多误事呢。你看兴津的高先生，那么有学问的人，又在中学教书，可是每次遇到检定考试，就全身发抖，写不出答案，可怜他到现在都没办法加薪呢。听说他找过医生朋友帮他配制了防止发抖的药丸，每次考试之前，就拿出来吞服，但还是会发作。你虽不至于抖得全身咯咯作响，但还是请东京的医生给你开些壮胆的药，平日按时服用，说不定就能治好病呢。

三四郎觉得这段话实在太荒唐，却又从那荒唐当中得到极大的慰藉。母亲才是真正关心自己的人，三四郎不免深深地感动。这天晚上，他给母亲写了一封很长的信，一直写到晚上一点。信中包括了这句话："东京并不是一个有趣的地方。"

八

三四郎借钱给与次郎的经过是这样的。

不久前的某天晚上，大约九点，与次郎突然冒雨找上门来。一见面，他就嚷着："糟了！糟了！"三四郎抬眼一看，发现与次郎的脸色糟透了，从没看过他这副模样。最先以为他淋了秋雨，又被冷风吹过才变成这样，坐下之后又发现，与次郎不但脸色不好，更稀奇的是，脸上露出意志消沉的神情。"你身体不舒服吗？"三四郎问。与次郎一连眨了两下他那双小鹿般的眼睛说："我把钱搞丢了。我完了。"

说完，他脸上露出忧心忡忡的表情，鼻孔里连连喷出几道烟雾。三四郎当然不能一言不发地呆坐一旁，便问他丢掉的是什么钱、在哪儿弄丢的，想弄清事情的原委。与次郎的鼻孔忙着喷出烟雾时，一直闭着嘴没说话，等烟喷完了，才娓娓道出事情的来龙去脉。

与次郎丢掉的那笔钱，总共有二十元。不过，那是别人的钱。去年广田老师想租上次看过的那栋屋子时，一时付不出三个月的押金，所以拜托野野宫帮忙筹钱。但那笔钱也不是野野宫的，而是要帮妹妹买小提琴，才特地请父亲从老家寄来的。正是这样，后来虽不急着还钱，但小提琴却一直拖着没买，害得良子也很为难。现在良子的小提琴不能再拖了，广田老师却还是没钱还债。

其实老师如果有钱的话早就还了，但他每个月实在是连一毛钱也剩不下来，因为他是个薪水之外绝不肯多赚一毛的男人，就一直拖到了现在。好在今年夏天举办高中入学考试的时候，老师接了改考卷的工作，最近总算收到了那项工作的六十元报酬，这下终于有钱还债了，便把钱交给与次郎，叫他去还钱。

"那笔钱被我弄没了，我实在太对不起老师了。"与次郎说着，脸上露出真心愧疚的表情。"在哪儿弄丢的呢？"三四郎问。"不是啦，没弄丢，是我买了几张马票，全都泡汤了。"与次郎答道。听了这话，三四郎简直不知道该说什么才好。这家伙也太不知天高地厚了！想到这儿，三四郎根本不想多说什么，况且与次郎现在一脸的沮丧，跟他平日那股活泼爽朗的模样相比，真是判若两人。可怜与可笑两种感觉同时袭上三四郎的心头，他忍不住笑了起来。紧跟着，与次郎也笑了。

"哎呀，没关系，反正总会有办法的。"与次郎说。

"老师还不知道吗？"三四郎问。

"还不知道。"

"野野宫呢？"

"当然还不知道。"

"钱是什么时候拿到的？"

"这个月初拿到的，所以到今天，大概刚好两个星期。"

"那马票是什么时候买的呢？"

"拿到钱的第二天。"

"然后你就把这事丢在那儿，一直拖到今天？"

"我也到处张罗过了，可是弄不到钱，也没办法呀。如果实在不行，就只能拖到月底了。"

"拖到月底就有办法吗？"

"大概能找'文艺时评社'帮个忙吧。"听到这儿，三四郎起身打开书桌的抽屉，拿出母亲昨天寄来的信，并朝信封里看了一眼。

"我这儿有钱。这个月家里提前寄钱来了。"三四郎说。

"多谢哦，亲爱的小川。"与次郎说了一句落语家才会讲的话，声音里顿时充满生气。晚上十点多的时候，两人冒雨走过追分的马路，钻进转角那家荞麦面店。三四郎从这时才学会到荞麦面店喝酒。那天晚上两人都喝得很高兴，最后是由与次郎付钱。与次郎这人几乎是从来不肯让别人掏钱的。

那天之后，一直等到今天，与次郎依然没还钱。三四郎是个老实人，心里始终担忧自己的房租。虽然他没有开口讨钱，但还是期待与次郎快点想办法。日子就这样一天天过去，一眨眼工夫，月底即将来临，现在只剩下一两天。万一来不及的话，就得将缴房租的日子延后几天。

三四郎脑中倒是还没考虑到这种可能，但他当然也不相信与次郎一定会把钱送回来……他对与次郎并没有那么信任。不过，与次郎总会体谅我，应该会想办法筹钱。三四郎又想起广田老师说过，与次郎的脑袋就像一摊浅水，整天不停地流来流去，要是他光顾着流动而忘了自己该负的责任，那可就糟了。但这种事应该不会发生吧。

三四郎站在二楼窗口望着门前的道路。不一会儿，与次郎从对面快步跑来，到了窗下，他抬头望着三四郎的脸说："哦！你在家？"三四郎站在楼上俯视着与次郎说："嗯，是啊。"两人就这样一上一下，打了一个废话般的招呼后，三四郎把脑袋缩回屋里，与次郎则"咚咚咚"地踏着楼梯跑上二楼。

"在等我吧？我知道你的性子，就猜你正为房租的事操心呢。所以我到处想办法，真是要抓狂了。"

"《文艺时评》给你稿费了？"

"稿费？稿费都领完了。"

"你上次不是说，月底会有稿费？"

"是吗？你听错了吧？已经连一块钱稿费都没得领了。"

"奇怪了。你确实说过这话啊。"

"不是啦。我只是打算去预支才说的。可是他们怎么也不肯借我，以为借给我，就收不回去了。岂有此理！才二十块钱，我都帮他们写了《伟大的黑暗》，还不相信我。真不够意思。讨厌！"

"那你没弄到钱？"

"不，在别处弄到了。因为我想你也很为难嘛。"

"是吗？那可让你受委屈了。"

"但是有个问题，钱现在不在我手里，必须请你亲自去拿。"

"到哪儿去拿？"

"不瞒你说，因为《文艺时评》不肯借我，我就跑到原口先生等人那里，一连找了两三个人，但是现在刚好碰到月底，大家都没办法。最后我又跑到里见家……里见那人你还不认识吧？他叫里见恭助，是法学士，也就是美祢子的哥哥。到了他家，人不在，问题也没解决，肚子却饿了起来，再也走不动了，结果只好去见美祢子小姐，告诉了她这件事。"

"野野宫的妹妹不在？"

"不在，那时刚过中午，她还在学校呢。而且我们是在客厅里，你别担心。"

"是吗？"

"然后美祢子小姐答应帮忙，她可以先借钱给我们。"

"那女人有她自己的钱？"

"这我就不清楚了。不过，反正问题已经解决，她答应要帮忙呢。那女人也真有趣，年纪又不大，却喜欢当人家的大姊。不过反正只要她应允了，就可以放心啦。你也不用发愁，向她拜托一下就行。不过谈到最后，她却对我说，钱我这里虽有，但不能交给你。我听了这话可吃了一惊呢，便问她：'这么不相信我吗？'她竟笑着说：'对呀！'好讨厌哟！后来我问：'那我叫小川自己来拿钱吗？'她说：'嗯，我要亲手把钱交给小川。'所以我们只能听她的啦。你能去一趟吗？"

"不去的话，我就得打电报回家。"

"电报就别打了，多可笑呀！不管怎么说，你可以自己去她那儿拿钱吧？"

"可以。"说到这儿，二十元的问题终于解决了。谈完这件事，与次郎紧接着又向三四郎报告有关广田老师的活动。

与次郎说："活动正在顺利进行，现在只要一有空，我就到那些学生宿舍去，跟他们一个一个进行讨论。这种交换意见的活动仅限于每次针对一个人，因为许多人一起讨论的话，大家总是各自坚持己见，稍微处理不好，就可能形成对立，或是感觉自己不受重视，打从开头就很冷淡。所以这种说服的工作既费时又费钱，如果觉得辛苦，根本就做不下去，而且跟大家讨论的时候，不能经常提起广田老师的名字。如果对方认为讨论活动不是为了自己而是为了广田老师，双方的意见就很难达成一致。"

与次郎想要推动的那项计划，似乎一直就是采用这种方式在进行，到目前为止也进行得相当顺利。大家都发现，只请洋人是不行的，应该也要聘请日本人到学校来讲课。现在剩下的工作，就是在不久的将来，再开一次会，选出委员，向院长和校长反映大家的愿望。"其实开会也只是一种形式，省略这个步骤也可以。"与次郎说，"将要成为委员的学生，我们大概也都认识。大家对广田老师都抱持同情的态度，届时根据谈判的情况，说不定我们会主动向相关单位提出老师的名字。"

与次郎这番话说得好像整个世界都掌握在他手里。三四郎实在不得不佩服他的手腕。接着，与次郎提起上次带原口先生去老师家的事。

"那天晚上，原口先生不是说要帮老师号召文艺界组个会，请老师参加吗？"与次郎说。三四郎当然记得这件事。按照与次郎的说法，其实那个会也是他发起的。组会的理由虽然不止一个，但其中最重要的，是会员当中有一位大学文科教授，此人是个实力派人物。如果要帮广田老师结识这位教授的话，趁这次开会的机会，可说最便利不过了。老师是个怪人，从来不肯主动去跟别人结交，我们现在帮他制造一个适当机会，让他跟那些人接触，或许大家就比较容易接受这个怪人……

"原来还有这层意义！我居然一点也没想到。既然你是发起人，那开会的时候，是以你的名义发出通知，把那些大人物召集起来啰？"三四郎问。

与次郎非常严肃地望着三四郎，看了好一会儿，才苦笑着移开了视线。

"别开玩笑了。我虽是发起人，却不是对外的发起人。我只是筹划了这个组织，换句话说，是我说动原口先生，让他去进行各项筹备工作的。"

"这样啊。"

"光会说'这样啊'，你简直就像个土包子。你偶尔也要来出席一下呀。最近应该就要开会了。"

"那么多大人物出席的场合，我去又能干吗，还是算了。"

"又说这种土话。不管是大人物还是小人物，大家只是进入社会的先后顺序不同罢了。别担心，那群人虽然都是博士、学士，跟他们当面谈谈就知道，也没什么了不起的。更重要的是，他们也不觉得自己很伟大。你一定要来，这对你的将来也有好处。"

"在哪儿开会呢？"

"大概是在上野的'精养轩'吧。"

"我可没去过那种地方。会费很贵吧？"

"嗯，大概两元吧。没关系，会费不必担心。你要是没钱的话，我帮你出。"

听到这儿，三四郎立刻又想起二十块钱的事情，但奇怪的是，他并不觉得好笑。与次郎接着又提议一起到银座去吃天妇罗，还说自己有钱。真是个令人难以理解的家伙！向来任人摆布的三四郎这时也一口回绝了与次郎的提议，但还是陪他出门散了一会儿步。回家的路上，两人顺便绕到冈野，与次郎买了一大堆栗子馒头[1]，说要送给老师。说完，便抱着纸袋回去了。

当天晚上，三四郎好好研究了一番与次郎的性情。大概在东京住久了，都会变成那样吧？他想。接着又开始琢磨到里见家借钱的事。他很高兴自己能有借口拜访美祢子，但是低头向人借钱这件事，却令他不太甘愿。三四郎从出生到现在从没向人借过钱，更何况，现在说要借钱给他的还是个姑娘，她自己也还得靠别人生活呢。就算她手里有些钱，没得到哥哥的允许就偷偷借给别人，向她借钱的自己多没面子啊。搞不好，还会给她添麻烦呢。想到这儿，三四郎又转念一想，说要借钱的人是美祢子，说不定她早就想好不惹麻烦的办法了。反正，先去找她吧。等见了面，如果看出她不太愿意借钱，就先婉拒她的好意，再把交房租的日子延后几天，请家里赶紧寄钱

---

1 栗子馒头：冈野"荣泉堂"的著名甜点。"荣泉堂"位于今天的上野车站附近，创业于明治六年（一八七三年）。

来就是了⋯⋯三四郎左思右想，正事想到这儿，算是解决了，接下来便胡乱地忆起美祢子的一切，她的脸、双手、衣领、腰带、和服等，思绪任意驰骋，美祢子的身影也不时地浮现在眼前，尤其是明天见面时，她会是什么态度呢？会对自己说些什么呢？三四郎在脑中幻想了十几二十遍，每次想象的情景都不一样。他天生就是这样，每次跟人约会商谈之前，总是在脑中胡思乱想，不断揣测对方会采取什么态度，而从不考虑自己该用什么表情、态度或语调去跟别人交谈。而且每次都是跟别人见过面之后，才开始回味这些，又兀自后悔万分。

特别是今天晚上，他完全无心想自己。自从上次见面之后，三四郎一直对美祢子怀着疑虑。但也只是疑虑，而无法挑明解决。他找不出任何理由当面责问她，更想不出彻底解决的办法。如果为了安心而需要采取什么手段，最好的办法就是找机会跟美祢子接触，从她的态度当中寻找蛛丝马迹，最后再由自己做出判断。明天跟她见面就是最后决断不可或缺的步骤。三四郎在脑中编织着各种想象，然而，想了半天，脑中似乎只看到对自己有利的景象。但实际上，他又很怀疑自己的想象，就好像正在欣赏一张照片，拍照的地点明明很脏，却拍得很好看。照片里头的景象当然是真的，但实际景象很脏却又是不争的事实，就像三四郎脑中的想象，原本应该跟事实一致，现在却跟事实分开了。

不过想到最后，三四郎终于想到一件值得高兴的事：美祢子答应借钱给与次郎，却不肯交给他。看来，与次郎在金钱方面或许真的是个信用很糟的家伙。但美祢子不肯将钱托付给他，真是因为这个理由吗？三四郎想到这儿，又觉得满腹狐疑。如果不是，那就是她觉得自己非常值得信赖。然而，光是借钱给自己，就足以表达她对自己的好感了，现在又说要当面把钱交给自己，这究竟是……想到这一点之前，三四郎一直处于自我陶醉的状态，现在又突然觉得："毕竟还是在捉弄我吧？"这个念头使他顿时满脸通红。如果这时有人问他："美祢子为什么捉弄你？"三四郎大概也答不出半个字。若是强迫他好好地想一想，或许他会说："因为美祢子是个喜欢捉弄人的女人。"他肯定做梦也不相信，美祢子是为了惩罚他的不知分寸……因为他觉得自己之所以变成这样，完全是美祢子害的。

第二天，刚好有两位老师请假，所以下午没课，三四郎觉得返回宿舍太麻烦，便在路上随便吃了顿饭，饭后便前往美祢子家。他之前不知从这儿经过了多少回，今天还是第一次正式登门拜访。大门的两根门柱之间覆盖着瓦顶，门柱上挂着一块名牌，上面写着"里见恭助"。三四郎每次经过这儿，总是好奇地想：里见恭助究竟是个什么样的人？但一直没机会见到他。三四郎来到门前，看见大门紧闭，便从侧门走进院里。大门通往玄关的距离非常短，地面铺着几块长方形的花岗岩石块。玄关的格子门紧闭着，门上用细木条拼出美丽的格子花纹。伸手按了电铃之后，三四郎向应门的女佣问道：

"美祢子小姐在家吗？"话一出口，顿觉难为情。像这样站在别人家门口问妙龄女孩是否在家，这种事他可从来没干过，三四郎觉得这种话实在很难启齿。好在女佣的态度十分严肃，礼貌也非常周到。她先转身回到屋内，再重新出来，向三四郎郑重地行了礼，说了一声："请吧。"三四郎便跟在女佣身后走进客厅。西洋式的房间里挂着厚厚的窗帘，光线有点昏暗。

"请稍候……"女佣又向他打声招呼，才走出客厅。三四郎在寂静的室内坐下。正面墙上有一个嵌在墙内的小型壁炉，上方横贴一面长方形镜子，镜子前面摆着两个烛台。三四郎走到左右两个烛台的中间，望着镜中的自己，半晌，又走回座位。

这时，里面的房间传来一阵小提琴的琴音，好像随风而来，又随风而去，瞬间消失了踪迹。三四郎意犹未尽，靠在厚厚的椅背上侧耳倾听，希望拉琴的人继续下去。然而，琴音就此终止了。大约过了一分钟，三四郎把琴音的事抛到脑后，转眼打量起对面的镜子和烛台。这两样东西充满西洋气息，令人联想到天主教。至于为什么觉得跟天主教有关，他也说不出所以然。这时，小提琴声又响了起来，这次只有高音和低音很快地连续响了两三下，然后又没了声音。三四郎虽然对西洋音乐没什么知识，但他绝不认为刚才那声音是演奏的一部分。只是在试音吧，他想。这种随手拉出几个音符的感觉，跟三四郎现在的心情颇为相合，他觉得那琴音就像天上忽然掉下了两三颗令人欣喜的冰雹。

三四郎半麻木的眼睛移向镜中，这才发现，美祢子不知何时已出现在镜里。女佣刚才拉紧的房门已经敞开，美祢子单手掀起挂在门后的帘幕，镜中的她，整个上半身都亮了起来。美祢子在镜中看着三四郎。三四郎也在镜中回望她。她脸上露出了微笑。

"欢迎光临。"女人的声音从身后传来。三四郎不得不转回头，他们彼此望着对方。女人微微欠身，两鬓和额前梳得高高的包头向前点了一下，态度看来很亲热，似乎是觉得不必行大礼了。反而是男人从椅上站起来，向她弯腰行了一礼。女人视若无睹地走向前方，背着镜子，在三四郎的正对面坐下。

"你终于来了。"女人的语气跟她的态度一样亲热。三四郎听到这句话，心里极为高兴。女人穿着一身闪闪发光的绸缎衣裙。似乎是为了特意装扮一番，才换上这身美丽的服装，怪不得刚才让他等了那么久。美祢子端庄地坐着，眼尾、口角都露出笑意，却一直不开口，就那样看着三四郎，这种姿态反而在他心底搅起阵阵既苦又甜的感觉，其实从她坐下的那刻起，三四郎就感到无法继续承受她的凝视。他赶紧张嘴发声，有点像气喘病发作了似的。

"佐佐木他……"

"佐佐木找过你了？"问完，美祢子露出跟平日一样洁白的牙齿。刚才那对烛台就放在她身后的壁炉框台上，左右各一，是一对形状奇特的铸金工艺品。老实说，三四郎也不确定那究竟是什么，他只是猜测它们就是烛台。在那两个奇妙的烛台背后，是一面明亮的镜子。厚重的窗帘遮住了光线，再加上今天是阴天，室内显得非常暗。但三四郎仍然看到美祢子那口雪白的牙齿。

"佐佐木来找过我。"

"他说了些什么？"

"叫我到你这儿来。"

"是吧……所以你就来了？"她故意问道。

"嗯。"三四郎稍微踌躇半晌，接着又说，"哦，是的。"女人的牙齿一下子全都看不到了。她安静地站起来，走向窗边，眺望窗外景致。

"天色变阴了。外面很冷吧？"

"不，挺暖的。一点风也没有。"

"是吗？"说着，她又走回座位。

"不瞒你说，是佐佐木把钱……"三四郎开口说道。

"我知道。"她打断了他的话。三四郎便闭嘴不语。

"怎么把钱弄丢的？"她问。

"买了马票。"

"啊哟！"女人嚷了一声，脸上却没露出惊讶的表情，反而笑了起来。停了几秒，她又加了一句："好坏呀。"三四郎没搭腔。

"要猜哪匹马跑得快，比猜人的心思更难吧？你这人也太迟钝了，明明人家的心思已有蛛丝马迹可循，你却连猜都不肯猜一下。"

　　"我没买马票呀。"

　　"啊？那是谁买的？"

　　"佐佐木买的。"女人突然大笑起来。三四郎也觉得很可笑。

　　"原来需要用钱的人不是你啊。真是莫名其妙。"

　　"需要用钱的人是我没错。"

　　"真的？"

　　"真的。"

　　"这不是很奇怪吗？"

　　"所以说，不向你借也没关系。"

　　"为什么？不高兴了？"

　　"不是不高兴。而是瞒着你哥哥向你借钱，不太好。"

　　"什么意思？我哥哥已经同意啦。"

　　"是吗？那就向你借也行……可是不借也无所谓。只要找个理由跟我家里说一声，一星期左右就会寄来的。"

　　"你要是嫌麻烦，也不必勉强……"美祢子的态度突然变得非常冷淡，好像刚才还在身边的人，一下子跑到一百多米之外去了。早知如此，应该向她借钱才对，三四郎想，但是话一出口就没办法收回了。他只好看着烛台，佯装不解。三四郎从没主动讨好过别人。

女人也离他远远的，不再回到他身边。不一会儿，美祢子又站起来，越过窗口望向户外。

"好像不会下雨吧。"她说。三四郎也随声附和说："好像不会下雨。"

"不会下雨的话，我要出去一下。"美祢子站在窗前说。三四郎以为她是暗示自己该告辞了。原来她那身发亮的绸衣不是为了自己换上的。

"那我就告辞了。"说完，他便站了起来。美祢子一直送到玄关。三四郎走下换鞋的地方，穿上皮鞋。

美祢子站在玄关的阶梯上说："我跟你一起出去，可以吧？"三四郎一面系鞋带一面答道："嗯，随便啊。"刚说完，女人不知何时已从玄关走到泥土地面，嘴唇凑到三四郎耳边低声问道："还在生气啊？"不料，女佣这时慌慌张张地跑出来送他们出门。

两人默默地并肩走了五十多米，三四郎一路思索着美祢子的行径。这女人肯定从小娇生惯养，在家里拥有的自由也远远超过一般女性，万事都是按照她的意思，想做什么就做什么，像现在，也不需要征求任何人的同意，就能跟自己在路上散步，光从这点就能看出来。这一切，都是因为年长的父母已经不在了，年轻的哥哥又对她抱持放任主义，才能这么自由吧。要是在乡下的农村，这种行为可真会令人困扰。如果叫她去过三轮田家阿光那种日子，不知道会有什么反应呢？或许是东京和乡下的情况不同所致，这里不管做什么都很开放，所以这里的女人大都跟她一样吧。然而，要是站在远处观察，他又认为她们的作风好像有点保守。三四郎突然想起与次郎把美祢子比喻为易卜生笔下的女人，他觉得这种比喻倒是颇为恰当。但美祢子究竟只是礼节方面属于易卜生式，还是连想法也是易卜生式，他就无从猜起了。

片刻之后，两人来到本乡的大路上。并肩而行的两个人虽然齐步前进，却不知道彼此究竟要到哪儿去。刚才已经拐过了三个巷口，每次要转弯的时候，两人的脚步就像事先约好了似的，默默地一起转向相同的方向。快要走到本乡四丁目的转角时，女人问："要到哪儿去？"

"你要到哪儿？"两人对望了一眼。三四郎脸上的表情极为认真，女人忍不住笑起来，露出嘴里洁白的牙齿。

"一起走吧。"

他们便一起朝着四丁目的转角走去，大约又走了五十米，右侧路旁有一座大型西洋建筑物。美祢子走到门前停下脚步，从腰带里抽出一个小本子和图章。

"拜托你一件事。"她说。

"什么事？"

"用这个帮我取钱。"三四郎伸手接过小本子，只见封面中央印着"小额支票账户存折"，旁边写着"里见美祢子女士"。三四郎手握存折和图章，呆站着望向女人。

"三十元。"女人说出金额，那语气就像在吩咐一个每天都去银行取钱的常客。所幸三四郎在老家的时候，也经常拿着这种存折到丰津去办事，他立刻登上石级，推门走进银行，把存折和印章交给办事员。领到需要的金额后，三四郎从银行出来，这才发现美祢子并没留在原处等候，而是向前走到四五十米之外。三四郎连忙追上，手还伸进口袋，想把刚领到的款项立刻交给她。

"丹青会的展览你看过了吗？"美祢子问。

"还没看过。"

"有人送我两张招待券，可是一直没空去看，要不要去看？"

"可以啊。"

"那就走吧。马上就要闭幕了。因为我要是不去看一下，对原口先生很过意不去。"

"原口先生送的招待券？"

"是啊。你认识原口先生？"

"在广田老师家见过一面。"

"那个人很有意思吧？听说他正在学马鹿小调。"

"上次他说想学打鼓，还说……"

"还说什么？"

"还说想帮你画肖像，是真的吗？"

"嗯。我是他的高级模特儿嘛。"她说。三四郎生性不爱奉承别人，听了这话，便闭上嘴，不再说话，似乎等着女人再说些什么。

他重新将手伸进口袋，掏出存折和图章交给女人。钞票应该就夹在存折里，女人却向他问道："钱呢？"

三四郎转眼望去，存折里并没有钞票。于是他再度伸向口袋，掏出一堆皱兮兮的钞票，女人却没伸手去接。

"你帮我保管吧。"她说。三四郎觉得有点为难，但又不喜欢在这种场合跟她争论，况且两人正在路上，他就更不好多说什么，只好把钞票又塞回口袋。这女人真奇怪，他想。

路上有很多学生，大家擦肩而过时，都转头瞪着他们俩，甚至还有从老远跑来看热闹的，三四郎觉得从这儿走到池之端[1]的路途似乎非常遥远，但他并没想到搭电车，两人都慢吞吞地踱着步子，等到他们抵达会场时，已经接近下午三点了。会场门前竖着相当特别的招牌，不论是那牌上的"丹青会"几个字，还是画在周围的图案，在三四郎看来都很新鲜。但这种新鲜感，也只是由于他在熊本从没看过，所以其实不该叫作"新鲜感"，而应该称之为"异样的感觉"。尤其是进入会场之后，三四郎能看懂的，只有油画和水彩画的区别。

1　池之端：指上野的"池之端"，上野动物园、上野博物馆、国立美术馆都在此处。

即使如此，他还是能分辨出喜欢和不喜欢，其中也有些作品是他欣赏的，甚至觉得可以花钱买回去。至于绘画技巧拙劣与否，他可是一窍不通，也不懂得鉴赏之道，所以从他踏进会场起，就不抱任何希望，始终一语不发地保持沉默。

每当美祢子问他："这幅画怎么样？"三四郎便说："嗯，不错。"美祢子又问："这张很有趣吧？"三四郎答道："好像很有趣。"他那模样好像对这画展一点兴趣也没有，甚至令人怀疑他是个不会说话的傻瓜，或是根本不屑与人交谈的大人物。若说他是傻瓜，他确实有些不爱炫耀的可爱之处，但若说是大人物，那目中无人的态度实在又有点可恶。

会场里许多作品都是一对兄妹画的，他们曾在国外旅游过很长一段时间，两人的姓氏相同，而且作品并排挂在同一个地点。美祢子走到其中一张作品前，停下脚步说："这是威尼斯吧？"

威尼斯三四郎是知道的。画里的风景看起来真的很像威尼斯。三四郎突然渴望搭上运河里那种叫作"贡多拉[1]"的小船。他在高中时学到"贡多拉"这个单词，从那以后，他就爱上了这个字眼。一想到"贡多拉"，他就觉得这东西应该跟女人一起搭乘才好。三四郎默默地望着画里的蔚蓝河面、两岸高大的房屋、倒映在水面的屋影，

---

1 贡多拉：意大利威尼斯最具代表性的传统人工摇船，船身全部漆成黑色，由一船夫站在船尾划动，也是威尼斯几个世纪以来的主要交通工具。

以及倒影里若隐若现的红色光点。

"哥哥的作品要好得多。"美祢子说。三四郎没听懂她的意思。

"哥哥？"

"这张画是哥哥画的，不是吗？"

"谁的哥哥？"

美祢子露出讶异的表情看着三四郎。

"那边是妹妹画的，这边才是哥哥的画作，不是吗？"

三四郎向后退了一步，转头望向刚才走过的通道，只见半边的墙上挂着许多作品，全都是极为相似的外国风景画。

"不同的人？"

"你以为是同一个人画的？"

"嗯。"三四郎说，脸上露出茫然的表情。半晌，两人转眼望向对方，齐声大笑起来。美祢子故意睁大了眼睛，装出非常惊讶的样子，还降低了声音说："好过分哟。"说着，她独自快步走到前方约两米的地方。

三四郎仍旧站在原处，重新欣赏画里的威尼斯运河。走到前方的女人转回头，发现三四郎并没有看着自己，她那正要继续向前的双脚便突然停住，从前方仔细端详三四郎的侧面。

"里见小姐！"

猛然间，不知是谁发出大声的叫喊。

美祢子和三四郎同时转过头，看到原口先生站在一个房间的门前约两米处，那扇门上写着"办公室"三个字。他们又看到野野宫就站在原口先生的身后，但他的身影被原口先生遮住了一些。美祢子不看那个正在叫她的原口，却一眼看到原口身后的野野宫，她立刻退后两三步靠向三四郎，嘴唇附在三四郎耳边低声说了几句话。三四郎完全没听到她说了些什么，正要开口问，美祢子却转身走到那两人面前，弯腰打起招呼。

野野宫看着三四郎说："你倒是找了一个良伴。"

三四郎正要开口回答，美祢子却抢先说道："很相配，不是吗？"

野野宫没有接腔，"忽"的一下转过身，脸朝向后方。他身后的墙上挂着一张大型画作，大约有一块榻榻米那么大。那是张肖像画，整幅画都黑漆漆的，一点亮光也没有，背景和人物的服装、帽子几乎无法分辨，只有肖像的脸是白的，而且瘦削不堪，面颊上没有半点肉。

"这是临摹的吧。"野野宫对原口先生说。但原口正忙着跟美祢子搭讪。只听他絮絮叨叨地说个不停："马上就要闭幕了，观众也少了很多。刚开幕那段日子，我每天都到办公室，最近几乎不来了。今天难得有事到这儿，顺便把野野宫也拖来，这么巧，竟跟你碰上了。这次画展结束后，马上又要准备明年的展览，实在忙得不得了。本来每年都是在樱花盛开的季节举办，明年为了配合一些会员的日程，打算提早展出，等于是连开两次画展呢。非得拼了命努力才行啊。

我打算在下次展出之前，完成美祢子的肖像画。或许到时候会给你添麻烦，但就算碰上大年夜，你也要帮忙哦。"

"我会把你的画像挂在这儿。"说到这儿，原口才转向那张黑漆漆的图画。他跟美祢子说话的这段时间，野野宫一直张着嘴，呆呆地瞪着这幅画。

"如何，这张委拉斯开兹[1]？当然这是临摹的，而且画得不太好。"原口这时才开始说明眼前这幅作品。野野宫也觉得自己可以不必开口了。

"是哪一位临摹的？"女人问。

"三井。三井算是最出色的画家，但这幅画，却无法令人感佩。"原口说着，退后一两步打量起来，"因为原作的技巧已达炉火纯青的境界，很难模仿吧。"

原口歪着脑袋说。三四郎则瞪着他那歪向一边的脑袋。

"已经全都看过了吗？"画家问美祢子。他只肯跟美祢子讲话。

"还没呢。"

"你看这样如何，别再看了，一起出去吧？我请你去'精养轩'喝杯茶。不，其实是因为我有事，反正得到那儿去一趟……是关于画展的事啦，必须跟主办人商量一下，那人跟我交情很不错……现

---

1 委拉斯开兹（一五九九——一六六〇）：文艺复兴后期的西班牙画家，对后来的画家影响很大。文中提到的全黑肖像即是委拉斯开兹于一六四三年所画的自画像。

在又刚好是喝茶的时间。要是再晚一点过去，时间不上不下的，喝茶嘛，太晚，吃晚饭嘛，又太早。怎么样？一起去吧。"

美祢子看了三四郎一眼。三四郎露出不置可否的表情。野野宫则呆站一旁，好像在说"与我无关"。

"好不容易来一趟，全都看完再去吧。小川先生，是不是？"
三四郎嗯了一声。

"这样好了，这里面还有一间展室，摆着深见先生[1]的遗作。只看那一间，看完回家时，绕到'精养轩'来吧。我先到那儿恭候。"
"谢谢。"

"深见先生的水彩画可不能当作普通水彩画欣赏哦。因为整幅作品都能体现他的水彩画功底，不要只顾着看画，应该欣赏作品的神韵，这样才能体会出作品的原味。"原口向他们叮嘱一番，便跟野野宫一起走了，美祢子向两人道谢后，目送他们离去。但那两人连头都没回，就离开了。

女人迈步走进另一间展室，男人紧跟在她身后。室内光线很暗，狭长的壁上挂着一排作品，全都是深见先生的遗作，两人抬眼望向墙上的作品，这才发现几乎全都是原口先生刚才提到的水彩画。三四郎明显地感觉出这些作品的画风非常收敛，每张画里的水彩色

---

1 深见先生：这个角色的原型是日本画家浅井忠（一八六五——一九〇七），浅井在英国留学时曾与夏目漱石同寝室，归国后曾为《我是猫》的中篇与下篇绘制插图。

调淡泊，颜色种类也少，而且缺少对比，若不放在阳光下，根本看不出纸上的色彩，然而画家的笔锋却很流利，几乎每幅作品都有一气呵成的气势，即使水彩下面用铅笔打稿的轮廓看得很清楚，却显得别致又有风格，画中的人物则画得又瘦又高，个个都像打谷的细竹竿。作品当中也有一张威尼斯风景。

"这也是威尼斯呢。"女人说着，走到三四郎身边。

"嗯。"三四郎应道，听到"威尼斯"，他突然想起刚才的事。

"刚才你说什么？"

"刚才？"女人问。

"刚才我站着欣赏那边那幅威尼斯的时候。"

女人再度露出雪白的牙齿，却没说话。

"如果不是重要的事，我就不问了。"

"不是重要的事。"

三四郎又露出讶异的表情。今天是个阴霾的秋日，时间已过下午四点，室内正在逐渐变暗。参观画展的观众非常少，特别展室里只有一对男女的身影。女人离开展品，走到三四郎的正面。

"野野宫先生，如此这般，如此这般。"

"野野宫先生……"

"懂了吧？"

美祢子要表达的意思，像决堤的狂涛大浪似的涌上三四郎的心头。

“你在捉弄野野宫先生？”

“怎么会？”

女人的语气充满天真无邪，三四郎突然没勇气再说下去，他沉默着向前走了两三步，女人紧跟在他身后追上来。

“我可没捉弄你呀。”

听了这话，三四郎又停下脚步，他是个高大的男人，从上方俯视着美祢子。

“那就好。”

“为什么不行呢？”

“所以我才说，那就好。”

女人把脸扭向另一边。两人一起走到门口，正要跨出大门的瞬间，肩膀互撞了一下。男人突然想起火车上遇到的那个女人，被美祢子撞到的部分隐隐作痛，有点像在梦里的感觉。

“真的好吗？”美祢子低声问道。这时刚好有两三位观众从对面走来。

“先出去再说吧。”三四郎说着，接过寄放的皮鞋穿上。出了大门一看，外面正在下雨。

“到‘精养轩’去吧？”

美祢子没有回答。两人就那样淋着雨，伫立在博物馆前那片宽阔的原野上。好在这场雨才开始下了不久，而且雨势并不大。女人站在雨中环视四周，指着对面的森林。

"到那边的树荫下去吧。"

雨势看来只要稍待片刻便会停止。两人一起钻进大杉树的树荫下。这种树并不适合躲雨，但他们站在那儿一动也不动。即使身上都被雨淋湿了，他们仍然站在树下。两人都觉得全身发冷。"小川先生。"女人叫了一声。男人正皱着眉头凝视天空，听到呼唤，便把脸转向女人。

"那样不好吗？我是说刚才。"

"算了。"

"可是，"女人一面说一面靠向男人身边，"不知为什么，我就是想那么做。其实我也没打算对野野宫先生做出失礼的事。"

女人专注地望着三四郎。他从那双眸子里看出某些超越言语的深意："说来说去，我这么做，还不都是为了你。"双眼皮的眸子深处正在向他如此倾诉。

"所以我说算了。"三四郎又说了一遍。

雨点越落越密，树下只有小小的一块地淋不到雨。两人逐渐靠在一起，最后变成肩膀紧贴着站在一块儿。

"刚才的钱，你就用吧。"美祢子在雨滴声中说道。

"那我向你借，只借需要的金额。"三四郎回答。

"全都拿去用吧。"她说。

九

    三四郎禁不住与次郎的怂恿，终于决定参加"精养轩"的集会。
开会那天，三四郎穿了一件黑绸布 [1] 和服外套。关于这件外套，母亲
曾在信里花了很大的篇幅做过介绍。据说外套的绸布是三轮田家阿
光的妈妈亲手纺织，然后印上家纹 [2]，最后由阿光亲自缝制而成的。
包裹送到三四郎手里时，他曾试穿了一下，觉得不太好看，就收进
衣橱里，谁知与次郎却一直嚷着不穿太可惜，叫他一定要穿去开会。
与次郎甚至摆出一副"你不穿的话，我就要穿"的架势，三四郎被

---

1 绸布：粗丝织成的绢。粗丝是由破损茧、污染茧或玉茧（一个茧里有两只蚕）组成，这类蚕茧无
    法抽丝纺织，只能以人力搓捻成线。织出来的绸布光泽较暗，不如一般绸缎，且具有凹凸不平的
    质感。

2 家纹：象征各个家族的纹章。譬如天皇家的家纹为十六瓣菊花。江户时代之前，家纹是贵族、武
    士的专利，主要用来彰显个人的出身、血统、地位。江户中期之后，家纹开始在庶民之间普及，
    甚至还被当作商标。第二次世界大战之后，因家纹带有封建色彩而受到否定，但现在一般日本人
    仍把家纹当成生活中艺术装饰的一部分。譬如婚礼等重要庆典时，仍会穿着印上家纹的礼服出席。

他逼得只好穿上，而穿上身之后，又觉得看起来还不错。

于是，三四郎便以这身装扮跟与次郎并肩站在"精养轩"的玄关前。按照与次郎的说法，他们必须以这种方式迎接宾客。三四郎可不懂这一套，他原以为自己就是宾客之一。如果事实真像与次郎说的那样，他又觉得招待只穿一件绀布外套，似乎显得太寒酸，早知如此，就该穿制服才对。不一会儿，与会人员陆续到达会场，与次郎只要看到有人来，一定会找些话跟对方搭讪，好像每个人都是他的老友似的。等来宾把外套和帽子交给侍者，再从宽阔的楼梯口越过，转进阴暗的走廊之后，与次郎便向三四郎介绍刚离去的来宾是某某人，也多亏他肯介绍，三四郎才能记住那么多名人的长相。不久，宾客全都到齐了。总共不满三十人，其中包括广田老师，还有野野宫……他虽是理科学者，但对绘画、文学都很喜爱，听说是被原口先生勉强拉来的。原口先生今天当然来得最早，一面忙着到处张罗，一面热情地招待宾客，同时还不忘随时捻捻他的法式小胡子，简直忙得不亦乐乎。

好不容易，宾客都入席了。大家各自找到座位坐下，既没人刻意谦让，也没人故意争抢，就连平时总是慢吞吞的广田老师也一改作风，第一个找到位子坐了下来。只有与次郎和三四郎一起坐在靠门边的椅子上，其他人都是随机坐在彼此的对面或身边。

野野宫和广田老师之间坐着一位身穿条纹外套的评论家。对面是一位姓庄司的博士，也就是与次郎介绍过的那位在文科很有声望的教授。他穿着大礼服，是个风度翩翩的男人，头发很长，大概比一般人长一倍，在灯光的照耀下，仿佛满头都是黑色波浪。那种外形跟广田老师的光头比起来，给人完全不同的感觉。原口先生挑了个偏僻的位子，又是在角落里，正好跟三四郎遥遥相对。他穿着翻领外套，脖子系着宽幅黑缎领巾，缎料边缘松散地垂着，将他整个前胸都遮住了。与次郎向三四郎说明，法国画家都喜欢在脖子上系这种装饰。三四郎喝着汤心想，简直就像在脖子上绑了一条兵儿带嘛。过没多久，宾客开始彼此寒暄。与次郎喝着啤酒，不像平时那么爱说话。碰到今天这种场合，这个平时滔滔不绝的家伙也变得拘谨多了。

"喂！要不要来一段'达他法布拉'？"三四郎低声问道。"今天可不行。"与次郎说完立刻转向另一边，和身边的男人聊了起来。"你那篇论文，我已拜读过了，真令我受益匪浅啊。"说着，与次郎还向男人道谢致意。三四郎觉得很难理解，因为与次郎曾在他面前把那篇文章骂得一文不值。接着，与次郎又转回头来对三四郎说："你这外套看起来真神气，很适合你穿。"说完，又仔细打量起外套上白色家纹的图案。这时，坐在对面角落的原口先生开口向野野宫发话了。他的嗓门原本就很惊人，正好适合这种远距离闲聊。广田老师正在跟那位姓庄司的教授交谈，为了不耽误原口先生和野野宫的谈话，两人便闭嘴不再说。其他人也跟着安静下来，如此一来，今天这场集会的中心也就形成了。

"野野宫先生的光线压力实验已经结束了吗？"

"不，还没呢。"

"真是非常费劲的工作啊。我们这一行也是需要耐性的职业，但您的任务好像比我们艰巨多了。"

"绘画只要有灵感，就能立刻画出来，物理实验可没那么容易。"

"灵感这东西实在叫人头痛。今年夏天我经过某地时，听到两名老妇在聊天，仔细一听，才知道她们正在讨论梅雨季节是否结束了。其中一个愤愤不平地说：'从前大家都知道，一听到雷声就算是出梅了，最近却不是这样。'另一老妇则愤慨地说：'什么？这是什么话？光凭打雷怎么能算出梅？'绘画也是一样，是不能只靠灵感作画的，对吧？田村先生，写小说也是这样吧？"

原口身边坐着一位姓田村的小说家。听到这儿，他开口答道："只有催稿才是我的灵感。"在座的宾客顿时爆出一阵大笑。田村这才转脸向野野宫问道："光线的压力存在吗？如果存在的话，要进行哪些实验呢？"

野野宫的回答令人觉得非常有趣，他说："先用云母等材料做一个又薄又大的圆盘，尺寸大约就像十六武藏棋盘[1]，用水晶丝吊起

1　十六武藏棋盘：明治时代流行的一种棋盘游戏，母棋一颗，子棋十六颗，都必须顺着规定路线移动，彼此进行攻守。

来，放置在真空状态下，再将弧光灯以直角方向照射圆盘，圆盘受到光线的压力，就会开始转动。"

全体宾客都专注地聆听说明，三四郎也暗自思量：原来那个像福神渍酱菜罐头的容器里，放着这样一套设备啊。想到这儿，他又回忆起刚到东京时，自己曾被那台望远镜吓了一跳。

"喂，水晶能做成细丝吗？"三四郎低声向与次郎问道。与次郎摇了摇头。

"野野宫先生，有水晶做的丝线吗？"

"有的。把水晶粉用氢氧吹管的火焰[1]熔化后，用两手向左右两侧拉开，就会变成细丝。"

"这样啊。"三四郎只答了一句，没再开口。

坐在野野宫身边那位穿条纹外套的评论家接着又提出问题："说到这方面知识，我们全都一窍不通。请问，最早是怎么发现这种现象的呢？"

"理论上应是麦克斯韦[2]最先提出假设，后来，有个叫作列别捷夫[3]的人首先用实验证明了这项假设。最近还有人提出了另一种假设。这种假设认为，彗星的尾巴原本应该扫向太阳，但是彗星每次出现时，它的尾巴却扫向相反方向，或许这也是光线的压力造成的吧。"

---

1 氢氧吹管的火焰：用吹管将氢气与氧气混合燃烧冒出的火焰，温度最高可达三千摄氏度。

2 麦克斯韦（一八三一——一八七九）：英国物理学家，建立了麦克斯韦方程组，将电、磁、光统归为电磁场中的现象。

3 列别捷夫（一八六六——一九一二）：俄国物理学家，首先证明了光线的压力。

评论家露出十分佩服的表情。

"能想到这一点就很有趣了，而更棒的是，这是一种惊世骇俗的假设。"评论家说。

"不仅惊世骇俗，同时也不违反社会规范，这种研究真是令人愉快啊。"广田老师说。

"如果假设落空的话，就更不违反社会规范了。很不错啊！"原口先生笑着说。

"不，这种假设似乎是正确的。光线的压力与圆盘半径的平方成正比，光线的引力与半径的立方成正比，所以物体越小引力也越小，光线的压力就越强。如果彗星的尾巴是由极微小的颗粒组成，就一定会扫向与太阳相反的方向。"

说到这儿，野野宫不知不觉地露出严肃的表情。

"虽然并不违反社会规范，但是计算起来却很麻烦，可见任何事情都有利弊得失啊。"原口先生跟平时一样大声做出评论。听了他这句话，宾客间又恢复了刚才一起喝啤酒的热闹气氛。

广田老师这时说了一句话："看来自然派¹的人是不能当物理学者的。"

---

1 自然派：受十九世纪末法国文学理论的影响，日本文学界于二十世纪初也曾流行过自然主义文学。自然主义文学在日本萌芽的时期，夏目漱石已是日本文学界的重镇，他被归类为"余裕派"，作品喜以近代人的自我、理性、知性为基础，冷静观察世间，而不喜欢描写那种烦闷、颓废的生活态度。夏目漱石曾发文批评"自然派"。

"物理学者"和"自然派"这两个名词立即引起全场的兴趣。

"请问老师,此话怎讲?"刚发言过的野野宫提出疑问。

广田老师不得已说道:"因为啊,为了证明光线的压力,只知道睁大眼睛观察自然,这是不行的嘛。'自然'这张菜单上,好像并没有印出'光压'这道菜名吧?所以说,都是人为的技术,以及水晶丝、真空、云母之类的设备,才能让物理学家的眼睛看见光压,对吧?物理学者不能算自然派啦。"

"但也不算浪漫派吧。"原口插嘴说道。

"不,就是浪漫派。"广田老师一本正经地解释道,"光线和被照物体之间的关系,是一种自然界里不可能出现的状态,这还不算浪漫吗?"

"但我们只是暂时设定两者的关系,然后观察光线固有的压力,所以观察之后的各项步骤还是该算自然派吧。"野野宫说。

"所以说,物理学者应该算是浪漫的自然派。用文学来比喻的话,就像易卜生笔下的人物吧?"坐在对面的博士举出实例作为比较。

"没错!易卜生的戏剧里也有像野野宫的实验一样的人为装置,但在那种装置下,剧中人物是否像光线那样遵循自然法则,就很难说了。"身穿条纹外套的评论家说。

"或许是吧,我认为大家研究人类的行为时,应该牢记这一点……也就是说,在某种状况下,人类就有能力与权利从事反向的行动，这是我的看法……但是大家有一种奇怪的习性，总以为人类会跟光线一样，遵照机器法则产生反应，因而经常遭遇挫折。譬如有时想让某人生气，对方却捧腹大笑；有时想让他发笑，他却震怒，结果都跟自己预期的完全相反。其实不论结果如何，这些反应都是人类可能出现的行为呀。"广田老师的发言又把讨论的范围扩大了。

"如此说来，一个人在某种状况下，不论他如何表现，都是很自然的啰？"坐在对面的小说家提出疑问。

"是的，是的。任何一个角色，不论你如何描写，好像都能在这世界上找到一个那样的人，不是吗？"广田老师答道，"我们都是真实的人类，人做不出来的行为，我们是无法想象的。一般人认为小说里的角色没有人性，那都是因为小说家乱写吧？"

小说家听了老师的回答，闭嘴不再发言，但是博士还有话说。

"物理学者向来就是自然派呢。譬如伽利略，他发现寺院的吊灯发生振动时，不论振幅多大，来回振动一次的时间都是一样的；还有牛顿，也因为苹果而发现了地心引力。"

"这种也叫自然派的话，那文学界就有很多呀。原口先生，绘画界也有自然派吧？"野野宫问道。

"有啊。有个叫作库尔贝[1]的家伙才恐怖呢。他坚持追求'真正

---

1 库尔贝（一八一九——一八七七）：法国著名画家，十九世纪现实主义画派的创始人，他主张艺术应以现实为依据，反对粉饰生活，他的名言是："我不会画天使，因为我从来没见过他们。"

的真实'，不管画什么，都得是真实的东西才行。不过他这派的势力并不大，只是诸多画派中获得认可的一派而已。哦！若非如此，倒也叫人为难。小说界应该也一样吧？不是也有莫罗[1]和夏凡纳[2]之类的人物？"

"有的。"坐在一旁的小说家答道。

聚餐结束后，不再有人发表即兴演说，也没有其他活动，只有原口先生一直在抱怨九段上的铜像[3]。他认为到处乱建那种铜像，等于给东京市民找麻烦，还不如建一座漂亮的艺伎铜像，反而比较受人欢迎呢。与次郎转头告诉三四郎："九段上那座铜像是原口先生的死对头做的。"

散会后，三四郎走出会场，发现户外的月色很美。与次郎问三四郎："今晚广田先生能给庄司博士留下好印象吗？""应该能吧。"三四郎答道。与次郎走到公共水龙头旁停下脚步说，今年夏天的某个晚上，他散步到这儿，因为天气实在太热，就在这儿用冷水淋浴，没想到竟差点被巡警逮住，结果他只好一路逃上擂钵山[4]。说完，他拉着三四郎一起登上擂钵山，两人欣赏了月色之后才踏上归途。

---

1 莫罗（一八二六——一八九八）：法国象征主义画家。
2 夏凡纳（一八二四——一八九八）：十九世纪法国画家，对其他许多艺术家产生影响。
3 九段上的铜像："九段上"是地名。这里的铜像指"靖国神社"的大村益次郎铜像。铜像制作者是大熊氏广作。
4 擂钵山：上野公园里的天神山的俗称。

回家的路上，与次郎突然说起他向三四郎借钱的理由。这天晚上月光分外明亮，气温却比较寒冷。其实三四郎从没想过那笔钱的事，他甚至也不想听与次郎解释，反正与次郎是不会还那笔钱的。与次郎说了半天，绝口不提还钱，只是絮絮叨叨说了一大堆无法还钱的借口。三四郎听着，觉得他说的那些比喻非常有趣。与次郎说他有个朋友，因为失恋了，觉得了无生趣，决定要去自杀，但他不愿跳海，也拒绝跳河，更不肯跳火山口，上吊也是千百个不情愿，最后没办法，只好买了把手枪。手枪买来之后，还没派上用场，却有朋友来向他借钱。那个人拒绝了朋友的要求，因为他自己也没钱，然而对方不肯死心，再三请求，那个人无奈之下，只好把宝贵的手枪借给朋友。朋友把枪拿去典当，解了燃眉之急，后来手头又有了钱，便赎出手枪还给那个人，但这时故事的主角，也就是手枪的主人，已经不想自杀了。所以说，那个人的命等于是借钱的朋友救的。

"这种事情也是可能发生的。"与次郎说。三四郎只觉得非常滑稽。但除了滑稽之外，这故事毫无意义。他抬起头，望着高空的月亮大笑起来。就算与次郎不还钱，他也觉得很愉快。

"不准笑！"与次郎警告他。三四郎觉得更好笑了。

"不要笑！你仔细想想，就是因为我没还钱，你才能从美祢子那儿借到钱吧？"三四郎笑不下去了。

"所以呢？"

"这样就够了，不是吗？你不是很喜欢那女人？"

原来与次郎心中相当清楚。"哼！"三四郎哼完，又抬头仰望天空，月亮的旁边已飘来几片白云。

"你已经把钱还给那女人了？"

"没有。"

"你就永远别还了。"与次郎说得真轻松。三四郎没有答话。他当然不打算永远不还那笔钱。其实借到钱之后，他本想付完必要的二十元房租之后，第二天立刻把剩下的十元送还里见家，但又觉得，那么快送回去，似乎辜负了美祢子的好意，这样也不太好。想到这儿，他改变了心意，转身走回家，白白放弃了登门拜访的好机会。当时也不知被什么鬼迷了心窍，手头一松，就把剩下的十元花散了。老实说，今晚的会费就是从那十元里掏出来的，不仅付了自己的会费，连与次郎的那份也是从那十元里出的。折腾了半天，现在手边只剩下两三元，三四郎还打算用这钱去买件冬季的衬衣。

他原本就料到与次郎还不了那笔钱，所以他早已写信回家，请家里寄来手边尚缺的三十元。但因为家里每个月都寄来足够的学费，现在总不能说钱不够花，叫家里再寄点钱。三四郎不是个会说谎的人，为了向家里要钱，他想来想去，想不出一个适当的理由。最后只好写信回家说，有个朋友弄丢了钱，着急得不得了，自己在旁边看着很同情，就把钱借给了朋友，但如此一来，自己却没钱了，所以请家里再寄些来。

　　如果家里立刻回信的话，钱应该早就到了，他却一直没收到。说不定今晚就能寄到吧，他想。回到宿舍，果然看到桌上端端正正地放着一封信，信封上是母亲的笔迹，奇怪的是，每次母亲必定是寄来挂号信，今天的信封上却只贴了一张三钱的邮票。打开信封，母亲的信写得异常简短，而且跟她平日的语调相比，显得非常冷淡，只写了几句话。内容只是告诉三四郎，他需要的钱已经寄到野野宫先生那儿去了，要他自己到野野宫家去拿。看完了信，三四郎便铺床睡觉。

　　第二天和第三天，三四郎都没到野野宫那儿去。野野宫也没跟他联络。时间过得很快，眨眼之间，一星期就过去了。野野宫终于派他寄宿家庭的女佣送来一封信。信里写道："令堂有事托我转告，请到我这儿来一趟。"三四郎趁着下课休息时间，再度走进了理科大学的地窖。他原想站着说几句话，就告辞离去，没料到事情却没那么简单。上次夏天拜访野野宫的时候，那间地窖还是他一个人专用，现在却多出两三个脸上留胡须的男人，另外还有几个穿着制服的学生。众人正热心专注地忙着做研究，完全不管头顶上那个充满阳光的世界。在那群人当中，尤以野野宫显得特别忙碌。他一眼看到三四郎的脑袋从门口伸进来，便一言不发地走了过去。

　　"家乡寄钱来了，所以才叫你来一趟。可是我现在没带在身上，而且我还有点事想跟你谈。"

"哦!"三四郎应了一声,接着又问,"那今晚有空吗?"野野宫思考片刻,最后毅然答道:"没问题。"

两人约好之后,三四郎又从地窖走回地面,他一面走一面感到佩服。毕竟是研究理科的,真有耐性!他想。夏天时看到的那个福神渍酱菜罐头和望远镜,都跟上次一样放在原处。

到了下一堂课的时候,三四郎碰到与次郎,便说了一遍刚才的事情。与次郎看着他,只差没开口骂他傻瓜。

"所以我不是告诉你,永远都不要还钱吗?你真是干了多余的蠢事,不但害得家里长辈操心,还得听宗八先生教训。天下再也没有比这更蠢的事了。"听与次郎的语气,好像根本不觉得这事跟他有关,三四郎也忘了这件事其实是因与次郎而起的,所以他的回答也没牵扯上与次郎。

"我不喜欢一直欠着钱不还,所以告诉家里了。"

"你不喜欢,可是人家喜欢呀。"

"为什么?"

这句"为什么",连三四郎自己听起来都觉得有点虚伪。与次郎却好像完全没注意到这一点。

"这不是当然的吗?如果换成是我,也是一样啊。假设我手里有点闲钱好了,与其叫你还钱,我觉得不如借给你比较开心,人哪,只要不影响到自己，都喜欢尽量对别人好一点。"

三四郎开始听讲写笔记，没再理会与次郎。才写了几行，与次郎又附在他耳朵旁边说："我啊，手里有点钱的时候，也常借钱给人呢，但绝不会有人还钱。正因为这样，你看我现在多快乐。"

三四郎连"真的""是吗"都懒得跟他说，只露出一丝浅笑，继续挥动钢笔写笔记。与次郎也终于安静下来，直到下课都没再跟他说话。

下课的钟声响起，两人并肩走出教室。与次郎突然问道："那女人对你有意思？"

这时，其他听课的学生从两人身后陆续走出教室，三四郎只得沉默着走下楼梯，再从楼梯旁的玄关走出校舍，来到图书馆旁边的空地之后，才回头对与次郎说："我也不太清楚。"与次郎盯着三四郎看了半天。

"弄不清也是有可能的。不过就算明白了她的心意，你能做她丈夫吗？"这问题是三四郎从来没想过的。他一直以为，"被美祢子爱上"似乎就是当美祢子丈夫的唯一条件，但现在经与次郎一问，他又觉得这种想法好像不对。三四郎歪着头陷入沉思。

"如果是野野宫的话，就有可能做她丈夫。"与次郎说。

"野野宫跟她，以前他们俩有过什么吗？"三四郎问得非常认真，脸上肌肉僵硬得像雕像似的。与次郎只答了一句："不知道。"

三四郎闭嘴不再说话。

"好吧，你到野野宫那里去听训吧。"与次郎抛下这句话，便掉头朝着水池的方向奔去。三四郎像一块呆板的广告招牌，痴痴地站在原处。与次郎向前跑了五六步，又笑着跑回来。

"喂！你干脆娶良子好了！"与次郎一面说，一面拉着三四郎往水池走去，还连说了两遍："这样比较好。这样比较好。"不一会儿，上课的钟声又响了。

这天的黄昏，三四郎前往野野宫家，因为时间还早，便慢慢踱着步，先走到四丁目，踏进一家专卖外国货的商店，打算买一件衬衣。小伙计从店内搬了一大堆货品出来让他挑选，三四郎左挑右选，一下摸摸料子，一下又摊开看看，始终无法做出决定。三四郎正在左右为难，脸上却露出趾高气扬的表情，就在这时，美祢子跟良子一起走进店里来买香水。"哎呀！"美祢子嚷了一声，向三四郎打了招呼。

"上次多谢你了。"美祢子接着向他道谢。三四郎一听就明白这声"多谢"的含义。上次向她借钱后，本想第二天再去她家一趟，把多余的十元还给她，但后来仔细想想，又打消了主意。等了两天之后，三四郎写了一封热情洋溢的谢函寄给美祢子。

信里的文句直接表达了写信人下笔时的心情，不过三四郎当然写得很夸张。他把自己能想到的词全都层层排列出来，热烈地表达自己的谢意。那种冒着蒸汽似的热情劲，如果普通人看到的话，大概不会觉得那是一封感谢借钱的谢函。然而，整封信里除了感谢之外，并没多说什么。也因为如此，读完这封信之后，自然能够体会出那份远超出普通谢意的感谢。三四郎将信投进邮筒时，心中预料美祢子一定会立刻回信，谁知这封好不容易才写出来的信，寄出之后，就再也没有消息了。而从寄出那天到现在，他也一直没有机会碰到美祢子。现在听到她那声微弱的"上次多谢你了"，三四郎简直不敢大声接腔。他两手拿着大号衬衣摊在眼前打量，心中暗自纳闷，或许因为良子也在面前，才对我那么冷淡？三四郎接着又想到，如此说来，这件衬衣也要用她的钱买呢。这时，伙计在旁边催着他问："究竟要买哪一件？"

两个女人笑嘻嘻地走到三四郎身边，帮他挑选衬衣。选了半天，良子说："就这件吧。"三四郎便照她的意思买下那件衬衣。接着，两个女人要求三四郎帮她们选香水，但他对这种东西一窍不通，随手抓起一个写着"香水草"¹的瓶子问道："这个怎么样？""那就买这个吧。"美祢子立刻点头同意了。这下倒让三四郎觉得对她有

1　香水草（heliotrope）：紫草科植物，开紫色与白色小花，日文叫作"香水草"，也叫"洋茉莉"，法文的别名为"恋爱之花"，能散发强烈的香草气味。"香水草"（Heliotrope Blanc）也是法国制造的香水名称，明治二十五年（一八九二年）开始在法国出售，也是日本最早进口的香水。明治维新之前，日本只有线香之类的固体香料，随着"香水草"的输入，日本人才开始使用液体香料。

点抱歉。

三人从商店门口走出来正准备道别，两个女人开始互相行礼。"那我走啦。"良子说。"快去吧……"美祢子说。三四郎在一旁听了半天，才听懂她们说些什么。原来是良子要到哥哥的住处探望他。三四郎想，看来今晚又是一个跟美女并肩走向追分的良宵啊。只不过，这时太阳还没有完全沉下去。

三四郎并不在意跟良子一起拜访野野宫，但要和她待在野野宫的宿舍，却令他为难。他甚至还想，干脆今晚先回家吧，另外找天再登门拜访好了。但又转念一想，如果像与次郎说的，是要听野野宫训话，说不定趁着良子也在场比较好。野野宫总不会在旁人面前不留情面地说"你母亲要我教训你"之类的吧。要是运气不错的话，说不定拿到钱就没事了呢……三四郎左思右想，在心底得出取巧的结论。

"我正好也要到野野宫那儿去。"

"是吗？去玩吗？"

"不是，找他有点事。你是去玩吗？"

"不，我也有点事。"

两人问了同样的问题，也得到相同的答复。但彼此的脸上都没有不愿意的表情。三四郎为求慎重，又问了一遍："会不会打扰你们？""完全不会啊！"良子说。她不仅嘴里否定了三四郎的疑问，脸上更露出讶异的表情，似乎在说："你干吗问这种问题？"站在店外的瓦斯路灯下，三四郎认为自己借着灯光看到了女人黑眸里的惊讶。但其实他看到的，只是一双乌黑的大眼睛而已。

"小提琴已经买好了？"

"你怎么知道？"

三四郎一时不知如何回答，女人却毫不在意，紧接着说："哥哥虽说要买给我，但只有嘴上说说，一直不肯给我买。"听了这话，三四郎觉得这不能怪野野宫，也不是广田老师的错，最该受到谴责的应该是与次郎。

两人从追分的马路拐进一条狭窄的小巷。一走进巷里，看到路边并列无数住户，家家户户的门灯将黑暗的小巷照得十分明亮。两人走到一盏门灯前停下脚步。野野宫的家就在这后面。

这里距离三四郎的住处只有一百多米。自从野野宫搬来之后，三四郎曾造访过几次。野野宫的房间在一条很宽的走廊尽头，只要登上两级阶梯，就可看到左手边有两个僻静又独立的房间，野野宫就住在这里。房间的窗户朝南，邻家宽敞的庭院刚好就在回廊下方，不论白天晚上，四周环境都很幽静。第一次看到野野宫窝在这间远离尘嚣的静室时，三四郎心想，怪不得啊！如此看来，他当初退掉房子搬到这儿来，倒也不是个坏主意。首次来访时，三四郎就觉得这里住起来一定很舒服，他甚至对野野宫生出几分羡慕。记得野野宫当时还走下楼梯，站在走廊上望着屋檐说："你瞧！是稻草屋顶哦。"三四郎一看，果然，屋顶上铺的不是瓦片，而是极为稀罕的稻草。

今天是夜间来访，当然就看不见屋顶了，不过屋里亮着电灯。三四郎一看到电灯，立刻想起稻草屋顶，不禁感到好笑。

"两位稀客碰到一块儿了。在门口遇到的？"野野宫向他妹妹问道。妹妹便将经过如实地禀报一遍，顺便劝她哥哥："你也买件跟三四郎一样的衬衣吧。"接着又说："上次那把小提琴是日本做的，音色太糟，根本不能用。现在既然拖了那么久，干脆买把好一点的给我吧。至少也要跟美祢子小姐那把一样才行。"说着，还向哥哥要求买这买那，撒了半天的娇。野野宫脸上没露出拒绝的表情，但也没立刻答应，只是不断"嗯、嗯"地随声附和，听着良子诉说。

兄妹俩交谈的时候，三四郎待在一旁没说话。良子絮絮叨叨尽说些不相干的事，一点也没有回避三四郎。而三四郎在旁边听着，也不认为她傻气或任性，反而觉得听他们兄妹聊天是一件很愉快的事，好像自己到了阳光普照的广阔原野上。他甚至连自己是来听训的这件事都忘了。正在专心听着，良子的话却让三四郎吃了一惊。

"啊，我倒忘了，美祢子小姐叫我带话给你呢。"

"是吗？"

"你很高兴吧？不高兴吗？"

野野宫露出腼腆的表情，转眼望向三四郎。

"我妹妹真像个傻瓜。"他说。三四郎无奈地笑了。

"我才不是傻瓜呢。小川先生，对吧？"

三四郎又笑了，但他心底已对"笑"感到厌烦。

"美祢子小姐说，想请哥哥带她去看'文艺协会[1]'的表演。"

"她可以跟里见先生一起去呀。"

"听说他有事呢。"

"你也要去吗？"

"当然啦。"

野野宫没说要去，也没说不去，转眼看着三四郎说："今晚叫妹妹过来，是有事要跟她说，谁知她倒悠闲，真拿她没办法。"三四郎忙问："有什么事呢？"野野宫不愧是学者，说起话来表现得特别冷静。他说，有人要帮良子安排相亲，他已向家里的双亲报告，父母也都同意了，现在必须确认良子的想法。三四郎只答了一句："那很好啊。"他想尽快办完自己的事，立即告辞回家。

"听说家母给您添麻烦了。"三四郎主动提起自己的事。

"哪里，也没什么麻烦啦。"野野宫说完马上拉开抽屉，拿出预存在他这儿的东西，交给三四郎。

---

1 文艺协会：明治三十九年（一九〇六年），以大隈重信为主，坪内逍遥、岛村抱月等人创立的组织，以"改善文学、美术、戏剧等活动"为目标，也是日本第一个戏剧团体，大正二年（一九一三年）解散。

"令堂很担心你，写了一封长信给我，信上说你为了不得已的理由，把家里每月寄来的生活费借给朋友。令堂还说，就算是朋友，也不能随便借钱给人家呀！就算是借了，也应该还钱才对。乡下人都很正直，令堂会这么想，也是当然的。还有呢，令堂又说，三四郎借钱给别人，也借得太大方了。自己还是每个月要靠父母寄钱的学生，一出手就借给别人二十元、三十元，难道为了救人，就连自己也不顾了……我读到这儿，觉得好像自己也有责任，所以很为难啊。"

　　说到这儿，野野宫看着三四郎，嘻嘻地笑起来。三四郎满脸认真地说了一句"害您受委屈了"。野野宫看来也不想责备年轻人，换了语气又说："没关系，不用担心。这也不算什么。不过令堂用乡下的金钱价值来计算，三十元就是一笔大钱了。她信里还说，有这三十元的话，可以供四个人的家庭吃上半年饱饭呢。你说，这是真的吗？"野野宫问道。良子高声大笑起来。三四郎也觉得这话很可笑，但又想到，母亲说的都是实话，不是凭空捏造，这时他才发现自己做事太草率，心中不免后悔起来。

　　"如此说来，每个月的生活费是五元，平均每人花费一元二十五钱，再用三十天来除的话，每天只有四钱……就算是在乡下，这数字好像也太少了。"野野宫一边计算一边说。

　　"用这么一点钱，到底吃些什么才能活下去？"良子很严肃地问道。三四郎也顾不上后悔，马上把自己知道的农村生活向兄妹俩绘声绘影描述了一番。据说他们村子有一种风俗叫作"宫笼[1]"，三四郎家每年都要向村中捐出十块钱。然后由六十户人家各派出一人，总共六十人，这些人都不必干活儿，只需从早到晚聚在村子的神社里大吃大喝就行了。

"就那样把十块钱花掉？"良子惊讶地问。话说到这儿，三四郎听训的事好像也就不了了之了。三人又闲聊了一会儿，最后野野宫言归正传说道："总而言之，我是受令堂之托，她让我先问清楚事情，如果我觉得没问题，就把钱交给你。还叫我花点工夫，将事情经过都向她报告一遍。要是我现在一句也不问，就给了你钱……你说我怎么办才好呢？你是真的借钱给佐佐木了吧？"

听到这儿，三四郎判断这事肯定是美祢子告诉了良子，然后才传到野野宫的耳里。不过这绕来绕去，最后又跟小提琴扯上了关系，但这对兄妹却没发现这件事。三四郎心底生出一种奇异的感觉，他没有多说什么，只答了一句"是的"。

"听说佐佐木是因为买马票，才花光了自己的钱。"

"嗯。"良子又大声笑起来。

"那我就大概地向令堂报告一下，但你以后最好不要再借那么

---

1 宫笼：百姓为求神明保佑，住进神社一段日子，每日向神明祈祷。

多钱给别人了。"三四郎允诺以后不再借钱给人，便向主人告辞。刚站起身来，良子说她也要回去了。

"我们还得谈刚才的事呢。"哥哥提醒她。

"算了啦。"妹妹表示拒绝。

"怎么能算了。"

"算了啦。我不管了。"

哥哥看着妹妹的脸不再说话。妹妹又说："可是你叫我怎么办？又不是认识的人，问我要不要嫁过去，喜欢也好，讨厌也好，我完全没感觉，也不知道该说什么。所以说，我不管了。"

三四郎这才听懂"不管了"的真意。但他没再多说什么，撇下兄妹两人，匆匆走出门。

路上看不到行人，窄巷里只有附近住户的门灯放出光芒。三四郎穿过小巷，走上大路，阵阵夜风不断吹来。等到他转身向北面走去，强风开始毫不留情地打在脸上，偶尔还从他住处的方向刮来一阵狂风。三四郎这时突然想到：外面吹着这么大的风，野野宫会送他妹妹回里见家吧？

回到住处之后，三四郎上了二楼，走进自己的房间坐下来，狂风的呼啸仍然不断从窗外传来。每当他听到这种风声，脑中总会联想起"命运"两个字。强风轰然吹来的瞬间，他就忍不住全身发抖。三四郎从不认为自己是个坚强的男人。现在回想起来，自从来到东京之后，三四郎的命运差不多全掌握在与次郎手里，而且是在一种愉快的气氛中不断被他捉弄。与次郎是个可爱的淘气鬼，他觉得自己今后的命运，仍会一直被这可爱的淘气鬼捏在手中。户外的狂风丝毫不肯停歇，这阵风确实比与次郎厉害多了。

三四郎把母亲寄来的三十元放在枕下。老实说，这三十元也是因为自己的命运受人捉弄才冒出来的。今后这笔钱将会扮演什么角色呢？三四郎心中完全没有概念。但他知道，自己拿这笔钱去还给美祢子的时候，她肯定又会对自己刮一阵风。而他期待这阵风最好刮得猛烈一点。

不一会儿，三四郎陷入了沉睡。他睡得非常熟，熟得连命运和与次郎都拿他没办法。又过了不知多久，火警的钟声响起，三四郎被吵醒了，他听到外面传来嘈杂的人声。自从来到东京之后，这是他遇到的第二场火警。他在睡衣外面披上外套，打开窗户。风势已经减弱，呼啸不已的寒风里，对面的两层楼房看起来黑漆漆的。楼房背后的天空则是一片鲜红，映得楼房像个大黑影。

三四郎忍着寒冷眺望那片红光，看了好一会儿，脑中同时出现了"命运"，这两个字也被火光映得红通通的。不久，他又钻回热烘烘的棉被，把那些正在红光闪耀的命运中来回奔忙的人抛到了脑后。

黑夜过去了，第二天一早，三四郎又跟平日一样，穿上制服，抱着笔记本去上学。但他没有忘记把那三十元揣在怀里。可惜这天的课程排得太紧，直到下午三点之前都不得空闲。要是拖到三点以后，良子就放学了，大概就会回家。如果运气不好，说不定那个叫里见恭助的哥哥也会在家呢。三四郎想，如果有外人在场，恐怕就不能提还钱的事了。

与次郎在学校看到三四郎，又向他问道："昨晚被训话了吧？"

"没有。算不上训话。"

"我就说吧。野野宫先生是个很体谅别人的人嘛。"说完，与次郎就走开了。两小时之后，两人又在课堂上碰到了。

"广田老师的事似乎进行得很顺利。"与次郎说。三四郎忙问："进行到什么阶段了？"

"哦，你不用操心。反正以后再慢慢跟你说。老师说你很久没去探望他，问你怎么了。你最好经常去看看他。因为老师独身一人嘛，我们得经常给他抚慰才对。你下次来的时候，要买点礼物哟。"与次郎交代完这些，一眨眼就不见了。等到下一堂课的时间，与次郎又出现在三四郎面前。这堂课上到一半的时候，与次郎突然想起什么似的，拿出一张白纸，在上面写了一句电报用语似的文字："钱收到否。"写完，把字条传过来。三四郎虽想回信，但一转眼看到老师正紧盯着自己，只好把白纸揉成一团，丢到脚边。好不容易等到下课，三四郎才有机会回答与次郎的问题。

"钱收到了，就在我身上。"

"是吗？那就好。你要还她吗？"

"当然要还啦。"

"也好。那就早点还吧。"

"今天就要去还。"

"嗯，下午稍晚一点的话，她大概会在家。"

"下午要出门吗？"

"应该会出门。每天都去当模特儿呢。应该已经画得差不多了吧。"

"到原口先生那儿去？"

"嗯。"说到这儿，三四郎又从与次郎嘴里问到了原口先生的地址。

十

　　听说广田老师病了，三四郎立刻前去探望。一进门，发现玄关放着一双鞋。大概是医生吧？他一面猜测，一面像平日一样绕到后门，却没看到半个人影。三四郎缩头缩脑地爬上玄关，走进起居室，忽然听到客厅里有人正在说话，只好暂停脚步。他手里提着大包袱，里面装了满满一大包樽柿。因为上次与次郎叮嘱过，叫他下次来老师家的时候，别忘了买点礼物，所以今天特地在追分路旁买了这包柿子。不一会儿，客厅里突然传出一阵乒乒乓乓的声音，好像有人正在比武。里面肯定打起来了！一想到这儿，三四郎立即拉开纸门，脑袋从那三十厘米宽的门缝里探进去。只见广田老师被一名身穿褐色和服长裤的巨汉压在地上。老师奋力抬起匍匐在榻榻米上的脸，一眼看到三四郎，便笑嘻嘻地说："哎呀！你来了。"

　　压在老师身上的男人只稍微回头看了一眼。

"老师，失礼了，请您爬起来看看。"男人说。看那情景，男人似乎先反剪了老师的双手，再用自己的膝头压住老师的肘关节。老师从下面答道："我可是真的爬不起来。"男人这才松开手，起身整理长裤的褶痕，然后重新坐下。三四郎仔细打量对方，发现他长得十分端正，气质非凡。老师也立刻从地上爬了起来。

"原来是这么回事。"老师说。

"使用这个招式，如果对方勉强反抗的话，手臂就有可能折断。很危险的。"听到这儿，三四郎才明白这两人刚刚在做什么。

"听说您生病了，现在好些了吗？"

"哦，已经好了。"

三四郎打开包袱，把里面的东西摊在两人面前。

"我买来一些柿子。"

广田老师到书房拿了小刀过来。三四郎也从厨房拿来菜刀，三个人便一块儿吃起柿子。老师一边吃，一边不断和那陌生男人谈论地方城市的中学问题。说什么教师的生活十分艰难，学校人事纠纷甚多，现在当老师的都没法在同一所学校待得很久，又说到教师除了教书之外，还得兼任柔术[1]教练。听说有位老师买木屐只买下面的鞋板，每次夹脚的鞋绳断了，就自己动手更换，一直换到无法使用

---

[1] 柔术：日本传统武术之一，中心精神是避开对方的攻击力量，转化为制伏敌人的技术。现代的柔道和合气道都是从柔术演变而来的。

为止。更有一位老师辞职之后，很难找到新工作，只好暂时将妻子送回娘家……两人絮絮叨叨地聊着，像有说不完的烦恼。

三四郎吐着柿子核，偷偷打量对方的脸，心里很不是滋味，他觉得自己跟眼前这男人根本就是完全不同的人种。男人在言谈中不断表示"真想再过一次学生生活"，还说"天下再也没有比当学生更快乐的日子"。三四郎每听他说一遍这种话，心里便隐约生出疑问："难道我只有这两三年的好日子可活了？"想到这儿，心情便极为沮丧，就跟上次和与次郎一起吃荞麦面时的感觉一样。

这时，广田老师再度起身走向书房，回来时手里拿着一本书，红中带黑的封面，书页上下两端都有很多灰尘，看起来很脏。

"这是上次聊天时提到的《壶葬论》[1]，你要是觉得无聊，就先读一读这本书吧。"

三四郎向老师道谢后，接过书本。

书页里的句子立刻跃入眼帘："寂寞罂粟花，朵朵频纷飞，怀念故人情，莫问是否值万年。"老师看他在读书，便放心地继续跟教柔术的学士聊天……只听广田老师说："我们听了中学教师的生活情形，好像以为大家都很同情教师，但其实只有教师觉得自己可怜。为什么呢？因为现代人虽然重视事实，却总是忽视伴随事实而产生

---

1 《壶葬论》（*Hydriotaphia, Urn Burial*）：英国医师兼作家托马斯·布朗（一六〇五—一六八二）的著作，内容以独特的生死观而著名。

的情绪。世态炎凉嘛，大家不得不把感情摆在一边，这也是无可奈何的事。这种现象只要看看报纸，就能找到证据。社会版的新闻里，大约九成都是悲剧。但我们读这些故事时，只将它们看作事实的报道，而没有闲工夫当成悲剧慢慢品味。"广田老师接着又以他订阅的报纸举例说明，譬如有个专栏的题目叫作《死亡十几人》，这个专栏每天发布各地发现的死者的年龄、户籍、死因等，都用六号铅字一行一行印出来，写得极为简单明了。另外还有一个专栏叫作《小偷一览》，什么样的小偷现在潜入什么地区，全都集中印在这个专栏里。这种新闻真是便利至极啊！我们对于世间万事，都要用这种心态来想才对。辞职这件事也一样，提出辞呈的人或许觉得这是自己的悲剧，但你得做好心理准备，别人对这种事不会产生深切的感受。所以说，推行运动时最好也抱着这种心态。

"但是像老师这么有余裕的人，倒是可以深切体会一下别人的悲剧啊。"教柔术的男人一本正经地说。听了这话，广田老师和三四郎都笑了，男人说完话，也跟着他们一块儿笑起来。三四郎看那人一直没有告辞的意思，便向老师借了刚才那本书，从后门走了出去。

"眠于不朽之墓，活在事迹之中，留下万世英名，任随沧桑变化，永远存于后世。以上诸项，皆为世人自古之凤愿。当此愿望实现之际，吾人即如登上天堂。但以真正信仰教义来看，此种愿望与追求皆是虚无缥缈。所谓活着，即重返本我。而重返本我，则心无所愿，意无所念。正如虔诚信徒能够视死如归，理所当然地长眠于圣徒英诺森[1]之墓穴，或埋葬在埃及沙漠之中。吾人如观永恒不变的己身而感喜悦，则六尺窄地与哈德良[2]神庙之间便无差异。但求一切顺其自然已。"

　　这是《壶葬论》最后一节的文字，三四郎向白山漫步，沿路阅读这段内容。据广田老师说，本书的作者是极为有名的大作家，而这又是他的作品当中最有名的著作。老师说这话时，还特别笑着向三四郎解释，这可不是我说的哦。原来如此，三四郎想，念了半天，完全不懂这本书为什么有名。他只觉得文句不通，用字别扭，文辞艰涩，读这本书就像参观一座古庙似的。如果用脚程来计算，三四郎光是读完这一节，就已走了三四百米，却完全看不懂写了些什么。

　　他从这段文字中感到一种寂寥，好像奈良大佛的寺钟敲响之后，微弱的余韵飘到身在东京的自己耳中。与其说这篇文章令他悟出某些意义，倒不如说是这些意义形成的气氛令他喜爱。三四郎从没深切地思考过生死问题。对于这种问题，他那满腔的青春热血实在火热得不适于冷静深思，只因眼前有一场大火正在熊熊燃烧，火势大到几乎烧掉他的眉毛。这才是三四郎真正的感觉。想到这儿，三四郎连忙朝曙町的原口家走去。

1　圣徒英诺森：历代罗马教皇当中，共有十三人跟圣徒英诺森同名，这里应是指提高教皇权威的英诺森三世（一一六〇—一二一六），在位时间为一一九八年至一二一六年。

2　哈德良（七十六—一三八）：古罗马帝国的皇帝，在位时间从一一七年至一三八年。曾设计兴建维纳斯罗马神庙，亦即本文所说的"哈德良神庙"。

就在这时，远处来了一支幼儿的送葬队伍。只有两个身穿和服外套的男人伴着灵柩。小小的棺材用纯白棉布包裹着，旁边系着美丽的风车，不断随风旋转。风车的扇翼涂着五种颜色，旋转起来却变成了一个颜色。雪白的棺木拽着来回摇曳的风车，从三四郎面前走过。好美的葬礼啊！三四郎想。

他对别人的文章或别人的葬礼，都是以旁观者的心态看着，但如果有人现在走到身边提醒他"你也用旁观者的心态来看美祢子吧"，三四郎肯定会大吃一惊。他眼睛的结构已经发生了变化，根本就无法旁观美祢子。更重要的是，他看美祢子的时候，完全没有意识到什么旁观不旁观。眼前的事实就是：他人之死给他带来美好安宁的感觉，而活着的美祢子却让他在享受甜美的同时，也尝到某种苦闷的滋味。三四郎正在拼命地勇往直前，因为他想赶走这种苦闷，他以为只要努力向前，苦闷就会消失。他做梦也没想过，自己可以为了解除苦闷而后退一步。这种道理，三四郎完全不懂。所以他现在只是站得远远的，看着虚有其表的送葬队伍，并在一米之外的地点对那早夭的幼儿产生怜悯。然而葬礼中原本应该引人悲哀的部分，他却愉快地欣赏，甚至还觉得很美。

三四郎拐上通往曙町的道路，前方有棵很大的松树。原口先生曾告诉他，只要朝着松树前进就行了。三四郎走到那棵松树下，树旁的人家却不姓原口。他看向道路对面，那儿也有一棵松树，再往前方望去，也看到了松树。整条路上种着许多松树。真是个好地方！三四郎想。他走过这些松树，向左转，面前出现一道树墙，还有一扇漂亮的大门，门上的名牌果然写着"原口"。名牌是用黑色木板做的，木头的花纹十分细致，上面用绿油漆写着神气的字体，笔画非常讲究，看不出究竟是字还是图案。大门通往玄关这段路倒是空荡荡的，什么也没种，两旁只铺着草坪。

玄关放着美袮子的草履，左右两边夹脚的鞋绳颜色不一样，所以三四郎记得很清楚。一名帮佣的小女孩走上前来对三四郎说："他们正在工作，请进来等吧。"三四郎便跟着女孩走进画室。房间呈细长形，南北长，东西短，非常宽敞，地上堆着一些乱七八糟的物品，颇像画家的房间。进门处的一角铺着一块地毯，但面积跟房间的大小完全不成比例，看起来一点也不像地毯，而像一块花色漂亮的编织物被随手扔在地上。房间的对面尽头还铺了一大块虎皮，也跟地毯一样随意地扔在那儿，完全看不出是为了让人跪坐而铺设的。虎皮就在那跟地毯一点也不协调的位置上，拖着长长的老虎尾巴。画室里还有个大水瓮，像是用沙石烧制而成。瓮里插着两支箭，灰色的箭羽之间镶着金箔，闪出耀眼的光芒。大水瓮的旁边有一副盔甲，大概就是所谓的卯花缄[1]吧。房间对面的角落里，有个东西正在闪闪

---

1 卯花缄："缄"是将玉片或石片串成盔甲所用的皮线或草线，原本写作"威"。因卯花是白色的，"卯花缄"是指全部用白色石片或白黄两色石片串成的盔甲。

发光。仔细望去，那是一件紫色窄袖和服，下摆周围全是金线刺绣的花纹。一根吊挂帷幕的绳索贯穿两个袖管之间，窄袖和服挂在绳上，看起来就像一件晾晒的衣物。和服的袖幅很短，袖口下方裁成圆形。这就是所谓的元禄袖[1]吧？三四郎想，就连他也能看出这件和服的与众不同。除了这些杂七杂八的东西，屋里还堆着大量作品，墙上挂着大大小小各种绘画，总数加起来也挺可观的。另外还有很多尚未裱框的半完成作品，全都叠起来卷成一束，纸张的边缘因为没有卷紧，而显得有点参差不齐。

那张正在进行的肖像画，就混在眼前这堆色彩缤纷的杂物当中，那个正在被画进画布的人，则手举团扇半遮面地站在房间的正对面。正在作画的男人手里捧着调色盘，"忽"的一下转过浑圆的背脊，他的嘴里含着一支粗大的烟斗，眼睛望向三四郎。

"你来啦。"男人说完取下烟斗，放在小圆桌上。桌上还有火柴和烟灰缸，旁边也有椅子。

"请坐吧……这就是那张画。"男人说着，视线转向完成了一半的画布。这幅画高度足有一百八十厘米。

"果然很大啊！"三四郎发出赞叹。但原口先生却像完全没听

---

1 元禄袖："元禄"是江户中期的年号，时间约为一六八八年至一七〇四年。当时流行的和服袖幅较窄，袖袂较短，且袖口下端不是直角而是圆形。这种和服在明治三十八年（一九〇五年）再度流行过。

到似的。

"嗯，很不错。"画家自言自语着，开始为画中人物的头发与背景之间的部分着色。三四郎这时才终于抬眼望向美祢子。女人雪白的牙齿则在团扇的阴影里闪现了几秒。

接下来的两三分钟，室内一片寂静。火炉正在燃烧，房里非常暖和。今天户外的天气也不太冷，风完全停了。冬日的照耀下，干枯的树木全都无声地伫立路旁。刚才被领进画室的瞬间，三四郎感觉自己好像走进霞霭当中。他的手肘搁在小圆桌上，肆无忌惮地沉醉在胜过夜晚的宁静里。美祢子也在这片宁静当中，她的身影正在逐渐成形。房间里，只有胖画家的画笔在舞动。但那画笔只是在人的视线里活动，耳朵却听不到画笔的声音。胖画家偶尔也会移动身体，却听不到他的脚步声。

被寂静包围的美祢子一动也不动。她用团扇遮住脸庞的立姿早已变成了一幅画。在三四郎看来，原口先生现在并不是在为美祢子画肖像。不知为何，他觉得眼前的景象就像一块具有层次感的画布，原口先生正在努力擦掉那种层次感，重新将美祢子画在普通的画布上。但不论画家如何努力，第二个美祢子正渐渐地在这片宁静当中接近第一个美祢子。对三四郎来说，两个美祢子之间似乎蕴含着一段安静又漫长的时光。这段时光流动得异常柔顺，安静得听不到时针的声音，连画家都不曾察觉它的存在，经过了这段时光，第二个美祢子才终于追上第一个美祢子。但在两个美祢子正要合而为一的瞬间，时光的激流又突然改道，转身朝向永恒流去。原口先生的画笔这时停了下来。三四郎的思绪一直紧跟那支画笔，忽然发现笔停了，便转眼望向美祢子。美祢子依然一动也不动。三四郎的思绪却在这片静谧中不自觉地活动起来。他觉得自己好像喝醉了似的。不料原口先生却忽然大笑起来。

"好像又支持不住了吧。"

女人什么也没说，立即放松姿势，瘫痪似的倒坐在身边的安乐椅上。这一瞬间，她嘴里的白牙又亮了一下。趁着衣袖滑落，她也抬眼看了三四郎一眼。那双眸子就像流星似的飞过三四郎的眉间。

原口先生来到圆桌旁边。

"怎么样？"他询问三四郎，一面擦着火柴点燃刚才的烟斗，重新叼在嘴里，再用手指压住巨大的烟斗头，连续从嘴里吐出两股浓烟，然后又转过臃肿的背部，走到画布前不经意地涂起颜色。

这幅画还没完成。然而画布上早已涂了无数层水彩，在三四郎这个外行眼中，这样已算画得很够水平了。当然，对于绘画技巧的好坏，他是无法分辨的，也没法发表评论，他能够感受到的，不过是绘画技巧营造的气氛。他没有绘画经验，因此就连他的感受或许也不一定准确。但能够产生这点感受，已证明他并不是对艺术毫无感觉，就凭这一点，三四郎也算得上风雅之士了。

在他看来，这幅画整体上显得非常耀眼，好像画布全面喷上某种色粉后，被放在不太耀眼的阳光下。即便是画里的阴影，也呈现出淡紫色，而不是浓黑色。凝视着画面的时候，三四郎心中不自主地生出一种轻快的感觉，好像自己正欢天喜地地坐在猪牙船¹上。但尽管心情欢快，情绪却很沉稳，一点不安也没有，也不觉得痛苦、为难或憎恶。真不愧是原口先生的手笔啊！三四郎想。

　　半晌，原口先生轻松挥动着画笔，对三四郎说："小川君，跟你说件有趣的事。我认识一个朋友，对老婆感到厌倦了，所以要求离婚。不料他老婆却不答应，还跟他说，我是因为有缘才嫁到你家来的，就算你对我厌倦了，我也绝对不会离去。"

　　说到这儿，原口先生退后几步，打量着自己笔下的成果，然后转向美祢子说："里见小姐，你都不肯穿单衣²让我画。这和服好困难，害我都画不好。看起来简直像是我在乱画，好像画得太大胆了。"

　　"那真抱歉啊。"美祢子说。

1　猪牙船：江户时代往来于隅田川上的小型快艇，因形状细长，很像野猪牙，所以叫作猪牙船。

2　单衣：没有衬里的和服，夏季的浴衣即是单衣的一种。一般和服都是夹衣，里面有衬里。原口向美祢子提出画肖像画的提议大约是在夏季，也就是三四郎第一次在池边遇到美祢子的时候，那时学校还没开学，时间应是八九月之间，当时美祢子身上穿的是单衣，原口所说的"单衣"，应是指美祢子当时所穿的服装。然而，开始画肖像画时已是十一月，屋内燃着火炉，但美祢子却坚持摆出"手举团扇半遮面"的姿势，所以原口只好把她的夹衣画成单衣，然而单衣通常使用较硬的棉布，夹衣则用较软的绸缎制作，两种布料的质感、皱褶、光泽完全不同，显然原口是靠想象把夹衣画成单衣（否则跟团扇不相称），所以才会说很难画。

原口没有回答，重新走回画架前。"后来呀，因为朋友的老婆说什么都不愿意离婚，朋友便对他老婆说，你不肯走的话，就不用走了，永远留在这个家里吧，换我走，行了吧……里见小姐，请你稍微站起来。团扇不用管它，只要站起来一下就好。对，谢谢……朋友的老婆说，你走了，家里怎么办啊？我朋友就说，那有什么关系，你可以再找个男人入赘嘛。"

"后来怎么样了？"三四郎问。原口似乎意犹未尽，又继续说下去。"也没怎么样啊。所以说，结婚这档事，一定要事先想清楚才行。结了婚之后，离合聚散，双方都会失去自由。你看广田老师，还有野野宫先生，再看看里见恭助，哦，还有我，大家都没结婚。女人的地位提高之后，这种光棍就变多了。所以我们必须制定一种社会规则，让女人的地位提高，但不能高到让社会出现一堆光棍。"

"可是我哥哥马上就要结婚啰。"

"哦？是吗？那你怎么办呢？"

"不知道。"

三四郎抬眼望向美祢子，美祢子也看着他露出笑容。只有原口先生一个人看着画布。"不知道。不知道就太……"他边说边挥动手里的画笔。

三四郎便趁机离开小圆桌，走到美祢子身边。美祢子没搽头油的脑袋随意靠在椅背上，那姿势就像一个累极的人尽情地伸展全身筋骨。她的脖颈毫不掩饰地从衬裙衣领中伸出，脱下的和服外套搭在椅上，在那梳着厢发[1]的脑袋上方，可以看到外套的漂亮衬里。

三四郎的怀里正揣着那三十块钱。他心中深信，这三十元代表着两人之间某种无法用言语说明的东西。他一直想还她钱，却始终无法付诸行动，就是由于这某种东西。而现在，他之所以打算狠下心来还清钱，也是因为这某种东西。还了钱之后，两人没有瓜葛了，会不会变得疏远呢？或是没有瓜葛后，反而变得更加亲近？……普通人如果听到三四郎心中的疑问，或许会觉得他是个喜欢求神问卜的家伙吧。

"里见小姐。"三四郎说。

"什么？"美祢子仰起脸看着三四郎，她的神情沉着，跟刚才一样，只有眼波转动一下，安详的视线停在三四郎脸上。看到她这模样，三四郎知道她有点累了。

"刚好趁这机会，我就在这儿把钱还给你吧。"说着，三四郎解开胸前的纽扣，伸手进怀里。

女人又说了一遍："什么？"

她仍是那种不痛不痒的语气。三四郎的手已往怀里伸进一半。怎么办呢？他想了几秒，最后下定决心说："上次向你借的钱。"

1　厢发：两鬓和前额梳得特高的包头，看起来就像一把伞遮着脸庞的四周，明治三十七年（一九〇四年）开始流行。

"你现在还我，我也没办法呀。"

女人仍旧从下方仰望着他，既不伸手，也不移动身子，脸上表情也跟刚才一样安详。三四郎不懂她是什么意思，甚至连她回答的含义也听不懂。

这时，有人突然在身后说道："还差一点，再画一会儿如何？"两人转回头，原口先生正看着他们，笑容满面地用手指捋着颊上剃成三角形的长髯，画笔仍旧夹在他的指间。美祢子在椅子上坐下，两手放在扶手上。她才坐下，便立即挺直了脑袋和背脊。

"还要很久吗？"三四郎低声问道。

"大概还要一小时。"美祢子也低声回答。三四郎重新回到圆桌旁。女人已摆好随时可以入画的姿势。原口先生重新点燃烟斗，手里的画笔又开始活动起来。他的背部对着三四郎，嘴里却说："小川君，请你看着里见小姐的眼睛。"

三四郎依照吩咐转眼望向美祢子。谁知美祢子突然放下额前的团扇，原本静止的姿势失去了控制。她侧过脸，望向玻璃窗外的庭院。

"不行啦。你不能把脸转过去呀。我才开始画呢。"

"谁叫你说那些废话。"女人说着又转向正前方。

"我可没笑你啊。因为我有话要跟小川先生说啦。"

"要说什么？"

"现在正要说呢。哦！请你摆回原来的姿势。对了！手肘再往前面一点。我说小川先生，你觉得我画的眼睛，是否把真实的眼神画出来了？"

"这我也不太懂。不过像这样每天反复不停地画下去，模特儿的眼神永远都不会变吗？"

"那当然是会变的。不只是模特儿会变，画家每天的心情也会。不瞒你说，画肖像画其实应该连续画好几张才行呢，但又总是做不到。而且很奇怪，有时只画一张，也能画得很不错。你想知道为什么吗？我跟你说啊……"

原口先生说了这一大段，手里的画笔却始终没停下来，眼睛也一直看着美祢子。三四郎目睹他如此一心多用，心中实在非常佩服。

"像这样每天连续地画下去，每天的功夫累积起来，经过一段时间之后，就会对自己正在进行的作品生出某种特定的感觉。所以呢，假设刚从外面回来，我只要一走进画室，站在画布前面，心底就会升起这种特定的感觉。换句话说，画中的气氛会对我造成某种影响。而里见小姐也是一样。如果任其自然地坐在那儿，肯定会受到各种刺激而露出不同表情。但实际上，她却没受到什么影响，主要因为她现在的姿势，还有周围乱七八糟的鼓啦，盔甲啦，虎皮啦，这些因素会促使她自然地露出某种表情，而这种习惯性表情的力量还会逐渐增强，最后甚至强到排除其他表情。嗯，所以说，像她现在这种眼神，我只要如实地画出来就行了。至于说她的表情……"

说到这儿，原口先生突然住嘴不再说下去，看来似乎画到了难度较高的部分。他向后退两步，来回打量着美祢子和画布。

　　"里见小姐，怎么了？"原口先生问。

　　"没什么。"美祢子依旧保持静止的姿势，全身一动也不动，这句回答简直不像是她嘴里说出来的。

　　"至于说她的表情……"原口先生又继续说下去，"其实画家所描绘的，并不是内心，而是从内心表现出来的外在形象。画家只要巨细靡遗地观察模特儿的外在表现，自然就能了解她内心的变化。嗯，大致就是这样。至于那些从外表看不出来的部分，也不属于画家的能力范围，就只好放弃了。所以说，我们画的是肉体，但不论什么样的肉体，如果内部没有灵魂的话，也只是一团死肉，这种画是不能令人感动的。现在我画里见小姐的眼睛也是一样。我并没打算画出她的内心，而只是在画这双眼睛。因为我非常欣赏她的双眼，不论是眼睛的形状、双眼皮的轮廓，还是眸子的深邃度……其实我只是想把自己看到的，一丝不漏地全部画出来。画出现在这种表情，也可以说是一种偶然的结果吧。如果我画出来的不是这种表情，那就表示我的画技不行，或取景的角度不对。总之，就是这两种原因之一。而事实上，现在画布上表现出来的色调和形象本身已经变成一种表情，我也没什么办法。"

　　说到这儿，原口先生退后两步，来回打量美祢子和画布上的她。

"你今天看起来有点不对劲。是不是累了？如果累了，就不画了吧。累了吗？"

"没有。"

说着，原口先生又走回画布前面。

"再来说说我为什么看中里见小姐的眼睛。我告诉你啊，我们看西洋画的女人的面孔，不论谁画的美女，肯定都有一双大眼睛。每个女人都有大得可笑的眼睛。反观日本绘画，从观世音像开始，另外譬如像多福[1]、能乐面具，还有最明显的，浮世绘里的美女，全都是细细小小的眼睛，看起来就像大象眼睛似的。为什么东方和西方的审美标准相差这么远呢？你也会觉得奇怪吧？其实一点也不奇怪。西洋人的眼睛都很大，所以就用大眼作为审美标准。而日本人都跟鲸鱼同类……有个叫作皮埃尔·洛蒂[2]的男人就讥笑过日本人，他说，日本人长了那种眼睛，怎么睁得开啊？……你看，我们就是这种国家，难得看到一双大眼，就发展不出大眼的审美标准。而小眼到处都有，随时可供选择，所以歌麿、佑信[3]等画家都把小眼当成理想，他们的作品也深受大众欢迎。我现在虽想画得符合日本的标准，

---

1 多福：一种日本传统的女性面具，小眼、圆脸、宽额、矮鼻、丰满脸颊，也叫作阿多福、阿龟。现已变成丑女的代称。

2 皮埃尔·洛蒂（一八五〇—一九二三）：法国小说家，明治十八年（一八八五年）曾以海军士官身份到日本暂住，并以当时的旅日经验写成了《菊夫人》《日本的秋天》等小说。

3 佑信（一九七一—一七五一）：江户中期活跃于京都地区的浮世绘画师，擅长画美女。

但若是把西洋画里的眼睛画得像个盲人似的，总还是不太像话。而像拉斐尔[1]笔下的圣母那样的眼睛，在日本又根本找不到，就算找到了，肯定也不是日本人的眼睛，所以我只好来麻烦里见小姐了。里见小姐，再忍耐一下就好咯。"

美祢子没有回答，因为她全身一动也不动地摆着姿势呢。

三四郎觉得这位画家讲话很有趣。今天若是专门来跟他聊天，说不定会更有意思吧。但是三四郎现在关心的，不是原口先生的谈话内容，也非原口先生的绘画，他的全副精神当然都放在对面的美祢子身上。他的耳朵虽然听着画家讲话，眼睛却没离开过美祢子。映在他眼中的那个身影，似乎自然而然地抓到最美的瞬间，并且凝结不动。这种不动的姿势蕴含着永恒的慰藉。原口先生突然转头向美祢子问道："你不舒服吗？"听到这句话的同时，三四郎心底升起一丝恐惧，好像听到画家提醒自己："美"是易变的，现在已经无法让"美"维持原状了。

没错，他说得很对！三四郎转眼望向美祢子，她似乎真的不太舒服，脸上的气色非常糟，眼角露出难耐的疲惫。三四郎顿时打消从这幅活人画[2]上获得慰藉的念头，同时又开始暗自琢磨，她出现这

---

1 拉斐尔（一四八三——五二〇）：与达·芬奇和米开朗琪罗并称"文艺复兴艺术三杰"，曾画过多幅优美的圣母画像。

2 活人画：明治、大正时代曾经风行一时的艺术表演，主要以历史名人为主题，由真人装扮后，站在适当的背景前面，像画里的人物一般保持静止状态。

种变化难道是因为自己？想到这儿，一种属于性格上的激烈震撼顿时袭上心头。

三四郎原本正为了"美"发生变化而感到惋惜，现在，这种属于多数人共有的情绪一下子消失了。"原来我在这女人的心里竟能产生如此影响。"三四郎据此开始幻想自己的重要性。但是这种影响力对自己来说，究竟是有利还是不利，却很难得出结论。

这时，原口先生终于放下画笔。

"就到这儿吧。今天反正也画不成了。"他说。美祢子站在原处，扔掉了手里的团扇，然后抓起挂在椅子上的和服外套，一面穿一面走上前来。

"今天太累了吧。"

"我吗？"说着，她将外套的两片前襟对正，系上代替纽扣的衣带。

"不，其实我也很累了。等明天有精神的时候再画吧。来，喝杯茶，休息一下吧。"这时离天黑还有一段时间，美祢子却推说有事，要先行离去。三四郎也被原口先生挽留，却也特意婉拒了好意，紧随美祢子一起走出玄关。对三四郎来说，在目前日本社会这种环境里，想要随口编个理由制造跟美祢子约会的机会，还是非常困难的。所以他必须利用今天这个机会，尽量延长他们共处的时间。他特意选一条行人较少的路线，向女人提议道："我们到那环境清幽的曙町周围散散步怎么样？"不料女人毫无反应，自顾自地往前走去，穿过两边树墙之间后，直接走上大路。三四郎连忙赶上去，跟她并肩向前。

"原口先生刚才也问了，你是真的不舒服吗？"三四郎问。

"我吗？"美祢子又说了一遍，跟刚才回答原口先生时一样。自从认识美祢子以来，很少听她说出较长的句子，她通常只用一两句话打发过去，而且都是极简单的句子。这些话语听在三四郎耳里，却令他体会到某些深层的含义。除了三四郎之外的其他人，几乎听不出那些特殊的意味。三四郎因此对美祢子非常钦佩，同时也觉得不可思议。

"我吗？"女人说这句话的时候，半边脸转向三四郎，双眼皮下的眸子看着他。那双眼睛似乎笼着一层烟雾，令人感到一种异于平日的温暖。她的脸颊看起来有点苍白。

"你的脸色好像不太好。"

"是吗？"

两人沉默着走了五六步。三四郎突然很想扯掉那块垂在他们之间的薄幕般的东西。但要说些什么才能让那块薄幕消失，他一点概念也没有。像小说那样，说些甜言蜜语？三四郎可不愿意这么做。不论从他的个人喜好还是从男女的社交习惯，他都不愿做这种事。三四郎正在期待的，是一种实际上不可能发生的事，不，他不只是期待，还一面走一面思考如何下手。

半晌，女人先开口问道："今天到原口先生家有什么事吗？"

"不，没什么重要的事。"

"那你只是去玩的？"

"不，不是去玩。"

"那你究竟为什么到那儿去呢？"

三四郎立即抓住这瞬间的时机。

"我是去看你的。"说出这句话，三四郎觉得自己能说的已全部说完了。不料女人却毫无反应，依然用平时那种迷惑男人的语调说："那笔钱，在那儿我没法收下呀。"三四郎听了这话觉得很沮丧。

两人又沉默着走了十几米，三四郎突然说："其实我不是去还你钱的。"

美祢子没有说话，静默半晌，她才低声说："那笔钱，我不要了。你拿着吧。"

三四郎再也无法忍耐，突然脱口而出："我只是想看见你，才到那儿去的。"说着，他转眼偷窥身边女人的脸。女人没有看他。就在这时，三四郎听到女人嘴里发出一声低微的叹息。

"那笔钱……"

"钱什么的……"

两人的话都没说完，就这样不明不白地中断了。接着，又走了五十多米，女人开口问道："你看了原口先生的画，有什么感想吗？"

这个问题可以用各种方式回答，所以三四郎暂时没说话，继续向前走了一段。

"那么快就画好，你吓了一跳吧？"

"是啊。"三四郎说。其实他听见这句话时才注意到这一点。上次原口在广田老师家说他想帮美祢子画一幅肖像，现在回想起来，从那时到现在才过了一个月左右。而原口在展览会会场向美祢子直接表达这个想法，也是在他去广田老师家之后。三四郎对绘画一窍不通，像这么大的一张画需要多少时间才能完成，他也毫无概念，现在经美祢子一提醒，才发觉这幅画真的进行得太快了。

"什么时候开始画的？"

"正式动手是在最近，不过以前就已零零星星画过一些。"

"以前是什么时候？"

"看我那身打扮，就知道了吧？"三四郎突然想起那个炎热的日子，那天他第一次在池边看到美祢子。

"哎呀！那时你蹲在椎树下面，不是吗？"

"你站在很高的地方，举着团扇遮住脸蛋。"

"就跟那幅画一样吧？"

"嗯，是的。"两人彼此看了一眼，又继续向前走，不一会儿，他们开始登上白山的山坡。

就在这时，一辆人力车从远处飞奔而来。车上坐着一个男人，头戴黑帽，脸上挂着金边眼镜，老远就能看出那是个脸色光鲜的英俊男子。人力车刚进入三四郎的视线时，他就觉得车上的年轻绅士似乎一直凝视着美祢子。待人力车跑到前方五六米之后，突然停了下来，车上的男人便动作利落地掀掉车子的帷幕，从踏板上一跃而下，三四郎这才发现他长得很高，白净的面孔看起来非常英俊，脸上的胡子剃得干干净净，却极富男人魅力。

"我一直等着你呢。因为等得太久，就过来接你了。"男人走到美祢子的正前方俯视着她，脸上露出笑容。

"是吗？多谢啦。"美祢子也笑着望向男人，接着，她的视线又转向三四郎。

"这位是？"男人问。

"大学里的小川君。"美祢子回答。

男人轻轻掀起帽子，向三四郎打个招呼。

"快点走吧。你哥哥也在等你呢。"

三四郎这时刚好站在一条小巷的转角处，这条小巷是他拐向追分的必经之路。结果这天也没把钱还给美祢子，三四郎就跟她分手了。

十一

　　最近这段日子，与次郎总忙着到处推销"文艺协会"的门票。他先花了两三天时间，几乎向所有认识的人都推销了一遍，又接着找不认识的人。通常是先在走廊上物色对象，一旦被他逮着，他就再也不肯放手。"拜托，帮帮忙啦。"与次郎就这样整天到处向人央求。有时说得正高兴，却突然听到上课钟响，只好放对方离开，并把这种情况称为"缺少天时地利"。有时对方只是一直笑，却不肯答应购买，与次郎把这种情况称为"缺少人和"。又譬如刚好碰到教授从厕所出来，与次郎抓着教授不放手，教授却掏出手帕一面擦手一面说："现在有点急事。"说完，便急急忙忙钻进图书馆，再也不肯出来。与次郎把这种情况称为……却什么名称也想不出来了，只能看着教授的背影对三四郎说："他一定是得了肠炎。"

　　"他们到底托你卖多少票啊？"三四郎问与次郎。"尽量卖，越多越好。"与次郎说。三四郎又问："门票卖得太多，会不会挤不进会场啊？""可能会吧。"与次郎说。"那你卖了票之后不是会有麻烦？"三四郎提醒道。"不会，没关系。他们有些人只是为了帮忙才买，也有些人到时候有事，不会来的。还有些人大概会得肠炎吧。"与次郎说，脸上露出满不在乎的表情。

三四郎在一旁观察与次郎卖票时发现一件事。那些当场付钱的学生，与次郎自然立刻把票交给对方，但有些学生并未付钱，他也给出门票。只要听说有人想买票，他就过去发票，看得个性拘谨的三四郎心焦不已，忍不住问他："那些人以后会付钱吗？""当然不会。"与次郎说，"与其锱铢必较地只卖几张，还不如大手大脚多卖一些，这样从整体来看也比较有利啊。"说完，他还把自己这种推销法和《泰晤士报》推销百科全书的方法互相比较一番。三四郎听他分析得头头是道，好像很厉害的样子，但心里总觉得不保险，忍不住又提醒了一遍，与次郎的回答却令人感到好笑。

"对方可是东京帝国大学的学生哦。"他说。

"就算是学生，像你那样不把钱放在心上的人可多着呢。"

"没关系，为了表现善心而不付钱，'文艺协会'那边应该不会啰唆的。反正不管卖了多少，弄到最后，我肯定还是会欠协会一大笔钱。"

三四郎觉得不太可能，又追问道："这是你的想法，还是协会的想法？""当然是我的想法。"与次郎说，"如果是协会的想法就好了。"

说完，与次郎又介绍了很多关于那场话剧公演的事，三四郎听完开始觉得，不去欣赏一下表演简直就像傻瓜。在他心底生出这种念头之前，与次郎就一直向他不停地鼓吹。但他这种推销活动究竟只是为了卖票，还是真的对表演非常热衷？或者只是为了提高自己的身价，好让买票的人也得到少许鼓舞而跟着捧场？不然便是想帮公演造势，尽量把气氛搞得热闹一点？对于上述一连串疑问，与次郎并未明确地阐述，所以三四郎虽然觉得自己不看表演就像傻瓜，却也没跟着与次郎起舞。

与次郎一开口，就先对演员卖力练习表示折服。据他转述，演员练习得非常带劲，恐怕大部分演员在演出前都会累垮。接着又说起舞台背景，据说那是一项大手笔工程，东京能找到的年轻画家，几乎全被找来了。大家决定使出各人的看家本领，共同创作舞台背景。说完这些，他又提到戏服，说是每套服装从头到脚都根据史实缝制。与次郎还介绍了剧本，听说剧本全都是新作，而且内容写得很有趣。除此之外，还有很多有关话剧公演的消息，简直说也说不完。

与次郎还告诉三四郎，他也送了招待券给广田老师和原口先生，野野宫兄妹和里见兄妹则被他推销购买了上等票，一切都进行得非常顺利。听到这儿，三四郎特地向他道喜说："话剧公演万岁！"

刚喊完万岁的当天晚上，与次郎来到三四郎的宿舍，他的模样跟白天相比简直像变了个人似的，只见他全身僵硬地坐在火盆边，嘴里不停地喊着："好冷啊！好冷！"三四郎细看他的表情，感觉他不只是因为冷才变成那样。一开始，与次郎坐在火盆边，手伸向火烤着，不一会儿，又伸进自己怀里。三四郎为了让他的脸看起来有精神点，便把桌上的油灯从这端移到那端，却看到灯光下的与次郎松垮垮地耷拉着下巴，一副无精打采的模样，只有他的大光头在灯光下闪着黑亮的油光。"怎么回事？"三四郎问道。与次郎这才抬起头，看着桌上的油灯。

"你这房子还不装电灯啊？"与次郎问了一个跟他的表情完全无关的问题。

"没装，听说不久就要装了。这油灯太暗了，真糟糕。"三四郎刚说完，与次郎又像忘了油灯的事似的说："喂！小川，大事不好了！"

三四郎连忙询问原委。与次郎从怀里掏出一团皱巴巴的报纸，总共有两张，重叠在一块儿。与次郎揭下其中一张，重新折好递给三四郎。"你看看这里！"与次郎说着，手指按在该念的部分。三四郎的眼睛凑到油灯旁，看到新闻的标题写着："大学纯文科[1]。"

---

1 纯文科：文学院里的英文系、国文系等专门研究文学的科系。

大致内容是说，大学的外文科向来都是洋人担任教师，学校主管单位也把所有课程都交给外国教师负责，但是时代不断进步，根据多数学生的希望，最近校方终于决定将日本人教师的课程也列入必修科目。经过这段日子的甄选，目前已决定由某先生担任教师，校方将在近期正式对外发布新闻。某先生是不久前才奉派前往海外留学的学者，担负这项任务应算是适当人选。

"原来不是广田老师。"三四郎转眼望向与次郎。与次郎的视线仍然停留在报纸上。

"这是真的吗？"三四郎又问。

"好像是。"与次郎歪着头说，"我还以为大概没问题呢，结果却搞砸了。以前就听说此人到处活动，很积极。"

"不过这还只是传闻吧？要等到正式发表才知道啦。"

"不，如果只有这篇文章，当然无所谓，因为这篇文章跟老师也没关系。问题是……"说着，与次郎把另一张报纸也折好，并用指尖指着标题，送到三四郎的眼前。

这份报纸也写得大同小异，没有什么令人印象深刻的内容，但是读到最后，三四郎不禁大吃一惊。文中的广田老师被写成一个非常没有品德的男人，说他当了十年的语文教师，只是个默默无闻的庸才，又说他听到大学即将招聘本国人担任语文讲师，便立刻到各处暗中活动，还在学生当中散布称许自己的文章。不仅如此，他又指使自己的门生写了一篇叫作《伟大的黑暗》的论文，送给一家小杂志社刊登。这篇论文的作者虽然使用笔名"零余子"，但他其实就是经常出入广田家的文科学生小川三四郎。文章写到这儿，竟然还提到三四郎的名字。

三四郎疑惑地抬头望向与次郎。与次郎从刚才就一直看着他。两人沉默半晌，三四郎才开口说："这可糟了。"他心里有点怨恨与次郎。但与次郎好像一点也不在意。

"你对这文章有什么看法？"与次郎问。

"什么意思？"

"这一定是把读者投书直接登出来了。报社的人肯定没做过查证。《文艺时评》用六号铅字刊登的投书里，类似这种文章，要多少有多少。六号铅字的文章几乎全都是在揭发罪恶。但只要进行详细查证就知道，大部分都是谎言。有些只看一眼就知道是骗人的。为什么有人会做这种蠢事，你知道吗？几乎所有的动机都是利害关系。所以我负责挑选六号铅字的文章时，凡是感觉不好的就丢进垃圾桶。这篇文章完全就是那种东西，是对抗活动的产物。"

"为什么没登你的名字，反而登了我的名字？"

"对啊。"与次郎说。停顿了一会儿，他才接着向三四郎说明："毕竟因为，那个……你是本科生，我是选科生吧。"但这番说辞对三四郎来说，根本不能算是说明，他依然很困惑。

"早知这样，就不该用那小气的笔名'零余子'，堂堂正正地打出佐佐木与次郎的名字就好了。老实说，这篇论文，除了佐佐木与次郎以外，不会有第二个人写得出来吧。"

与次郎的表情十分认真。或许这篇《伟大的黑暗》的著作权被三四郎夺走了，令他觉得不悦吧。看到他那模样，三四郎也懒得再跟他说什么。

"你跟老师说了吗？"三四郎问。

"哎呀，问题就出在这里啊。《伟大的黑暗》的作者究竟是你还是我，其实都没关系，但如果牵涉老师的人格，就必须告诉老师。而老师的为人你是知道的，只要我告诉他，完全不知道是怎么回事，或许有人弄错了吧，虽然杂志登了一篇论文《伟大的黑暗》，但却是用笔名发表的，作者应该是老师的崇拜者，请放心吧，说不定老师只会回答一声'是吗'，也就算了。但这件事不能这么处理。总之，很明显，我必须负起责任来。原本这事如果进行得顺利，我不出来邀功，倒也给人留下好印象，但现在事情搞砸了，我却躲着不说话，这就令人不快、讨厌了。别的不说，现在这事是因我而起，却让老师那么善良的人陷入困境，我无法冷眼旁观。先不讨论其中的是非曲直等复杂问题，我只觉得对老师很抱歉，心中非常过意不去。"

听到这儿，三四郎才第一次感到与次郎是个令人欣赏的男子。

"老师看到报纸了吗？"

"家里订的报纸没登这篇文章，所以我也不太清楚。但老师到了学校，就会看到各种报纸。即使老师没看到，别人也会告诉他。"

"这么说，他已经知道了。"

"当然知道了。"

"他没跟你说什么吗？"

"什么都没说。其实也是因为没有时间闲聊，老师就没对我说什么。最近我一直都为了表演的事东奔西走……那个话剧公演，我真是够了。干脆别给他们帮忙算了。那些人脸上搽着白粉，表演什么话剧，有什么意思？"

"要是告诉老师的话，你会挨骂吧。"

"会骂我吧，但就算被骂也没办法，我太对不起老师了。都怪我多事，给老师添了麻烦……老师这人，也没什么嗜好，酒也不喝，烟嘛……"说到这儿，与次郎便打住没再往下说。因为从老师的鼻子喷出来的"哲学之烟"，如果经年累月地计算起来，那分量可也是相当庞大的。

"香烟虽然抽得很多，但除了这一项之外，再也没有其他嗜好了。不钓鱼，不下围棋，也没有家人团聚的欢乐——这一点是最糟糕的，如果有孩子陪在身边倒也罢了。老师的生活实在太平淡枯燥了。"

说到这儿，与次郎抱着两臂说："本想给老师带来一点安慰，稍微为他奔走了一番，没想到竟然遇上这种事。你也到老师那儿瞧瞧吧。"

"不是瞧瞧。这件事，我多少有点责任，得向老师赔罪。"

"你没必要赔罪啦。"

"那就去说明一下吧。"两人聊到这儿，与次郎便告辞了。
三四郎钻进棉被之后，翻来覆去睡不着。他觉得自己在家乡的时候
比较容易入睡，来到这儿却遇到各式各样的刺激：报上的捏造文章、
广田老师、美祢子，还有那个来迎接美祢子的俊男。

三四郎一直辗转到半夜，才终于陷入沉睡。第二天，他跟平常
一样的时间起床，但是疲倦得差点爬不起来。正在洗脸时，碰到一
位文科的同学，因为都认得对方的面孔，所以互相打了招呼，闲聊
几句。三四郎从对方的态度感觉得出来，此人已经读了那篇文章，
但他当然绝口不提这事，所以三四郎也没想多做辩解。早饭的餐桌上，
三四郎正用鼻子嗅着热汤的香味时，母亲的信来了，看起来似乎跟
以往一样，是一封很长的家书。他觉得换穿洋服太麻烦，便直接套
上一条和服长裤，并把那封信揣在怀里，走出住处的大门。户外的
地面已结了一层薄霜，看起来亮晶晶的。

三四郎转上大路，只见路上正在行走的，几乎全是学生，而且
全都朝着一个方向前进，每个人都行色匆匆，急步向前。寒冷的路
上弥漫着年轻男性的蓬勃生气。就在那些男生当中，三四郎看到广
田老师穿着雪花呢大衣的修长身影。从步调上来看，混在这堆青年

当中的老师已显得跟不上时代了。跟他前后左右的青年比起来，老师的脚步显得非常迟缓散漫。不一会儿，老师的背影消失在校门背后。门内有一棵很大的松树，枝丫伸向四周，看起来就像一把巨人的伞遮盖在玄关上头。三四郎还没来得及踏进校门，老师的身影便早已看不见了。他向前方望去，只看到松树和松树上方的钟塔。塔里的时钟经常不准，有时甚至根本停摆。

三四郎向校门内张望着，嘴里把"Hydriotaphia"这个词反复念了两遍。这是他记得的外文字当中字母最多而且含义最难的一个，直到现在也没弄懂这个词究竟是什么意思。三四郎打算下次再去向广田老师请教。以前他曾问过与次郎。"大概就是跟那个'达他法布拉'类似的字眼吧。"与次郎说。但是三四郎觉得这两个词之间的差异相当大。"达他法布拉"似乎是一种具有跃动性质的东西，而"Hydriotaphia"这个词，光是想要把它记住，就得花上一番功夫。他反复在嘴里念了两遍，脚步不自觉地慢了下来。从发音听起来，这个词似乎是古人为了广田老师才创造的。

现在走进学校的话，大家肯定以为我是《伟大的黑暗》的作者，都会把注意力集中在我身上吧，三四郎想。他想到外面去，但是户外现在冷得不得了，只好待在走廊上。趁着下课时间，三四郎便掏出母亲的家书念了一遍。

母亲信里写道："这个寒假回来一趟！"这道命令跟他从前在

熊本收到的命令一模一样。事实上，以前在熊本就发生过同样的事情。那时学校才开始放假，母亲立刻打电报叫他回家。当时三四郎大吃一惊，以为母亲肯定生病了，连忙飞奔回去，谁知母亲什么事也没有，只是不断地高兴，说我很好，一切平安。三四郎忙问母亲为何打电报，母亲说，因为左等右等你总不来，我去稻荷神社问过神仙，神仙说你已经离开熊本了，我又担心你万一在路上遇到什么事，所以打了电报。回想到这儿，三四郎纳闷道："难道这次又到神社问过了？"但信里并没提起稻荷神仙，母亲只像附加注解似的写了一句："三轮田家的阿光也等着你。"据信中介绍，原本在丰津读女校的阿光，现在已休学回家。阿光还帮三四郎缝了一件棉衣，已经用包裹寄出。母亲的信里还提到木匠角三，说他在山上跟人赌博，输掉了九十八元……信中详细地描述了这件事的经过，但是三四郎觉得内容太琐碎，便随意浏览了一遍。原来最近有三个男人到家乡表示想买山地，角三带他们到山上看地时，钱就被他们偷走了。角三回家后向老婆伪称不知什么时候被偷的，他老婆推测道："大概给你闻了迷药吧！"角三说："嗯，你这么一说，好像是闻到了什么。"但村民一致认为，角三肯定是把钱输光了。母亲接着训诫三四郎，连乡下都会发生这种事，你在东京一定要特别留意才是。

　　读完了信，三四郎把长长的信纸卷起来收回信封，这时，与次郎走到他身边说："哎哟！是女人的信啊！"看来与次郎的心情已比昨晚好多了，还能说出这种玩笑话。

"不是，是家母写来的。"三四郎有点不悦地回答，把信封塞进怀里。

"不是里见小姐写给你的啊？"

"不是。"

"你听说里见小姐的事了吗？"

"什么事？"三四郎问。刚说完，一名学生跑来告诉与次郎，有人想买话剧公演的门票，正在楼下等着呢。与次郎一听，立即转身跑下楼去。

从那一刻起，与次郎就不见了。三四郎到处寻找也找不到与次郎，无奈之下，只好回教室专心听讲、写笔记。下课后，他遵守昨夜的诺言，来到广田老师家。院里仍像平日一样宁静。

老师横卧在起居室里打瞌睡。"老师身体不舒服吗？"三四郎向老女佣问道。"不是吧。"女佣答，"先生说，昨晚睡得太晚，困得很，刚才一回家就立刻躺下了。"三四郎看到老师修长的身躯上盖着一条小夜衣[1]，又低声向女佣问道："为什么那么晚睡呢？"女佣说："不是啦，每天都睡得很晚，但昨晚并不是为了研究学问，

---

1 小夜衣：附有衣袖的小型棉被，盖在身上时可把手臂伸进衣袖里。

而是跟佐佐木先生谈了很久。"为了跟佐佐木说话而没有钻研学问，这并不能成为老师睡午觉的理由，但是听到这儿，三四郎已确定佐佐木昨晚跟老师谈过那件事了。他很想顺便再打听一下老师如何斥责与次郎，但继而一想，老女佣怎么可能知道那种事，况且跟那件事关系最密切的与次郎已在学校失踪了，就算打听出来，又能怎样？看他今天心情那么好，可见那件事并未引起什么大风大浪就解决了吧。其实说来说去，与次郎心里想些什么，三四郎也无从了解，所以根本就难以想象昨晚发生了什么事。

三四郎在长方小桌式的火盆前坐下。火上的铁壶发出吱吱声响。老女佣为了让他自在些，便退回自己的用人房去了。三四郎盘腿坐着，双手罩在铁壶上，一面取暖一面等待老师睡醒。老师睡得很熟，三四郎静坐一旁，心情非常愉快。他伸出手，用指甲敲了敲铁壶，然后把壶里的热水注入茶杯，一面呼呼地吹着，一面喝着热水。老师侧身而卧，背脊正对着三四郎。他满头的头发都很短，似乎两三天前才理过，胡楂倒是冒出很多，看起来又浓又密。鼻尖朝向里面，鼻孔里不断发出咝咝的声音，睡得非常安详。

三四郎拿出 *Hydriotaphia* 开始阅读。这本书是他今天带来准备还给老师的。他只能挑自己认得的字句跳读，对那些字句的意义却很难理解。有一段提到把花抛进坟墓，还说罗马人对蔷薇非常 affect。但"affect"是什么意思，他却不明白。或许可以翻译为"喜欢"吧，三四郎想。书里还说希腊人采用"Amaranth[1]"，这段他也不明白，但他确定"Amaranth"应该是一种花的名字。三四郎继续往下读，但下面的内容完全看不懂，他把视线从书页转向老师，老师仍在沉睡。为什么老师把这么艰深的读物借给我呢？他想。而更令他感到纳闷的是，自己虽然看不懂这本艰涩的书，却不知为什么对它这么有兴趣。思考半晌，三四郎最后得出结论：归根结底，广田老师就是一本 *Hydriotaphia* 啊。

就在这时，广田老师忽然醒了，但只抬起脑袋望向三四郎。

"什么时候来的？"老师问。三四郎请老师再多睡一会儿，因为他坐在一旁真的不觉得无聊。

"不，该起来了。"老师却坚持爬了起来，然后像平日一样，又开始喷起"哲学之烟"。老师一直沉默着没说话，"哲学之烟"像两根柱子似的从鼻孔冒出来。

"多谢您。我来还书了。"

"哦……念过了？"

"念是念过了，可是看不懂。首先书名的意思就不明白。"

"Hydriotaphia。"

"是什么意思呢？"

---

1 Amaranth：苋属的观赏植物，极可能是尾穗苋。

"我也不知道这是什么意思。总之，好像是希腊文。"三四郎没有勇气继续问下去。老师打了一个呵欠。

"哎呀，刚才好困啊。睡得真舒服，我做了一个有趣的梦呢。"

"我梦到一个女人。"老师说。三四郎等着老师继续说下去，不料老师突然问他："要不要去洗澡？"于是两人拎着手巾一起走出大门。

洗完了澡，两人站在钉在板壁间的机器上测量身高，广田老师的身高是一米六九，三四郎只有一米六五。

"你大概还会再长高。"老师告诉三四郎。

"已经不会了，我最近三年都是这么高。"三四郎回答。

"是吗？"老师说。看来老师简直把自己当成孩子了，三四郎想。正要向老师告辞的时候，老师说，如果没别的事情，就聊聊再走吧。说着，老师拉开书房的门，领先走了进去。三四郎也觉得自己有义务说清楚那件事，便跟着老师走进去。

"佐佐木好像还没回来啊。"

"他跟我说过了，今天要晚点回来。最近为了话剧公演到处乱跑，也不知是因为天生爱管闲事，还是原本就闲不住，总之是个分不清轻重缓急的家伙。"

"他很体贴别人的。"

"他做起事情来啊，或许是出于体贴别人，但他那个脑袋，实在不懂得什么叫作体贴，所以总是把事情搞得一团糟。表面上看，好像很会察言观色，甚至有点能干过头，但事情做到最后，反而令人搞不懂他究竟为什么察言观色，简直乱搞一通。我不知道说了他多少次，一点用都没有，我只好随他去了。那家伙啊，根本就是为了惹是生非才生到这个世界上的。"

三四郎觉得自己好像该帮与次郎辩解几句，但眼前明摆着失败的实例，他也实在无话可说，只好换个话题。

"那份报纸，老师看过了？"三四郎说。

"嗯，看了。"

"见报之前，老师毫不知情吗？"

"不知道。"

"那老师一定吃了一惊吧？"

"吃惊……当然不能说一点也不吃惊，但我向来认为，世上的事本来就是那样，所以倒也不像你们年轻人那么大惊小怪。"

"这件事给老师添麻烦了吧。"

"也不能说不麻烦。不过，像我们这种活了一大把年纪的人，不可能读完那篇文章就立刻当真，所以不会像年轻人那样，觉得这是件烦神的事。与次郎也说了，他在那家报社有熟人，可以托人写出真相，或是抓出那个投书的人，给他一点教训，甚至还可以在他自己的杂志上尽情发表反驳的意见，反正，他啰啰唆唆地说了一大堆解决方案，与其现在搞出这一大堆事，当初不要那么多事就好啦。"

“他真的是全心全意为了老师，并没有任何恶意。”

“要是有恶意还得了？更重要的是，既然是为了我才进行的活动，就应该问问我的想法，只按照他自己的意思、他自己的方针就搞了起来，从他开始搞活动那天起，就等于压根没把我放在眼里，不是吗？一个不被别人放在眼里的人，又如何能够维持自己的颜面？”

三四郎不知道该说些什么，只能保持沉默。

“还写了那篇什么《伟大的黑暗》，蠢得不能再蠢的文章……报上说是你写的，其实是佐佐木写的吧。”

“是的。”

“昨晚佐佐木自己承认了。你才是遭了池鱼之殃呢。那种愚蠢的文章，除了佐佐木，还有谁写得出来？我也读了一下文章，既没内容，也缺少品位，简直就跟救世军在街头敲着大鼓募款一样。读后令人不得不认为，他写这种文章只是为了刺激读者产生反感。而整篇文章从头到尾都是有意捏造的，只要稍有常识的人，一眼就能看出这是为了达到某种目的才写的。难怪有人认为是我自己叫门生写的。我一看到那文章时就想，怪不得呢，报上那篇文章写得很有道理嘛。”

广田老师说到这儿便打住了，鼻孔不断喷出烟雾。与次郎曾说过，他根据那烟雾从鼻孔冒出来的模样，就能判断广田老师的心情。如果是又浓又密的烟雾直接从鼻孔喷出，就表示老师的内心已达到哲学境界的最高峰；如果烟雾和缓而散漫地从鼻孔飘出，就表示老师正处于心平气和的状态，但必须小心他的冷嘲热讽；倘若烟雾一直在鼻孔下方徘徊不已，好像舍不得离开胡须的话，就表示老师已进入冥想阶段，或正好诗兴大发；而最令人害怕的状态，则是在鼻孔边打转的烟雾旋涡，只要出现这种旋转烟雾，老师必定会发怒骂人。不过这些说法都是与次郎观察得出的结果，三四郎当然不会全信。但今天既然有这机会，他便很细心地观察烟雾的形状。但是与次郎说过的具有明确形状的烟雾三四郎一丝也没看到，全是些各种形状都有点像的烟雾。

老师看到三四郎始终毕恭毕敬地站在一旁，便开口向他说道："已经过去的事，就算了。佐佐木昨晚也已再三表达了歉意，今天一早又跟往常一样，开开心心地到处瞎忙去了。我念了他好几回，他还是不当回事，又到处去推销门票，真拿他没办法。不管他了，我们说点有趣的事吧。"

"是。"

"我刚才睡午觉的时候，做了一个很有意思的梦。你猜怎么样，我在那梦里，突然又跟从前有过一面之缘的女孩重逢了。简直就像小说故事。我这个梦听起来比报上那篇文章更令人愉快吧。"

"嗯。是个什么样的女孩呢？"

"十二三岁，长得很漂亮的女孩。脸上有颗痣。"听到十二三岁这个数字，三四郎感到有点失望。

"从前是什么时候遇到她的？"

"大约二十年前吧。"三四郎又吃了一惊。

"您真厉害，还能看出她就是那个女孩。"

"做梦嘛。因为在梦里，所以才看得出来呀。也因为是做梦，所以感觉特别好。我好像正走在一座大森林里。身上穿着那套褪色的夏季西服，头上戴着那顶旧帽子……哦，那时我似乎正在思索一个艰深的问题。所有的宇宙法则都是不变的，支配法则的所有宇宙之物却必然发生变化，所以说，这个法则应该存在于宇宙之物以外……梦醒之后，觉得这问题很无聊，但我在梦里非常认真地一面思考这个问题，一面穿过森林，就在那儿，我突然碰到了那女孩。并不是她从对面走过来才碰到，而是她一直都站在对面，我仔细望去，她的脸还是跟从前一样，身上的服装也没变，发型还是旧日的模样，那颗痣当然也还在。换句话说，她还是十二三岁的女孩，就跟二十年前遇到她的时候一模一样。我对那女孩说，你一点都没变。女孩却告诉我，你变得好老啊。接着我又问她，为什么你都没变？她说，因为我最喜欢自己长着这张脸的那一年，穿着这身服装的那个月，还有梳着这种发型的那一天，所以我一直保持这副模样。我问她，那是什么时候呢？她说，二十年前第一次看到你的时候。那我为什么又变得这么老呢？我不禁感到奇异。女孩告诉我，因为你总想比那时变得更美、更好。那时，我对女孩说，你是画；女孩对我说，你是诗。"

"后来呢？"三四郎问。

"后来你就来了嘛。"

"二十年前相遇这件事，不是做梦，是真的吧？"

"就因为是事实，所以才有趣啊。"

"在哪里相遇的呢？"老师的鼻孔又开始喷出烟雾了。他望着那股烟雾，沉默了好一会儿，才开口说道："宪法颁布那年，是明治二十二年吧，当时森文部大臣[1]遭到暗杀，你不记得吧。那时你几岁啊？对了，你还是婴儿呢。我那时在高中念书，上面派大家去送葬，很多人背着枪去了。原以为是叫我们到墓地去，谁知并不是。原来是由体操教练领着队伍走到竹桥内[2]，叫大家列队排在路旁，我们就站在那儿目送大臣的灵柩过去。名义上虽然叫作送葬，其实等于去看热闹。那天的天气非常冷，我现在还记得很清楚。一直站着不动的话，脚底简直冷得发疼。我身边的男人看着我的鼻子，嘴里直嚷着：好红哟，好红哟。不一会儿，送葬的队伍终于来了，很长很长的队伍。几辆马车和人力车冒着严寒从眼前静悄悄地走过去。刚才跟你说起的那个小姑娘，她就在那人群里。尽管我现在努力回忆当时的情景，脑中却模模糊糊地想不起清晰的形象。只有那个女孩，我还记得。但是随着岁月流逝，她的影子越来越淡，现在也很少想起她了。今天做这个梦之

---

1 森文部大臣：指森有礼（一八四七——八八九），明治时代的政治家，被指为欧化主义者而被暗杀。

2 竹桥内："竹桥"横跨在旧日江户城内的护城河上，当时是近卫兵团营区（今天东京的北丸公园）与神田之间的联系要道。"竹桥内"即指近卫营区。

前，我简直已经把她忘得一干二净，但是当时那种热辣辣的印象却仍然藏在心底，就好像被烙印在脑中似的。说来也真是奇妙啊。"

"从那以后就没再见过那女孩吗？"

"一次也没见过。"

"那她从哪里来、叫什么名字都不知道喽？"

"当然不知道。"

"您没问她？"

"没有。"

"老师是因此而……"三四郎说了一半便打住了。

"因此而？"

"因此而不结婚吗？"

老师笑了。

"我可没有那么浪漫，跟你比起来，我活得更像一篇散文。"

"但如果那个女孩来到老师身边，老师会娶她吧。"

"这……"老师想了一会儿说，"大概会娶吧。"三四郎露出怜悯的表情。老师看他这副模样，便又继续说道："如果说我是因为她而不得不独身，那就等于说，我是因为她而变成有缺陷的人。但人类当中，有些人天生就有无法结婚的缺陷，也有很多人是因为各种因素而无法结婚。"

"世界上有那么多妨碍结婚的因素吗？"

老师透过烟雾凝视着三四郎。

"哈姆雷特就不想结婚，对吧？这个世界上，或许只有一个哈姆雷特，但是跟他相像的人却有很多很多。"

"譬如什么样的人呢？"

"譬如啊……"接腔后，老师再度沉默不语，烟雾不断从他鼻孔冒出来，"譬如有个男人，父亲很早就去世了，母亲一个人把他养育成人。后来母亲得了重病，临终前，她告诉儿子，如果自己死了，以后要好好照顾某某。母亲指定的那个人，她儿子从没见过，也从没听说过。他向母亲询问理由，母亲不肯说，男人又继续追问，母亲才用微弱的声音说，其实，那个某某就是你的生父……哦，我只是随便说个故事，但如果有个这样的母亲，她的孩子当然就不会相信婚姻吧。"

"那样的人不多吧？"

"虽然不多，却还是有吧。"

"不过老师的情况不是如此吧。"

说着，老师哈哈大笑起来。

"你家里，应该令堂还健在吧。"

"是的。"

"令尊呢？"

"已经过世了。"

"家母是在宪法颁布的第二年过世的。"

十二

　　话剧公演[1]的日期定在天气较冷的季节。这段时间，新年的脚步已近，不到二十天，新春即将降临。市场里做生意的都在忙着准备过年，穷人则烦恼着不知如何打发年关。就在这段日子里，话剧公演盛大揭幕了，前来捧场的宾客全都属于生活悠闲、经济宽裕，以及分不清年始岁末之别的阶级。

　　类似这种观众，数目多得不可胜数，而且大都是年轻男女。第一天演出结束后，与次郎向三四郎大喊："公演非常成功！"听到这话时，三四郎手里握着第二天的门票。"你邀广田老师一起去看吧！"与次郎对他说。"可是我跟老师的票不一样吧？"三四郎问。"当然不一样。"与次郎说，"但如果没人拉他去，他肯定不会去的。

1　话剧公演：明治四十年（一九〇七年）十一月"文艺协会"举办的第二次公演。当时演出的剧目是杉谷代水的《大极殿》和坪内逍遥翻译的《哈姆雷特》，夏目漱石曾受邀观赏。

必须由你经过他家，领着他一起去。"与次郎解释着，三四郎也答应到老师家去邀他看表演。

黄昏时，三四郎到了老师家，看到老师坐在明亮的油灯下，手里捧着一本大书。

"您不去看表演吗？"三四郎问。老师没说话，只微笑着摇摇头，那动作就像个孩子。但是三四郎觉得这种作风才像个学者。正因为老师沉默不语，才更显得温文尔雅。他在老师身边半蹲着身子，不知如何是好。老师看他那样，也觉得有点抱歉，便向三四郎说："你如果要去的话，我就跟你一起出去走走。我正想到那附近去散散步。"

说着，老师披上黑色斗篷，看不出他是否把两手揣在怀里[1]。夜空的云层低垂，天气异常寒冷，冷得连一颗星星也看不到。

"可能会下雨呢。"

"下雨就糟了。"

"进进出出很不便。因为日本的剧场都得脱鞋，就算天气好都嫌麻烦呢。再说剧场里的空气也不流通，烟雾弥漫，令人头痛……可大家真是很能忍啊。"

"话虽如此，但总不能在户外演出吧。"

1　两手揣在怀里：天气寒冷的季节，穿和服的人常把两手从袖筒缩进怀里取暖，或把一只手从胸前开口放进怀里，这时和服的一边或两边袖管就空荡荡地甩来甩去。时代剧里经常可以看到这种姿势，通常是表达陷入沉思、心情不佳或袖手旁观之意。

"日本祭典的歌舞向来都是在户外演出的。就算天气非常寒冷，也是在室外。"

三四郎觉得不便跟老师争论，便就此闭上嘴。

"我喜欢户外的表演，喜欢在那不冷不热、洁净清爽的天空下，一面呼吸清新的空气，一面欣赏精彩的表演。只有在这种情况下，才可能观赏到纯粹又单纯，就像透明空气一样的表演。"

"老师上次做的那个梦，如果编成戏剧上演，大概就会是那样吧。"

"你听说过希腊的戏剧吗？"

"不太了解。好像也是在户外演出吧。"

"是在户外，而且是大白天，我想观赏起来一定令人愉快。那里的座位都是天然的石块，场面宏伟壮观，像与次郎那种家伙，最好都带去见识一下。"

说到这儿，老师重提他对与次郎的不满。而那个正被老师批评的与次郎，如今却在狭隘的会场里卖命地东奔西跑，四处斡旋，而且还为此扬扬自得呢。三四郎一想到这儿，便觉得非常可笑。今天若不是硬把老师拉来，老师肯定不会来的，三四郎想，其实偶尔到这种地方来看看，对老师也是一件好事啊。但不管我怎么劝他，老师肯定不会听的。他一定会连连叹息说：这可叫我很为难啊。三四郎联想到此，更加觉得滑稽。

老师这时开始向三四郎详细说明希腊剧场的构造，譬如观众席、合唱团席、舞台、前台等，老师还说，根据某个德国人的描述，雅典的剧场可以容纳一万七千名观众，这还是比较小的剧场，有些大剧场甚至可以容纳五万人呢。而且入场券有两种，分别用象牙和铅合金做成奖牌形状，表面还印上或雕上花纹。老师甚至连入场券的价格都一清二楚，据说只看一整天的小戏，只要十二钱，连演三天的大戏则要三十五钱。听着老师解说，三四郎心中非常佩服，一路不断哦哦哦地应着。两人不知不觉已走到话剧公演的剧场前。

剧场外灯火通明，观众正从四面八方拥来，那场面似乎比与次郎形容的更热闹。

"怎么办呢？老师既然已经走到门口了，进去看看吧？"

"不，我不看。"说完，老师便朝黑暗的方向走去。

三四郎呆立半晌，目送老师的背影远去。这时又有一些观众搭车来到剧场前，只见他们下了车，来不及领取存鞋的木牌，就匆匆忙忙跑进去，三四郎看到他们，也跟着大家一起加快脚步跑进剧场，感觉就像被人潮推了进去。

剧场的进口站着四五个人，看起来都很闲，其中一个穿和服长裤的男人负责收门票。三四郎越过那人的肩头偷偷向剧场里面张望，只见进口附近显得十分宽敞，灯光异常明亮。他还来不及伸手遮挡光线，就已被人带到自己的座位上。在那狭小的空间里，他一面转动身子一面打量四周。观众身上五颜六色的服饰令人眼花缭乱，三四郎觉得不仅自己的眼珠在转，就连周围无数观众身上的色彩也在广阔的空间里不停地任意闪动。

　　台上的话剧已经开始了，演员全都头戴冠帽，脚踏鞋靴，一顶大轿抬上了舞台，走到正中央时，被人挡住去路，轿子停了下来，一个男人从轿中下来，拔刀砍向拦轿的人，双方立刻展开一场打斗……三四郎完全看不懂台上在演什么。虽说与次郎早已告诉过他故事梗概，但是三四郎当时并没仔细听。他想，反正到时候看就懂了吧，所以当时只是嘴里随意应付道："嗯，嗯，原来是这样。"不料现在竟完全看不懂。他只记得剧中应该有个叫作入鹿[1]的大臣。但究竟谁是入鹿？三四郎不禁纳闷起来。看了半天，始终看不出究竟是哪一个，最后只好把台上每个人都想成入鹿。看了一会儿之后，他发现台上每个人的鞋帽、窄袖和服，还有说话的语气，几乎全都开始有点入鹿的感觉了。但老实说，他原本对入鹿也没什么明确的印象，虽说从前学过日本历史，但那已是很久以前的事了，古代的入鹿早已被他忘得一干二净。现在回想一下，只记得入鹿的时代好像是推古天皇，也有点像钦明天皇，但他确信不是应神天皇或圣武天皇时代，所以也只能假装那角色就是古代的入鹿。三四郎一面欣赏台上充满中国风味的装束与布景一面想：反正只是看戏嘛，能有这点知识，也就够了。但台上究竟演些什么，他一点也没看懂。不一会儿，中场休息时间就到了。

1　入鹿：话剧《大极殿》里的角色。日本历史上有一位苏我入鹿（？—六四五）是飞鸟时代的重臣，但跟三四郎后面提到的几位天皇都毫无关联。

这一幕快要结束时，坐在三四郎左近的男人对他身边的男人抱怨道："台上那些人的声音，就像一对父子坐在六叠榻榻米的房里聊天。根本没受过训练！"他身边的男人则指出，台上演员的脚步不够稳健，摇摇晃晃，东倒西歪。两个男人把那些演员的真实姓名都记得一清二楚。三四郎便竖起耳朵倾听他们的交谈。两人都穿着一身豪华显眼的服装。大概是名人吧，三四郎想。不过与次郎若是听到他们的谈话，肯定会反驳的。他正在兀自思索，却听到后面有人高喊："好啊！好！演得太好了！"两个男人都回头向后方看了一眼，聊到一半的话题就此停了下来，这一幕也刚好结束了。

坐在各个角落的观众连忙站起身来，从花道¹到出口这段路上人影匆匆，观众都忙着进进出出。三四郎从座位上微微站起身，弯着腰，把脑袋探向前方，转眼巡视四周，该来的人却不见踪影。其实刚才看戏的时候，他已花了不少精力四下打量，可是看不真确，所以他心底一直期盼着中场休息时间。看了一圈，不免感到有些失望，只好收回目光望向前方。

身旁那两个男人似乎交游广泛，只见他们左顾右盼，一会儿说张三坐在这儿，一会儿又说李四坐在那儿，名人的名字不断从他们嘴里冒出来。其中还有一两个名人隔着一段距离向他们打招呼。多

---

1 花道：从主舞台通向观众席的副舞台，高度跟主舞台一样，看起来就像主舞台通往观众席的走廊，通常是设在面向舞台的左侧。有时视情况需要，也可能在舞台右侧搭上另一条临时的花道。

亏坐在这两人的身边，三四郎连这些名人的老婆长什么样子都记住了，后来他们又发现一对新婚夫妇也来看表演。其中一人似乎觉得很稀奇，特别把眼镜拿下来擦拭一番，嘴里不住地嚷着："哦，原来如此，原来是这个样子。"

不久，三四郎看到与次郎从对面的角落朝自己的方向快步奔来，跑到垂着帷幕的舞台前方大约三分之二的距离时，突然停下脚步，弯身探视前排的土间席[1]，嘴里还不停地说着什么。三四郎顺着他的视线望去，这才看到美祢子的侧脸，她跟站在舞台边的与次郎之间相隔五六米。

美祢子身边的男人背对着三四郎。三四郎满心期待那男人最好有点什么事，从座位上站起来。没想到事有凑巧，男人真的站了起来。他似乎是坐累了，所以起身坐在区隔座位的木质栏杆上，转眼向四周打量一番。三四郎在他脸上清晰地看到野野宫的宽额头和大眼睛。随着野野宫起身的动作，三四郎又看到美祢子身后的良子。他想弄清楚，这群同来的人里面，除了他们三个之外，还有没有别人，但

---

1 土间席：铺在舞台前方地面的座位。江户初期因歌舞伎等演剧活动兴起，各地纷纷兴建剧场，观众都是围绕舞台席地而坐，前方的座位直接坐在泥地上，所以叫作"土间席"。当时因为剧场都是露天，一下起雨来，"土间席"立即一片泥泞，所以票价也最低廉。后来应观众要求，不断改进，"土间席"不但铺上了榻榻米，还可从高级餐馆叫来外卖餐点，更因为位置最靠近舞台，"土间席"变成剧场里价格最高的座位。通常是以木质栏杆隔成一个一个方形空间，每个空间约一点五平方米，里面规定最多能坐七人。明治维新之后，因推行西化生活，剧场里的座位渐渐改为西式座椅，只有最前排还剩少数"土间席"。第二次世界大战之后，日本全国的剧场几乎全都改为座椅，现在只有乡间的小剧场偶尔还能看到"土间席"。

从远处望去，只看到一团拥挤的人影，要说同来，好像整个土间席里的人都是一伙的，根本无从分辨。美祢子似乎正在跟与次郎聊天，野野宫也偶尔插上一两句。

就在这时，原口先生突然从帷幕里钻出来，跟与次郎并肩站在一块儿朝观众席瞭望，他那张嘴当然也是说个不停。野野宫则不断点头表示赞同。三个人正聊得高兴，原口用手拍了拍与次郎的背脊，与次郎立刻一转身，从帷幕下面钻进去不见了。接着，原口先生下了舞台，穿过人群，来到野野宫身边。野野宫半跪着身子，让原口从面前走过。只见原口奋力向前奔去，很快就从美祢子和良子的座位附近消失了。

三四郎一直热心地看着这群人的一举一动，比他刚才看表演时还专注。看到这儿，他突然非常羡慕原口式的举动，原来还有这么简便的方法就可以挤到人家身边去，他真是做梦也没想过。我要不要学他，也挤过去？但一想到这是模仿别人，三四郎立刻失去了实践的勇气，再说那些座位早已坐得满满的，自己就是拼命地挤，也很难挤进去吧。这一层顾虑让他更加退缩，所以想了半天，三四郎的屁股仍旧坐在原来的位子上。

不一会儿，台上的帷幕又拉开了，这回上演的是《哈姆雷特》。三四郎曾在广田老师家看过一位西洋著名演员扮演哈姆雷特的照片，如今出现在他眼前的哈姆雷特，身上的服装跟照片里一样。不仅装扮相同，就连脸也很相似，两个哈姆雷特都皱着眉头，一副苦恼的表情。

不过台上这个哈姆雷特的动作轻巧，令人看着心情愉快，而且表演动作极为夸张，带动了整个的气氛，跟刚才那个带有"能剧"气息的入鹿比起来，完全是另一种类型。只见哈姆雷特一下站在舞台中央，摊开两只手臂，一下又抬头仰视空中，精彩的演技带给观众强烈的刺激，也让观众的视线始终紧随着他，无暇顾及其他。

　　然而，哈姆雷特讲的却是日语，还是从西洋语言翻译过来的日语。他的语气充满了抑扬顿挫，同时也富有节奏。台词念得极为流畅，有时甚至令人觉得这个哈姆雷特过于伶牙俐齿。台词的文字极美，但缺少震撼人心的力量。三四郎心想，哈姆雷特应该说些富有日本气息的台词才对呀。譬如当他该说"啊！母亲，这样不是愧对父亲吗？"的时候，这个哈姆雷特却慢条斯理地提起了太阳神阿波罗，而这时哈姆雷特和他母亲的表情却好像马上就要大哭似的。不过，三四郎也只是隐约感觉出这种剧情上的矛盾，若是叫他断言这部戏演得很糟，那他是绝对没有这种勇气的。

　　所以，当他觉得看不下去的时候，就转眼望向美祢子。美祢子的身影被别人挡住时，他才重新回头去看哈姆雷特。

　　台上演到哈姆雷特对着奥菲利娅大喊"到修道院去！到修道院去"的时候，三四郎突然想起广田老师，还有老师说过的那句话："……哈姆雷特那样的人怎么能结婚？"原来如此，三四郎想，在书本上读到这句话时，好像会生出老师那种想法，但在舞台上听到这句话时又觉得，哈姆雷特就是结婚不也很不错吗？现在仔细想想，或许因为"到修道院去"这句台词写得不好吧。而事实证明，被哈姆雷特命令"到修道院去"的奥菲利娅，也没引起观众的同情。

台上的帷幕再度落下。美祢子和良子都从座位上站起来，三四郎也跟着起身，来到走廊，这时，他看到两个女人站在走廊中央，正在跟一名男子说话。走廊左侧有一扇门，可供人群进出，男人正把半个身子探向门外。三四郎看到男人侧面的瞬间，立即转身往回走，但他没有返回自己的座位，而是取回木屐走向户外。

屋外本是暗夜。三四郎走过一段人工照亮的路，感觉天上似乎正在落下点点雨滴。风儿吹过枝头，发出阵阵呼啸。三四郎朝着自己的住处匆匆前进。

半夜里，天上下起雨来。三四郎躺在棉被里，一面听着雨声，一面思考着"到修道院去"这句话。他的思绪就围绕着它，来来回回地绕着圈子徘徊不已。广田老师可能也还没睡吧。老师的思绪现在正围绕着哪句话呢？与次郎肯定已完全沉醉在那"伟大的黑暗"当中了……

第二天，三四郎有点发烧，脑袋也很沉重，所以没有起床。午饭是在床上支起身子吃的。饭后又睡了一觉，身上出了些汗，情绪却反而低落。就在这时，与次郎精神抖擞地闯了进来。一见面，他就嚷道："昨晚没看到你，今天早上也没看到你来上课，就想你大概出了什么事。"

三四郎向他道谢后便说："没事。昨晚我有去看表演。看到你从舞台上跑出来，还远远地跟美祢子小姐说话。我都看得很清楚呢。"

　　三四郎有点像喝醉似的，一张开嘴，就叽里呱啦说了一大堆。与次郎伸出手按在三四郎的额头上。

　　"烧得很厉害哟。这可得吃药。你是感冒了。"

　　"因为剧场里的温度太高，光线也太亮，后来走到外面，突然一下子变得太冷，也太暗。真叫人吃不消啊。"

　　"吃不消，那有什么办法？"

　　"有什么办法，这么说可不行。"

　　三四郎说出的句子越来越短，与次郎在一旁随声应和着，不知不觉中，三四郎便呼呼呼地陷入沉睡。大约过了一小时，他睁开眼，看到与次郎还在身边。

　　"你一直在这儿啊。"这次三四郎的语气跟平时没有两样。与次郎问他觉得如何，三四郎只答了一句："头疼。"

　　"感冒了吧。"

　　"感冒了吧。"

　　两人异口同声。静默半晌后，三四郎向与次郎问道："我说啊，上次你不是问我知不知道美祢子小姐的事。"

　　"美祢子小姐的事？在哪儿问的？"

　　"学校。"

"学校？什么时候？"与次郎好像还是想不起来。三四郎只好无奈地把当时的情景详细描述了一遍。

"原来如此，好像是有那么回事。"与次郎说。听了这话，三四郎心想，这人怎么这么没有责任感！与次郎觉得有点抱歉，努力地回想当时的情景，过了好一会儿，才开口说："那，究竟是什么事啊？难道是美祢子小姐要出嫁的事？"

"已经决定对象了吗？"

"听说好像决定了。我也不太清楚。"

"嫁给野野宫先生吗？"

"不，不是野野宫。"

"那么是……"三四郎开了口却没再往下说。

"你知道吗？"

"不知道。"三四郎只吐得出三个字。

与次郎却把身子靠过来说："我也搞不清。不过这事情很奇怪哦。还得等上一段日子，才能看出究竟是怎么回事。"

事情究竟是哪里奇怪，立刻说出来不好吗？三四郎在心底埋怨着。但与次郎却不管他有多好奇，只顾着暗自闷在心里，独自琢磨着那份不可思议。三四郎忍耐了半晌，终于焦躁起来，要求与次郎把有关美祢子的事一字不漏地全都说出来。与次郎笑了起来，也不知是为了安慰三四郎，还是别有意图，他突然说出一长串莫名其妙的话来。

"好蠢啊，你还想着那女人。想她也没用啦。首先，她不是跟你年纪差不多吗？女人喜欢同年纪的男人，那已是老掉牙的事啦。是八百屋阿七[1]那时代的恋爱故事哦。"

三四郎默默地听着，心里不太明白与次郎想说些什么。

"你知道为什么吗？你想想看，一对二十左右的同龄男女在一起，女的做什么都灵光，男的做什么都挨骂。女人哪，不会想嫁给自己看不起的男人的。当然啦，那些自认是全世界最伟大的女人算是例外。因为她们若不肯嫁给比不上自己的男人，就只好终生不嫁了。很多有钱人家的女儿不就是那样？明明是她们自愿嫁过来，却一点都不把老公放在眼里。美祢子比那些女人的条件强多了，但她向来就打定主意，不是自己尊敬的男人绝不肯嫁，所以要当她丈夫的人，也得做好相同的心理准备才行。从这一点来看，你跟我，都没资格当那女人的丈夫。"

听到这儿，三四郎才知道自己原来跟与次郎是同一个层次，但他仍然沉默不语。

"不过，不管是你还是我，尽管咱们现在只是这副德行，但咱们终究会比那女人伟大得多，对吧？然而，不再过个五六年，那女

---

1 八百屋阿七：八百屋即青果店，阿七是江户本乡追分地方一家青果店老板的女儿，传说一六八二年年底的一场大火中，阿七在寺庙避难时遇到一名少年并爱上了他。后来阿七听信坏人逸言，以为再发生火灾的话就能见到那名少年。她因渴望再见少年而犯下纵火罪，最后被处以火刑。

人是看不到咱们的伟大之处的，而那女人又不能坐在那儿等上五六年。所以说，你，跟娶她为妻，这两件事根本就是风马牛不相及。"

与次郎竟然把"风马牛不相及"的成语用在这种莫名其妙的地方。说完，他自己一个人笑了起来。

"不，再过五六年，比她更好的女人也会出现在我们面前。因为日本现在是女多于男。你现在又感冒，又发烧，跟你说这些统统白搭……这么说吧，世界何其大，操心也没用。老实说啊，我也有过各种各样的经历，后来我嫌烦，就借口有事到长崎出差，开溜了。"

"什么？你在说什么？"

"说什么，跟我发生关系的女人呀。"

三四郎大吃一惊。

"哦，虽说是女人，却是你这种人从没接触过的那种类型。我跟她说啊，最近暂时不能见面了，因为我要到长崎去做霉菌实验。谁知那女人竟说，她要带苹果到车站去给我送行。害我好为难啊。"

听到这儿，三四郎更加惊讶："后来呢？怎么样了？"

"我也不知怎么样了。大概捧着苹果戳在车站等我吧。"

"可恶的家伙！你居然干出这种坏事。"

"我知道这样很坏，也知道她很可怜，但我没办法。因为从一开始，我们就随着命运的脚步，不知不觉地走到这儿。老实跟你说吧，从很久以前起，我就变成医科学生了。"

"为什么故意说这种谎呢？"

"那……还不是因为出现了各种状况嘛。还有啊，那女人生病的时候还叫我帮她诊断呢。"

三四郎觉得非常滑稽。

"当时我帮她看了舌苔，又敲敲胸部，好不容易才胡乱应付过去，谁知她又问，下次能不能到医院找我看病，害我简直答不上来。"

听到这儿，三四郎终于忍不住大笑起来。

"诸如此类的事多着呢。所以说，你就放心吧。"与次郎说。三四郎不知"放心"指的是什么，但是听了这番话之后，自己的心情却变得愉快起来。

这时，与次郎才开始向他解说有关美祢子的怪事。据与次郎说，先是听说良子要结婚，然后才听说美祢子也要结婚。如果只是这样，倒没什么稀奇，奇怪的是，良子要嫁的对象，跟美祢子要嫁的对象，竟然是同一个人，所以这事才不可思议。

三四郎也觉得听起来有点像是胡闹。不过良子的婚事确实是真的，三四郎自己也曾亲耳听闻，但也有可能是与次郎把美祢子的婚事听成了良子的婚事，不过美祢子即将结婚这件事，似乎不是凭空捏造的。三四郎想把这件事弄个水落石出，便求与次郎帮忙打听。与次郎二话不说，立刻答应了。他对三四郎说："我去叫良子来探病，那时你可以自己问她。"三四郎觉得他这个办法想得很妙。

"所以你必须先吃药，然后等她来看你。"

"就算病好了，我也躺着等她。"

两人都笑了起来，接着便彼此道别。与次郎在回家的路上顺便去请附近的大夫来给三四郎看病。

当天晚上，医生来了。三四郎从没在家接待过大夫，所以刚看到医生时，显得有点慌乱，后来大夫给他按了脉，三四郎这才发现医生很年轻，而且很有礼貌。他立刻断定这是一个代替主治医生出诊的学生。五分钟后，年轻医生宣布诊断结果：三四郎得了流行性感冒。他叮嘱病人今晚服一次药，必须避风。

第二天，三四郎睡醒时，脑袋已不再那么沉重。如果只是平躺在棉被里，感觉跟平时没什么两样，但是脑袋一离开枕头，还是觉得头昏眼花。女佣走进房间时对他说："这房间里热烘烘的。"三四郎仰躺在棉被里，眼睛瞪着天花板，也不想吃饭，就那样半醒半睡，昏昏沉沉地躺着，整个身体显然是被热度和疲累打倒了。他也不想反抗，时醒时睡地承受着，反倒有一种顺其自然的快感。三四郎想，恐怕是病势很轻，才能有这种闲情逸致吧。

过了四五个小时，三四郎渐渐开始觉得有点无聊，翻来覆去睡不着。户外的天气很好，阳光射在纸门上，光影慢慢地向前移动。窗外的麻雀正在欢唱。要是与次郎今天也能来看我就好了，三四郎想。

正在这时，女佣拉开纸门说："有一位女客来访。"三四郎没料到良子这么快就来了。真亏了与次郎，办起事来如此迅速。三四郎躺着把视线转向敞开的门口，半晌，才看到良子高大的身影出现在门槛边。她今天穿着紫色和服长裤，双脚踏在走廊上，似乎有点踌躇不前。三四郎支起肩膀说："请进。"

良子进来拉上纸门后，在三四郎的枕畔坐下。六叠榻榻米的房里乱糟糟的，今晨也没让女佣打扫，感觉更加凌乱拥挤。

"躺着吧。"女人对三四郎说。三四郎便把脑袋放回枕上，心情也平静下来。

"房里有味道吧？"他问。

"嗯，有一点。"良子说，但脸上并没露出嫌臭的表情，"还在发烧吗？生了什么病啊？请过大夫了吗？"

"医生昨晚来过了。说是流行性感冒。"

"佐佐木今天一大早就来找我，说小川生病了，叫我来探病。还说不知生的什么病，反正看起来病势不轻，害得我和美祢子小姐都吃了一惊呢。"

看来与次郎又跑去吓唬人了。说得难听点，良子等于是被他骗来的。三四郎生性老实，想到这儿，心中非常同情良子。"谢谢你。"说着，他重新躺回枕上。良子从包袱里掏出一篮橘子。

"美祢子小姐特别提醒我，买了这东西。"良子坦诚地交代着。但这篮橘子究竟是谁买的，却没有明说。三四郎便向良子表达了谢意。

"美祢子小姐原本也想来的，但她最近太忙了……叫我转达问候之意……"

"发生了什么事，让她这么忙？"

"嗯，就是有点事。"良子那双又黑又大的眸子注视着三四郎躺在枕上的脸。三四郎从下方仰望着良子苍白的额头，脑中浮起第一次在医院遇到她的景象。她的表情仍像当时那样抑郁，但同时也显得开朗又健康。他感到自己能够依赖的慰藉都落到了枕上。

"我帮你剥个橘子吧？"

说着，女人从绿叶当中抓起一个橘子。饥渴的病人便使劲地吸吮着香甜的果汁。

"很好吃吧。这是美祢子小姐送你的礼物哟。"

"我已经吃不下了。"

女人从袖管里抽出白手帕擦拭着双手。

"野野宫小姐，你的婚事进行得怎么样了？"

"没消息了。"

"听说美祢子小姐也有人家了，不是吗？"

"嗯，已经谈得差不多了。"

"对方是谁？"

"是那个原本说要娶我的人呢。呵呵，很可笑吧？是美祢子小姐的哥哥的朋友。我最近又要跟哥哥一起找房子搬家了。因为美祢子小姐出嫁之后，我总不能一直麻烦人家吧。"

"你不出嫁吗？"

"有人要我的话，我就嫁呀。"

说完，女人很开心地笑了，看来她还没找到中意的对象。

那天之后，三四郎一连四天都没起床。到了第五天，他才战战兢兢地洗了个澡，洗完后照照镜子，发现镜中的自己简直像个快要断气的人。他便心一横，到理发店去把头发剪了。第二天是星期天。

吃完早饭，三四郎多穿了一件衬衣，又在衬衣外面搭上外套，尽量裹得全身暖暖的，才向美祢子家走去。来到玄关前，看到良子站在那儿，她正要从穿鞋处的阶梯走下来，一看到三四郎，便说："我正要到哥哥那儿去呢，美祢子小姐不在。"三四郎跟着她一起走出大门。

"病都好了吗？"

"谢谢，已经全好了……里见到哪儿去了？"

"你问里见哥哥吗？"

"不，我是问美祢子小姐。"

"美祢子小姐去教堂了。"

美祢子上教堂这件事，三四郎还是第一次听说，他从良子嘴里问出了教堂[1]的名称，便与她分手道别。一连拐过三条小巷后，很快

1　教堂：根据岩波书店出版的《漱石全集》第五集注解，明治三十九年（一九〇六年）东京旧本乡区共有九座教堂，按照建筑外观来看，中央教堂（本乡中央教会）与本文描写的最为接近。

就到了教堂门前。三四郎从没接触过耶稣，也没进过教堂，他站在门前先把建筑物打量了一番，又读了揭示板的教义训示，之后，便在铁栏杆外面徘徊，不时地走上前去张望一下，只想看到美祢子从教堂出来。

不一会儿，教堂里传出一阵歌声。这就是所谓的赞美歌吧？三四郎想。高大的窗户紧闭着，大家正在里面进行着宗教仪式，听那歌声的音量，人数应该不少。歌声里也包括美祢子的声音，三四郎侧耳倾听时，歌声却停了。一阵寒风吹来，他拉起外套的领子，这时，天空里飘来一朵美祢子喜爱的白云。

他跟美祢子一起仰望过秋季的天空，地点就在广田老师家的二楼；也曾在田边的河畔静坐，当时身边还有另一个人。迷途的羔羊。迷途的羔羊。天上那片白云看起来很像一只羔羊。

突然，教堂的门打开了。人群从里面走出来，大家都从天堂回到了尘世。美祢子是倒数第四个走出来的，身上穿着条纹和服外套，低着头，从进口的阶梯往下走。她缩着肩膀，好像很冷的样子，两手交握在身前，似乎是想尽量避免与他人交谈。她这样无精打采地一直走到大门口，才突然抬起头，仿佛这时才发现路上行人熙来攘往的模样。三四郎已经脱掉帽子，他的身影映入女人的眼帘。两人就在标示教义的揭示板前向彼此靠近。

"怎么回事？"

"我正要到你家去。"

"是吗？那一起去吧。"

说着，女人退后半步，靠向三四郎身边。她跟平日一样，穿着低跟木屐。男人故意一闪，把身子靠向教堂的围墙。

"在这儿碰到你就行了。我从刚才就一直在这儿等你出来。"

"可以到教堂里来呀。外面很冷吧。"

"是很冷。"

"感冒已经好了吗？不好好保重的话，还会复发哟。我看你脸色还是不太好呢。"

男人没回答，只从外套里面的衣袋掏出一个棉纸信封。

"这是我向你借的钱，非常感谢你。一直都想着要还你，却拖了这么久。"

美祢子向三四郎的脸望了一眼，这回没有拒绝，伸手接了过去。接过信封后，她却不收起来，只瞪着那信封。三四郎也瞪着信封，两个人都不知道该说些什么。半晌，美祢子才开口说："那你不就没钱了？"

"不，就是想还你，最近才请家里寄来的。请你收下吧。"

"是吗？那我就不客气了。"

说着，女人把信封塞进怀里。当她的手从和服外套里抽出来的时候，手里抓着一块白手帕。她把手帕放在鼻尖，眼睛看着三四郎，似乎正嗅着那块手帕。不一会儿，那只手"忽"的一下伸过来，手帕突然呈现在他面前。一股浓烈的香味猛地飘入他的鼻中。

"香水草。"女人低声说。三四郎不由自主地缩回自己的脸。香水草的香水瓶。四丁目的黄昏。迷途的羔羊。迷途的羔羊。光明的太阳高挂在天空里。

"听说你要结婚了。"

美祢子把白手帕塞进自己的袖筒。

"你知道了？"说着，她眯起双眼皮的眸子看着男人，脸上露出笑容。那眼神似拒还迎，好像要把三四郎推到远处，却又对远处的他非常关心。但她的双眉却显得十分镇定。三四郎的舌头紧贴着上颌，一句话也说不出来。

女人望着他看了好一会儿，嘴里发出一声低得几乎听不见的叹息，接着，伸出纤细的手掌遮住自己的浓眉说："因为，我知道我的过犯；我的罪常在我面前[1]。"

声音低到几乎无法听清，但是三四郎却听得一清二楚。之后，他跟美祢子便就此分手。回到宿舍时，母亲打来的电报已经送到。三四郎打开电报，里面只有一句话："何时动身？"

---

1 因为，我知道我的过犯；我的罪常在我面前：出自《旧约全书·诗篇》第五十一篇第三行。

十三

　　原口先生的画作完成了。"丹青会"把这幅画单独挂在一间展室的正面，还在画作前方放了一条长凳，观众可以坐着休息，也可以坐着欣赏，或者既休息又欣赏。这条长凳是"丹青会"提供的特别服务，主要是想让那些在巨作前面徘徊不去的观众感到便利。有人说，这项服务是因为作品画得特别好；也有人说，是因为题材吸引人；还有少数人说，因为这幅画里画的是那个女人；但也有一两个"丹青会"的会员辩驳说，无非是因为作品尺寸太大的缘故。老实说，这幅画确实很大，尤其是装进宽达十五厘米的金色画框之后，简直大得惊人。

　　画展开幕的前一天，原口先生曾来检查了一下。他嘴里叼着烟斗，坐在长凳上欣赏着那幅画，看了好长一段时间，最后，他"忽"的一下站起来，绕着会场慢慢地走了一圈，才重新坐回长凳上，悠闲地抽起第二根烟。

从开幕第一天起，《森林的女人》前面便聚满了观众。那条特意准备的长凳，反而变成了无用的废物。只有那些已经看累的观众，为了不想再看，才过来坐下休息一阵，而且这些人也是一面休息，一面谈论着《森林的女人》。

美祢子跟她丈夫来看画展，是在开幕的第二天，由原口先生负责引导他们参观。三个人一起来到《森林的女人》前面时，原口先生看着另外两人问道："怎么样？"美祢子的丈夫答道："非常好！"说完，眼镜后的双眼便全神贯注地凝视着作品。

"这种手举团扇半遮面的立姿好极了。真不愧是专家，眼光就是与众不同，竟能想出这个姿势。光线照在脸上的感觉太好了。阴影和迎光的部分界线分明……光是看那脸上的光线变化，就令人感到奇妙而有趣。"

"哎哟，姿势什么的都是模特儿自己摆她喜欢的样子，不是我的功劳。"

"多谢您关照了。"美祢子向原口表达谢意。

"我也要感谢你的帮忙呢。"原口也连忙道谢。

做丈夫的听说这一切都得归功于自己的老婆，脸上露出喜滋滋的表情。结果三人当中表达了最郑重的谢意的，就是这个做丈夫的。

开幕后第一个星期六的下午，会场里一下子拥进大批观众……

广田老师、野野宫、与次郎，还有三四郎，大伙一起来了。四个人先不看其他作品，一进门就直接到挂着《森林的女人》的展室。"就是那幅！就是那幅！"与次郎连声嚷着。室内已经挤满了人，三四郎站在门口踌躇了几秒。野野宫则若无其事地走进了展室。

三四郎躲在众人身后偷偷看了一眼，就从人堆里退了出来，坐在一边的长凳上等着大家。

"真是巨幅杰作啊！"与次郎说。

"听说想让佐佐木买下来呢。"广田老师说。

"与其叫我买……"与次郎说了一半，抬眼看到三四郎满脸冷漠的表情坐在长凳上，便闭上了嘴。

"这幅画的用色十分脱俗，不，应该说，是一幅充满意欲的作品啊。"野野宫表达了自己的感想。

"甚至有点过于注重小节了。怪不得他自己也承认，画不出那种像咚咚鼓声的作品呢！"广田老师也发表了评论。

"什么呀？什么是咚咚鼓声的作品啊？"

"就是像鼓声那样拙朴又有趣的画嘛。"

说完，两人都笑了起来，又围绕着绘画技巧彼此发表高论，与次郎故意语出惊人地说："不论是谁给里见小姐画像，都画不出拙朴的模样啦。"

野野宫想在画作目录上做个记号，把手伸进衣服的内袋掏铅笔，不料，掏出来的不是铅笔，而是一张印着铅字的明信片，仔细一看，竟是美祢子的结婚请帖。结婚典礼早就举行过了，那天野野宫跟广田老师一起穿着大礼服去参加了婚礼。三四郎从家乡回到东京那天，才在宿舍的书桌上看到请帖，那时早已过了婚期。

野野宫把那张请帖撕得粉碎，丢在地板上。不一会儿，他又跟广田老师一起到别的作品前面去发表评论了。这时，与次郎独自走到三四郎的身边。

"你看《森林的女人》怎么样？"

"《森林的女人》这题目不好。"

"那该叫什么呢？"

三四郎不知该说什么好，只在嘴里反复地念着：迷途的羔羊，迷途的羔羊……

图书在版编目（CIP）数据

三四郎 /（日）夏目漱石著；章蓓蕾译 . 一长沙：湖南文艺出版社，2018.6
ISBN 978-7-5404-8537-5

Ⅰ.①三… Ⅱ.①夏… ②章… Ⅲ.①长篇小说－日本－近代 Ⅳ.①I313.44

中国版本图书馆 CIP 数据核字（2018）第 023974 号

著作权合同登记号：图字 18-2017-331

上架建议：外国文学

SANSILANG

三四郎

作　　者：［日］夏目漱石
译　　者：章蓓蕾
出 版 人：曾赛丰
责任编辑：薛　健　刘诗哲
监　　制：蔡明菲　邢越超
策划编辑：李彩萍　王　维
特约编辑：汪　璐
版权支持：闫　雪
营销支持：李　群　张锦涵　傅婷婷
版式设计：张丽娜
封面设计：尚燕平
出版发行：湖南文艺出版社
　　　　　（长沙市雨花区东二环一段 508 号　邮编：410014）
网　　址：www.hnwy.net
印　　刷：北京京都六环印刷厂
经　　销：新华书店
开　　本：880mm×1270mm　1/32
字　　数：200 千字
印　　张：10
版　　次：2018 年 6 月第 1 版
印　　次：2018 年 6 月第 1 次印刷
书　　号：ISBN 978-7-5404-8537-5
定　　价：42.00 元

若有质量问题，请致电质量监督电话：010-59096394
团购电话：010-59320018